THE LYING GAME

DUAS VERDADES E UMA MENTIRA

THE LYING GAME

DUAS VERDADES E UMA MENTIRA

DE

SARA SHEPARD

AUTORA BESTSELLER INTERNACIONAL DA SÉRIE

Pretty Little Liars

Tradução de
Joana Faro

ROCCO
JOVENS LEITORES

Título original
THE LYING GAME:
TWO TRUTHS AND A LIE

Copyright © 2012 by Alloy Entertainment e Sara Shepard

Todos os direitos reservados. Nenhuma parte desta obra
pode ser reproduzida, ou transmitida por qualquer forma ou
meio eletrônico ou mecânico, inclusive fotocópia, gravação ou sistema
de armazenagem e recuperação de informação, sem a permissão escrita do editor.

Edição brasileira publicada mediante acordo com a Rights People, Londres.

Direitos para a língua portuguesa reservados
com exclusividade para o Brasil à
EDITORA ROCCO LTDA.
Av. Presidente Wilson, 231 – 8º andar
20030-021 – Centro – Rio de Janeiro – RJ
Tel.: (21) 3525-2000 – Fax: (21) 3525-2001
rocco@rocco.com.br
www.rocco.com.br

Printed in Brazil/Impresso no Brasil

preparação de originais
CAROLINA CAIRES COELHO

CIP-Brasil. Catalogação na fonte.
Sindicato Nacional dos Editores de Livros, RJ.

Shepard, Sara, 1977-
S553d   Duas verdades e uma mentira / Sara Shepard; tradução de Joana Faro. -
Primeira edição. - Rio de Janeiro: Rocco Jovens Leitores, 2014.
(The lying game; 3)

Tradução de: Two truths and a lie
ISBN 978-85-7980-200-3

1. Ficção infantojuvenil norte-americana. I. Faro, Joana. II. Título.
III. Série.

14-09985   CDD: 028.5
                                                            CDU: 087.5

O texto deste livro obedece às normas do
Acordo Ortográfico da Língua Portuguesa.

Uma meia verdade é uma mentira inteira.
— PROVÉRBIO IÍDICHE

PRÓLOGO
UM VISITANTE INDESEJADO

Se alguém tivesse olhado pela janela, acharia que aquela era apenas uma festa do pijama normal, uma noite de comemorações com pipoca, esmaltes e seis lindas garotas da panelinha do Hollier High cuidando da beleza umas das outras, contando fofocas picantes e tramando o próximo trote do Jogo da Mentira. Meu iPhone tinha várias fotos de festinhas do passado que pareciam ser exatamente iguais àquela: uma de minha melhor amiga, Madeline, segurando a foto de uma modelo com franja e perguntando se ficaria bem em seu rosto em forma de coração; outra de uma das minhas melhores amigas, Charlotte, sugando as bochechas para aplicar um novo tom de blush que comprara na Sephora; uma de minha irmã, Laurel, rindo de subcelebridades na *US Weekly*; e várias fotos minhas, Sutton Mercer, glamorosa e poderosa como a "it girl" que eu era.

Mas naquela noite em especial havia algo diferente... e cinco das seis convidadas nem sequer sabiam. A garota com quem minhas melhores amigas estavam rindo, a garota que pensavam ser eu... *não era*. Porque eu estava morta. Minhas melhores amigas conversavam com minha irmã gêmea perdida, Emma, que assumira meu lugar.

Eu havia morrido no mês anterior e agora estava em algum lugar entre a terra dos vivos e o além, observando minha vida continuar com Emma como protagonista. Em todos os lugares aonde ela ia, eu ia, como acontecia quando ainda compartilhávamos o mesmo útero. Bizarro, não é? Eu também não achava que a vida após a morte seria assim.

Naquela noite, observei minha irmã sentada entre minhas amigas. Estava no sofá branco aveludado com as pernas dobradas sob o corpo exatamente como eu fazia. Seus sedutores olhos entreabertos cintilavam com minha sombra prateada favorita da MAC. Ela até ria do mesmo jeito que eu, de um jeito alto, staccato e um pouco sarcástico. No último mês, ela tinha aperfeiçoado meus trejeitos, passado a responder por meu nome e usado minhas roupas, tudo com o objetivo de me personificar até que meu assassino fosse descoberto.

A pior parte? Eu nem sequer me *lembro* de quem me matou. Pedaços inteiros de minha vida tinham sido apagados de minha mente, e eu me perguntava quem eu tinha sido, o que tinha feito e quem havia enfurecido a ponto de querer me matar e depois obrigar minha irmã a assumir minha identidade. De vez em quando, tinha um flash repentino de lucidez e uma cena inteira surgia nitidamente, mas os momentos anteriores e posteriores a isso eram um completo vazio. Era como tentar entender o enredo de um filme de noventa minutos vendo apenas algumas cenas. Se eu quisesse descobrir o que tinha acontecido comigo, precisaria contar com Emma... e esperar que ela encontrasse meu assassino antes que ele a pegasse.

Existem algumas coisas que eu e Emma já sabemos: todas as minhas amigas têm álibis para a noite em que fui assassinada. Assim como Laurel, o que significa que todas foram inocentadas. Mas restavam muitos suspeitos. Um, em particular, rodopiava em nossas mentes: Thayer Vega, o irmão desaparecido de Madeline, que sumiu da cidade na primavera passada. Seu nome sempre vinha à tona, e correram boatos de que eu e ele tínhamos algum envolvimento. Claro, eu não conseguia me lembrar de nada sobre Thayer, mas sabia que *alguma coisa* tinha acontecido entre nós. Mas o quê?

Observei minhas amigas rirem, fofocarem e começarem a ficar cansadas. Às 2h46, as luzes estavam apagadas e todas as meninas respiravam lenta e profundamente. O iPhone do qual eu tinha mandado centenas de mensagens de texto antes de morrer apitou de repente, e os olhos de Emma se abriram como se ela estivesse esperando a mensagem. Eu a observei checar a tela, franzir a testa, sair da casa na ponta dos pés e atravessar o jardim. Ethan Landry, a única pessoa que conhecia a verdadeira identidade de Emma – com exceção de meu assassino, é claro –, a esperava perto do meio-fio. E ali, na calçada iluminada pelo luar, observei enquanto conversavam, se abraçavam e se beijavam pela primeira vez. Apesar de não ter mais um corpo ou um coração, eu sofri. Nunca mais beijaria ninguém.

Passos ressoaram por perto. Emma e Ethan se afastaram, alarmados. Trombei em Emma quando ela voltou às pressas para dentro. Olhei para trás pouco antes de a porta bater, e vi Ethan correndo noite adentro. Em seguida, uma sombra passou pela varanda. Ouvi a respiração curta e nervosa de Emma. Era óbvio que ela estava assustada. Com outro solavanco, fui puxada quando ela correu para as escadas, indo verificar se a janela de meu quarto estava trancada.

Quando eu e ela chegamos ao segundo andar, ambas vimos de relance o interior do meu antigo quarto. De fato, a janela estava aberta, e parado diante dela havia um garoto de aparência familiar. Minha irmã ficou pálida ao reconhecer suas feições. Soltei um grito, mas ele se desvaneceu silenciosamente no ar.

Era Thayer Vega. Ele lançou a Emma um sorriso malicioso, deixando claro que conhecia todos os seus segredos – incluindo exatamente quem ela *não era*. E em um instante percebi que o envolvimento que tive com ele em vida estava tomado de mistério – e perigo.

Mas, por mais que tentasse, não conseguia me lembrar de qual era o perigo.

1

ELA O VIU

– Thayer – disse Emma Paxton, encarando o adolescente diante dela. Seu cabelo desgrenhado parecia preto na escuridão do quarto de Sutton. As maçãs de seu rosto eram proeminentes sobre os lábios carnudos. Os olhos profundos e esverdeados se estreitaram de um jeito sinistro.

– Oi, Sutton – respondeu Thayer, pronunciando o nome lentamente.

Um calafrio nervoso percorreu a espinha de Emma. Ela reconheceu Thayer Vega dos pôsteres de pessoas desaparecidas – ele havia sumido de Tucson, Arizona, em junho. Mas isso acontecera muito antes de Emma chegar à cidade para reencontrar a irmã gêmea, Sutton, da qual se separara havia muito tempo. Muito antes de receber um bilhete anônimo dizendo que Sutton estava morta e que Emma tinha de assumir seu lugar, e não contar a ninguém... ou sofreria as consequências.

A partir de então, Emma se esforçou para descobrir tudo sobre Sutton — quem eram seus amigos, quem eram seus inimigos, o que ela gostava de vestir, o que gostava de fazer, quem estava namorando. Ela fora a Tucson simplesmente para encontrar um membro da família — depois de viver dentro do sistema de adoção, ela se sentia *desesperada* por uma família, *qualquer* família —, mas agora estava envolvida na investigação do assassinato da irmã. Tinha sido um alívio descartar as amigas mais próximas e a irmã de Sutton, mas ela tinha feito muitos inimigos... e várias pessoas podiam tê-la assassinado.

E Thayer era uma delas. Assim como acontecia com tantas outras pessoas que faziam parte da vida de Sutton, o que Emma sabia sobre ele era o que havia descoberto em posts do Facebook, através de fofocas e no site Ajude a Encontrar Thayer, que a família criou depois de seu sumiço da cidade. Havia algo de perigoso nele — todos diziam que se envolvera em algum tipo de problema e que seu temperamento era horrível. E, segundo os boatos, Sutton tinha algo a ver com seu desaparecimento.

Ou talvez, pensei, observando o garoto de olhar desvairado em meu quarto, *Thayer tivesse alguma coisa a ver com o meu desaparecimento*. Uma lembrança surgiu em minha cabeça. Eu me vi no quarto de Thayer, trocando com ele um olhar amargo.

— Faça o que quiser — disparei, virando-me para a porta. Thayer parecia magoado, depois seus olhos cintilaram de raiva.

— Tudo bem — retrucou ele. — *Vou fazer*.

Eu não tinha ideia do motivo da briga, mas era óbvio que o irritara de verdade.

— O que foi? — Agora Thayer avaliava Emma, cruzando os braços sobre o peito forte de jogador de futebol. Sua expressão maliciosa era idêntica à do pôster de DESAPARECIDO. — Está com medo de mim?

Emma engoliu em seco.

— P-Por que eu estaria com medo de *você*? — perguntou ela com a voz mais firme possível, a que antigamente reservava a irmãos temporários que apertavam sua bunda, mães temporárias com transtorno de personalidade e caras assustadores que vagavam pelos bairros estranhos nos quais crescera depois de ter sido abandonada pela mãe biológica, Becky. Mas aquilo não passava de fachada. Eram quase três horas da madrugada de domingo. As amigas de Sutton, que estavam no andar de baixo em uma festa do pijama pós-Baile de Boas-Vindas, dormiam profundamente. Assim como os Mercer. Até mesmo o enorme dogue alemão, Drake, roncava no quarto. Na sinistra quietude, Emma não conseguia tirar da cabeça o bilhete que tinham deixado para ela no carro de Laurel em sua primeira manhã no Arizona. *Sutton está morta. Não conte a ninguém. Continue no seu papel... ou você será a próxima.* As mãos fortes e aterrorizantes que a tinham estrangulado com o relicário de Sutton na casa de Charlotte, uma semana depois, ameaçava-a mais uma vez para que ficasse quieta. E o vulto imponente e sombrio que tinha visto no auditório da escola logo depois que o refletor caíra a centímetros de sua cabeça. E se Thayer estivesse por trás de tudo aquilo?

Thayer sorriu como se estivesse lendo sua mente.

— Tenho certeza de que você tem seus motivos. — Ele se recostou e a encarou como se ela fosse um livro aberto, como se fosse responsável por ela estar ali, fingindo ser a irmã morta.

Emma olhou em volta, avaliando as opções de fuga, mas Thayer agarrou seu braço antes que ela conseguisse se distanciar dele. Ele a segurou com força, e ela soltou um grito instintivo e agudo. Thayer apertou a mão sobre a boca de Emma.

— Está louca? — rosnou ele.

— Mmm! — gemeu Emma, lutando para respirar sob a mão sufocante de Thayer. Ele estava tão próximo que ela sentia o cheiro de seu chiclete de canela e via as pequenas sardas que salpicavam seu nariz. Emma lutou contra ele, com o peito se enchendo de pânico. Ela mordeu a mão dele com força, sentindo o gosto terroso e salgado de suor.

Thayer disse um palavrão e deu um passo para trás, soltando-a. Ela se afastou. O cotovelo dele bateu contra um vaso verde-água que estava na estante de livros de Sutton. O objeto virou, caiu no chão e se estilhaçou em vários pedacinhos.

Uma luz se acendeu no corredor.

— O que foi isso? — gritou alguém. Passos ressoaram e, segundos depois, os pais de Sutton irrompiam no quarto.

Eles correram para perto de Emma. O cabelo da sra. Mercer estava desgrenhado e ela usava uma camisola amarela larga sob um robe. A camiseta branca do sr. Mercer estava enfiada de qualquer jeito dentro da calça de flanela azul do pijama e seu cabelo arrepiado era salpicado de fios brancos.

Assim que os pais viram o invasor, seus olhos se arregalaram. O sr. Mercer se colocou entre Emma e Thayer. A sra. Mercer abraçou Emma de modo protetor e a puxou para perto. Emma relaxou com gratidão no abraço da mãe adotiva de Sutton, esfregando as cinco marcas vermelhas que tinham aparecido em sua pele no ponto onde Thayer a agarrara.

Tive sentimentos dúbios ao ver meus pais protegendo Emma de Thayer. Eles só estavam preocupados porque ela tinha gritado... ou por causa de algo mais sinistro a respeito do próprio Thayer, algo que sabiam sobre o passado dele?

— Você! — gritou o sr. Mercer para Thayer. — Como se atreve? Como entrou aqui?

Thayer se limitou a encará-lo, um leve sorriso nos lábios. As narinas do sr. Mercer se dilataram. Seu maxilar quadrado contraiu-se de um jeito ameaçador, seus olhos azuis cintilavam e uma veia apareceu em sua têmpora, pulsando visivelmente. Por um segundo, Emma tentou imaginar se o sr. Mercer presumira que Sutton tinha convidado Thayer para entrar em seu quarto e estava zangado com a filha por deixar um garoto entrar às três horas da manhã. Mas depois percebeu a postura do sr. Mercer e de Thayer, como se estivessem prontos para a briga. Parecia que algo sombrio e carregado de ódio pairava entre eles, algo que não tinha nada a ver com Sutton.

Mais passos ressoaram escada acima. Laurel e Madeline tinham saído da festa do pijama no escritório e surgiram no vão da porta.

— O que está acontecendo? — resmungou Laurel, esfregando os olhos. Ela viu Thayer, e então seus olhos claros se arregalaram, e ela cobriu a boca com dedos trêmulos.

Madeline vestia uma camisola preta e seu cabelo escuro estava preso em um coque perfeito, embora fosse madrugada. Ela abriu caminho entre Laurel e a sra. Mercer e ficou boquiaberta. Estendeu a mão para segurar o braço de Laurel como se fosse cair no chão, em choque.

— Thayer! — gritou Madeline com uma voz estridente e uma estranha mistura de raiva, confusão e alívio no rosto. — O que está fazendo aqui? Onde você estava? Está tudo bem?

Os músculos dos braços de Thayer se contraíram quando fechou os punhos. Ele olhou para Laurel, Madeline, Emma e os Mercer como se fosse um animal ferido tentando fugir de seus agressores. Logo depois, virou as costas e correu na direção oposta. Atravessou o quarto de Sutton, pulando a janela e descendo pelo carvalho que servia como saída de emergência do quarto. Emma, Laurel e Madeline foram para a janela e observaram Thayer correr pela escuridão. Seus passos estavam irregulares — ele se apoiava na perna esquerda, mancando muito ao atravessar o gramado.

— Volte aqui! — vociferou o sr. Mercer, saindo às pressas do quarto de Sutton e correndo escada abaixo. Emma foi atrás dele, com a sra. Mercer, Laurel e Madeline atrás. Charlote e as Gêmeas do Twitter saíram cambaleando do escritório com uma expressão sonolenta e confusa.

Todas se reuniram perto da porta aberta. O sr. Mercer tinha corrido até a metade do jardim.

— Vou chamar a polícia! — gritou ele. — Volte aqui, desgraçado!

Não houve resposta. Pneus cantaram na esquina. Sem mais nem menos, Thayer tinha ido embora.

Madeline se virou para Emma. Seus olhos azuis estavam marejados, e seu rosto, vermelho e manchado.

— Você o convidou para vir aqui?

Emma se sobressaltou.

— O quê? Não!

Mas Madeline correu porta afora. Alguns bipes agudos cortaram o ar e os faróis do SUV de Madeline iluminaram a escuridão.

Laurel lançou a Emma um olhar furioso.

– Olhe o que você fez.

– Eu não *fiz* nada – protestou Emma.

Laurel olhou para as outras garotas em busca de apoio. Charlotte pigarreou. As Gêmeas do Twitter mexiam nos iPhones, sem dúvida loucas para postar uma atualização sobre aquilo em suas muitas redes sociais. O olhar de Laurel estava gélido e incrédulo, e Emma podia imaginar por quê. Laurel e Thayer eram melhores amigos antes de seu desaparecimento, e Laurel era apaixonada por ele. Mas Thayer mal havia percebido a presença de Laurel no quarto de Sutton. Pelo que Emma percebera ao longo das últimas semanas em Tucson, algo importante tinha acontecido entre Sutton e Thayer antes de seu sumiço.

– Não *fez* nada? – Laurel virou-se para Emma. – Você o meteu em encrenca! *De novo.*

A sra. Mercer passou as mãos pelo rosto.

– Por favor, Laurel. Agora não. – Ela foi até Emma, apertando o cinto do robe atoalhado que tinha pegado ao descer. – Sutton, você está bem?

Laurel revirou os olhos.

– Olhe para ela. Está ótima.

Enfim, Drake, o dogue alemão, desceu tranquilamente as escadas e encostou o focinho molhado na mão da sra. Mercer.

– Que belo cão de guarda você é – murmurou a sra. Mercer, depois se voltou para Emma, Laurel e as três garotas remanescentes no hall. – Acho melhor vocês irem para casa – disse ela com um tom cansado.

Sem uma palavra, Charlotte e as Gêmeas do Twitter voltaram para o escritório, talvez a fim de pegar suas coisas. Emma estava com a cabeça enevoada demais para segui-las. Voltou para o andar de cima e se refugiou no quarto de Sutton para tentar se orientar. O quarto estava como ela o deixara: exemplares antigos da *Vogue* empilhados com capricho na estante de Sutton, colares entrelaçados sobre a cômoda, cadernos escolares amontoados sobre a escrivaninha de carvalho branco e o computador com imagens de Madeline, Charlotte, Laurel e Sutton abraçadas – talvez comemorando algum trote perfeito do Jogo da Mentira. Não havia nada faltando. Fosse qual fosse o motivo da invasão de Thayer, não era roubo.

Emma sentou-se no chão, pensando outra vez no olhar magoado de Madeline. Uma coisa que Thayer sem dúvida *tinha* roubado era a tênue paz que ela finalmente havia conseguido com Laurel e as amigas de Sutton. Sua irmã gêmea irritara muita gente em vida, e tinha dado muito trabalho consertar seus relacionamentos.

Fiquei indignada com os pensamentos de Emma. Ela estava falando de *minhas* amigas. Pessoas que *eu* conhecia e amava desde sempre, e que *me* amavam também. Mas nem mesmo eu podia negar que havia tomado algumas decisões questionáveis. Roubara o namorado de Charlotte, Garrett. Era óbvio que mantinha algum tipo de relacionamento complicado com o irmão de Madeline. Causara uma convulsão em Gabby durante um trote do Jogo da Mentira – e depois dissera à irmã dela que, se contasse aquilo a alguém, eu faria de sua vida na escola um inferno na terra. E já havia perdido a conta de quantas vezes desprezara os sentimentos de Laurel. Uma coisa que aprendi depois de morrer foi que cometi muitos erros quando estava viva. Erros que eu nunca poderia consertar. Mas talvez Emma pudesse.

Depois de respirar fundo por alguns minutos, Emma saiu devagar do quarto de Sutton e foi para o andar de baixo. Sentiu o cheiro de avelãs torradas ao entrar na cozinha. O pai de Sutton estava com os olhos fixos em uma caneca de café puro, ainda com o rosto contraído em uma carranca quase irreconhecível. A sra. Mercer traçava círculos entre as omoplatas do marido com as pontas dos dedos e sussurrava algo em seu ouvido. Laurel olhava distraída pela janela, girando um móbile de cristal em forma de abacaxi.

Quando a sra. Mercer viu Emma, levantou os olhos e lhe lançou um pequeno sorriso.

– A polícia vai chegar a qualquer momento, Sutton – disse ela delicadamente.

Emma ficou perplexa, sem saber como reagir. Será que os pais de Sutton esperavam que ela ficasse aliviada com aquilo... ou que começasse a defender Thayer com veemência? Ela acabou deixando o rosto inexpressivo, cruzou os braços e encarou o pai de Sutton.

– Você entende o quanto aquele garoto é perigoso? – perguntou o sr. Mercer, balançando a cabeça.

Emma abriu a boca para falar, mas Laurel foi mais rápida. Empurrou Emma para o lado e agarrou o encosto de uma das cadeiras de madeira ao redor da mesa redonda de carvalho.

– Aquele *garoto* é um dos meus melhores amigos, pai – rosnou ela. – E já passou pela sua cabeça que é a Sutton, e não o Thayer, quem está causando problemas?

– Como é? – guinchou Emma, indignada. – Que culpa *eu* tenho?

Eles foram interrompidos pelo som distante de sirenes. O sr. Mercer foi para o corredor, e a sra. Mercer o seguiu. As sirenes ficaram cada vez mais altas até chegarem diante da casa. Emma ouviu um carro estacionar na entrada e viu luzes vermelhas e azuis piscando na varanda. Ela estava a ponto de seguir os Mercer até o hall quando Laurel segurou seu braço.

— Você vai colocar a culpa no Thayer, não vai? — sussurrou Laurel, os olhos cintilando.

Emma a encarou.

— Do que está falando?

— Não sei por que ele sempre vai até você primeiro — continuou Laurel, como se não tivesse escutado a pergunta de Emma. — Você só piora a vida dele. E nunca está presente para consertar as coisas. Essa parte você deixa para mim, não é?

Emma mexeu no relicário de Sutton, que pendia de seu pescoço, implorando em silêncio que Laurel se explicasse, mas ela apenas a encarou de um jeito acusador. Era óbvio que estava falando de algo que Sutton já deveria saber.

Só que... eu não sabia.

— Temos café. — A voz da sra. Mercer ecoou do hall. Emma virou-se bem a tempo de ver os pais de Sutton conduzindo dois policiais à cozinha; um deles tinha cabelo ruivo e sardas e não parecia muito mais velho que Emma. O outro era mais velho, tinha orelhas grandes e usava um perfume amadeirado. Emma o reconheceu de imediato.

— Olá de novo, srta. Mercer — disse o segundo policial, lançando a Emma um olhar cansado. Era o detetive Quinlan, o policial que não tinha acreditado em Emma ao ouvi-la revelar sua verdadeira identidade no dia em que chegara a Tucson. Ele havia presumido que a encenação da "gêmea há muito perdida" era mais uma das brincadeiras de Sutton. A polícia de Tucson tinha uma pasta inteira dedicada aos delitos que Sutton cometera como parte do Jogo da Mentira, um cruel clube que ela e suas amigas tinham inventado havia mais de cinco anos e que consistia em passar trotes em vítimas ingênuas. Em um dos trotes mais horríveis, Sutton fingira que seu carro tinha morrido nos trilhos de uma ferrovia enquanto um trem de passageiros se aproximava dela e das amigas em alta velocidade, e Gabby acabou sendo internada por conta de uma convulsão. Emma só tinha descoberto aquilo na semana anterior, depois de ter sido pega de propósito roubando em uma loja para conseguir dar uma olhada na ficha criminal de Sutton. Bisbilhotou e conseguiu o que queria, mas passar mais tempo convivendo com a força policial de Tucson não fazia parte de seus planos.

Quinlan afundou em uma das cadeiras da cozinha.

– Por que sempre que há um chamado durante minha ronda tem alguma coisa a ver com você, srta. Mercer? – perguntou ele com uma voz cansada. – Você marcou esse encontro com o sr. Vega? Sabe onde ele esteve durante esse tempo todo?

Emma se apoiou à mesa e lançou um olhar furioso a Quinlan. Ele implicava com ela – ou melhor, com Sutton – desde o dia que o conhecera.

– Eu não fiz nada errado – respondeu na mesma hora, tirando uma mecha de cabelo castanho do ombro.

O sr. Mercer levantou as mãos.

– Sutton, *por favor* – disse ele. – Coopere com a polícia. Quero esse garoto fora de nossas vidas de uma vez por todas.

– Eu já disse, não *sei* de nada – argumentou Emma.

Quinlan virou-se para o pai de Sutton.

— Temos três viaturas patrulhando a área em busca do sr. Vega. Vamos encontrá-lo mais cedo ou mais tarde. Pode ter certeza.

Algo naquela ameaça causou um calafrio em Emma. Senti o mesmo calafrio, e pensamos a mesma coisa: *e se Thayer reencontrar Emma primeiro?*

2

UM GAROTO CHAMADO PROBLEMA

— Sutton? — A voz da sra. Mercer flutuou escada acima. — Café da manhã!

Os olhos de Emma se abriram devagar. Era manhã de sábado, e ela estava deitada na cama de Sutton, que era um zilhão de vezes mais luxuosa do que qualquer cama na qual ela já havia dormido em seus lares provisórios. Era de imaginar que um colchão macio, lençóis de mil fios, travesseiros de penas e um edredom acetinado garantiriam oito horas de sono perfeito todas as noites, mas desde que chegara ali seu sono era agitado. Na noite anterior, ela tinha acordado a cada trinta minutos para verificar se a janela de Sutton ainda estava trancada. Todas as vezes ficava diante do parapeito da janela e olhava o gramado perfeito que Thayer atravessara correndo horas antes; os mesmos pensamentos retornavam à mente sem parar. E se ela não tivesse gritado? E se o vaso não tivesse quebrado? E se o sr. e a sra. Mercer não tivessem entrado no quarto de Sutton naquela hora? Será que enfim Thayer teria feito uma ameaça direta a Emma? Diria para ela parar de bisbilhotar, ou então...?

Gêmea perdida encontra fugitivo louco e possivelmente assassino, pensou Emma. Durante os anos passados no sistema de adoção, ela tinha adquirido o hábito de dar títulos a suas atividades diárias com uma manchete forte, como treinamento para se tornar jornalista investigativa. Ela tinha registrado as manchetes em um caderno e batizado seu jornal de *Notícias da Emma*. Desde que se mudara para Tucson e assumira a vida de Sutton, suas aventuras tinham *mesmo* passado a ser dignas de nota, mas ela não podia contá-las a ninguém.

Emma virou para o lado e voltou a pensar nos acontecimentos da noite anterior. *Será* que Thayer era o assassino de Sutton? O comportamento dele não dispersava nenhuma de suas suspeitas.

– Sutton? – a sra. Mercer chamou de novo.

O cheiro adocicado de xarope de bordo e waffles flutuou até o quarto de Sutton, e o estômago de Emma roncou de fome.

– Estou indo! – gritou ela em resposta.

Bocejando, ainda um pouco grogue, Emma saiu da cama e tirou uma camiseta do Arizona Cardinals da primeira gaveta da cômoda de madeira branca de Sutton. Ela arrancou uma etiqueta de preço de 34,99 dólares da gola e a vestiu. Provavelmente, a camiseta fora presente de Garret, fanático pelos Cardinals e namorado de Sutton quando ela morreu – agora *ex*-namorado, depois de Emma recusar seu corpo nu na festa de dezoito anos de Sutton. Havia certas coisas que irmãs não deviam compartilhar.

Dã, lógico! Como a vida uma da outra. Mas acho que era tarde demais para isso.

O iPhone de Sutton vibrou, e Emma olhou para a tela. Uma pequena foto de Ethan Landry apareceu no canto direito superior, o que fez o coração de Emma saltar. VOCÊ ESTÁ BEM? dizia a mensagem. SOUBE QUE A POLÍCIA ESTEVE NA SUA CASA ONTEM À NOITE DEPOIS QUE FUI EMBORA. O QUE ACONTECEU?

Emma fechou os olhos e bateu os dedos nas teclas. LONGA HISTÓRIA. THAYER ENTROU AQUI. SUPERASSUSTADOR. TALVEZ ELE SEJA UM SUSPEITO. NOS VEMOS MAIS TARDE NO LUGAR DE SEMPRE?

VOCÊ NÃO ESTÁ DE CASTIGO?, respondeu Ethan.

Emma passou a língua sobre os dentes. Ela esquecera que os Mercer a tinham deixado de castigo por roubar a bolsa na Clique na semana anterior. Eles só permitiram que fosse ao Baile de Boas-Vindas porque ela havia se saído bem na escola – o que, pelo visto, era novidade para Sutton. VOU DAR UM JEITO DE SAIR. VEJO VOCÊ DEPOIS DO JANTAR, ela digitou em resposta.

Com certeza ela precisava dar um jeito. Com exceção de meu assassino, Ethan era a única pessoa que sabia quem Emma realmente era, e os dois tinham unido forças para tentar identificar o assassino de Sutton. Sem dúvida, ele desejaria saber o que tinha acontecido com Thayer.

Mas Emma não queria vê-lo só por isso. Depois da confusão da noite anterior, ela quase se esquecera de que eles tinham feito as pazes... e se beijado. Estava louca para vê-lo e continuar de onde tinham parado. Ethan era seu primeiro "quase namorado" de verdade – ela sempre fora muito tímida e se mudava com muita frequência para causar alguma impressão nos garotos – e queria que desse certo.

Eu também esperava que desse certo. Pelo menos *uma* de nós devia encontrar o amor.

Emma desceu a escada para tomar café, parando um instante para olhar as fotografias de família no corredor dos Mercer. Fotos com molduras pretas mostravam Laurel e Sutton abraçadas na Disneylândia; em uma viagem de esqui usando óculos de proteção cor-de-rosa neon iguais; e em uma linda praia de areia branca fazendo um castelo de areia. Uma foto mais recente mostrava Sutton e o pai diante do Volvo verde-esmeralda enquanto ela segurava a chave com uma expressão alegre.

Ela parecia tão feliz. Despreocupada. Tinha a vida que Emma sempre quisera. Aquela era uma questão que a atormentava com frequência: por que Sutton havia ganhado uma família e amigos tão maravilhosos, enquanto Emma tinha passado treze anos em lares adotivos? Sutton foi adotada pela família Mercer ainda bebê, e Emma ficou com a mãe biológica, Becky, até os cinco anos. E se os papéis tivessem sido invertidos e Emma morasse com os Mercer? Será que estaria morta? Ou teria vivido a vida de Sutton de um jeito diferente, valorizando seus privilégios?

Olhei para as fotos, concentrando-me em uma imagem recente de nós quatro na varanda. Minha mãe, meu pai, Laurel e eu parecíamos a família perfeita, todos de camiseta branca e jeans, com o sol de Tucson brilhando ao fundo. Eu me encaixava muito bem entre eles, meus olhos azuis eram quase iguais aos de minha mãe adotiva. Odiava quando Emma presumia que eu tinha sido uma garota mimada e ingrata a vida inteira. Tudo bem, talvez não tenha dado o devido valor a meus pais. E talvez tenha magoado algumas pessoas com os trotes do Jogo da Mentira. Mas será que merecia morrer por causa disso?

Na cozinha, a sra. Mercer despejava uma massa dourada na máquina de waffle. Drake estava sentado pacientemente atrás dela, esperando que a massa vazasse pelas laterais e pingasse no chão. Quando Emma apareceu na porta, a sra. Mercer olhou para ela com uma expressão aflita e preocupada. Suas olheiras estavam acentuadas e havia fios grisalhos em suas têmporas. Os Mercer eram um pouco mais velhos que a maioria dos pais que ela conhecia, deviam ter quase cinquenta anos ou um pouco mais.

– Você está bem? – perguntou a sra. Mercer, fechando a parte de cima da máquina de waffle e largando o batedor sobre a massa.

– Ãhn, estou – murmurou Emma, mas se sentiria muito melhor se soubesse onde Thayer estava.

Um baque alto ressoou do outro lado da cozinha. Emma virou-se e viu Laurel sentada à mesa cortando com força um abacaxi maduro e suculento com uma longa faca prateada. A irmã de Sutton a encarou e deu um sorriso sarcástico, estendendo-lhe uma fatia gotejante.

– Quer um pouco de vitamina C? – perguntou ela com frieza. A faca brilhava de um jeito ameaçador em sua outra mão.

Se fosse uma semana antes, Emma teria sentido medo daquela faca – Laurel estava em sua lista dos dez suspeitos mais prováveis. Mas o nome dela havia sido excluído; ela tinha passado a noite inteira do assassinato de Sutton numa festa do pijama na casa de Nisha Banerjee. Não podia ter sido ela.

Emma olhou para o abacaxi e fez uma careta.

— Não, obrigada, abacaxi me dá ânsia de vômito.

O sr. Mercer, que estava ao lado da máquina de *espresso*, virou-se para ela, surpreso.

— Achei que você adorasse abacaxi, Sutton.

Emma sentiu o estômago revirar. Não conseguia comer abacaxi desde os dez anos, quando sua mãe temporária da época, Shaina, ganhou um suprimento vitalício de abacaxi enlatado depois de inscrever um bolo invertido de abacaxi em uma revista de culinária. Emma havia sido forçada a comer os escorregadios pedaços amarelos em todas as refeições durante seis meses. É *claro* que aquela seria a fruta favorita de Sutton.

Eram os pequenos detalhes sobre Sutton, coisas que ela não tinha como saber, que sempre lhe passavam a perna. O pai de Sutton também parecia bem atento aos seus deslizes — quando Emma chegara a Tucson, ele tinha sido o único a questioná-la sobre uma minúscula cicatriz que sua irmã gêmea não possuía. E sempre dava a impressão de tomar cuidado com o que lhe dizia, como se estivesse se controlando, escondendo alguma coisa. Era como se ele soubesse que algo estava errado com a filha, mas não conseguisse entender muito bem o quê.

— Isso foi antes de eu descobrir que é cheio de carboidratos prejudiciais — disparou Emma, improvisando. Pareceu algo que Sutton diria.

Antes que alguém respondesse, o vapor irrompeu da máquina de *espresso* que ficava sobre a bancada de pedra-sabão. O sr. Mercer despejou leite em quatro canecas de porcelana estampadas com fotos de dogues alemães muitos parecidos com Drake, depois se voltou para Emma.

— A polícia encontrou Thayer ontem à noite. Ele foi capturado enquanto tentava pegar carona na rampa de acesso para a Rota 10.

— Ele foi preso por invasão de domicílio — acrescentou a sra. Mercer, dispondo uma pilha de waffles num prato. — Mas não é só isso. Parece que ele tinha uma faca, uma arma escondida.

Emma estremeceu. Um movimento em falso na noite anterior e Thayer podia tê-la esfaqueado.

— Quinlan disse que ele resistiu à prisão — continuou o sr. Mercer. — Pelo visto, ele está muito encrencado. Também vão mantê-lo na delegacia para ser interrogado sobre outras coisas, como onde esteve durante esse período e por que deixou a família preocupada por tanto tempo.

Emma manteve uma expressão neutra, mas seu corpo foi tomado de alívio. Pelo menos Thayer estava preso, e não rondando por Tucson. Ela estava segura — por enquanto. Com Thayer atrás das grades, ela teria tempo para investigar a fundo o misterioso relacionamento entre ele e Sutton... e descobrir se precisava mesmo o temer.

— Podemos visitá-lo na cadeia? — perguntou Laurel, enfiando a coroa espinhenta do abacaxi no lixo.

O sr. Mercer ficou horrorizado.

— Claro que não. — Ele apontou para ambas as filhas. — Não quero que *nenhuma* das duas vá visitá-lo. Sei que ele era seu amigo, Laurel, mas pense em todas as brigas nas quais ele se envolveu no campo de futebol. E se metade dos boatos sobre álcool e drogas for verdade, ele é uma farmácia ambulante. E por que estava com uma faca? Aquele garoto só cria problemas. Não quero vocês andando com alguém assim.

Laurel abriu a boca para protestar, mas a sra. Mercer logo interrompeu:

— Pode arrumar a mesa, querida? — Havia certa oscilação em sua voz, como se ela estivesse tentando amenizar as coisas e varrer os problemas para debaixo do tapete.

A sra. Mercer colocou uma pilha de waffles belgas na mesa da cozinha e encheu os copos de todos com suco de laranja. O sr. Mercer se afastou da máquina de café e se sentou em seu lugar habitual. Cortou um pedaço de waffle e enfiou na boca. Seus olhos não se desgrudaram de Emma o tempo todo.

— Existe alguma razão para Thayer ter entrado às escondidas em seu quarto? — perguntou ele.

O nervosismo revirou o estômago de Emma. *Porque ele pode ter matado sua verdadeira filha? Porque ele queria ter certeza de que eu não contaria isso para todo mundo?*

— Você não estava esperando por ele, não é? — continuou o sr. Mercer com um tom de voz mais veemente.

Emma olhou para baixo e pegou o frasco de geleia.

— Se eu estivesse esperando, não teria gritado.

— Quando foi a última vez que o viu?

— Ontem à noite.

O sr. Mercer soltou um suspiro exagerado.

— *Antes* disso.

Eram perguntas que Emma não tinha como responder. Ela passou os olhos pelas pessoas sentadas à mesa. Os três Mercer a encaravam, esperando a resposta. O sr. Mercer parecia irritado. A sra. Mercer estava nervosa. E o rosto de Laurel estava vermelho de tanta raiva.

— Em junho — disse Emma. Todos os panfletos da delegacia e as páginas do Facebook diziam que Thayer tinha desaparecido naquele mês. — Assim como todo mundo.

O sr. Mercer suspirou fundo como se não acreditasse nela. Mas antes que pudesse dizer mais alguma coisa a sra. Mercer pigarreou.

— Não vamos mais nos preocupar com Thayer Vega — tranquilizou ela. — Ele está preso... e é isso que importa.

O sr. Mercer franziu a testa.

— Mas...

— Vamos falar sobre coisas boas, como sua festa de aniversário — interrompeu a sra. Mercer. Ela tocou o braço do marido. — Só faltam algumas semanas. Já está quase tudo planejado. — Até Emma sabia dos planos da festa de aniversário do sr. Mercer. Havia semanas a sra. Mercer planejava as festividades no resort Loews Ventana Canyon. Suas listas de tarefas para a festa se espalhavam pela casa em post-its de um amarelo vivo.

O sr. Mercer continuou inflexível.

— Eu disse que não queria uma festa.

— Todo mundo quer uma festa — zombou a sra. Mercer.

— A vovó vem, não é? — perguntou Laurel depois de tomar um gole de suco de laranja.

A sra. Mercer assentiu.

— E vocês, meninas, sabem que podem convidar seus amigos — disse ela. — Já enviei convites para os Chamberlain e para o sr. e a sra. Vega. E acabei de encomendar o bolo na Gianni's, aquela padaria sofisticada que fez o bolo da festa do sr. Chamberlain. Parece que eles são os *melhores*. É de cenoura com cobertura de cream cheese. Seu favorito!

A voz dela ficava cada vez mais aguda. *Após invasão de domicílio por suspeito do assassinato de adolescente, esposa zelosa tenta melhorar o clima falando de sobremesa*, pensou Emma com um sorrisinho.

— Vocês me dão licença? — perguntou Laurel, embora ainda houvesse um waffle inteiro em seu prato.

— Claro — disse distraidamente a sra. Mercer, ainda olhando para o marido.

Emma também se levantou.

— Tenho dever de alemão — disse ela. — É melhor começar logo. — Aquilo era algo que Sutton *nunca* diria, mas ela estava ansiosa para escapar dali. Emma levou seu prato para a pia e manteve a cabeça baixa quando Laurel passou e murmurou algo entredentes. Emma teve quase certeza de que foi *vadia*.

Quando passou outra vez pela mesa a caminho do corredor, ela sentiu que o sr. Mercer a observava. O olhar dele era tão desconfiado que Emma sentiu uma forte pontada no estômago. De repente, lembrou-se do olhar que ele e Thayer tinham trocado na noite anterior. Seria apenas sua imaginação ou alguma coisa importante tinha acontecido entre eles? Será que eles tinham algum tipo de... *passado*? Será que o sr. Mercer sabia alguma coisa sobre Thayer — alguma coisa potencialmente perigosa — que não estava revelando?

Eu tinha que concordar — sem dúvida meu pai sabia alguma coisa sobre Thayer. Enquanto seguia Emma escada acima, vi de relance as montanhas pela janela, e duas peças do quebra-cabeça se encaixaram por um breve instante em minha mente. Lembrei-me de galhos angulosos lançando sombras sobre a terra batida; o ar pegajoso do fim do verão grudava-se às minhas pernas expostas. Vi Thayer mantendo o passo a meu lado, dando-me o braço enquanto percorríamos um caminho pedregoso ao crepúsculo. Eu o vi abrir a boca para falar, mas a lembrança se dispersou antes que eu conseguisse escutar o que ia dizer. Mas talvez, apenas talvez, fosse uma coisa que eu não queria ouvir.

3
NINGUÉM RESISTE A UM POETA

Mais tarde, naquela noite, Emma foi até o parque local da região. Embora estivesse escurecendo, ainda havia muita gente correndo pelos caminhos de terra que serpenteavam em direção às montanhas, preparando hambúrgueres em churrasqueiras públicas e brincando com os cachorros na grama. Um rádio tocava uma música de Bruno Mars e várias crianças jogavam água de uma fonte umas nas outras.

A mera visão do parque me fazia sofrer. Ficava apenas a alguns quarteirões de minha casa, e mesmo que não conseguisse me lembrar de coisas específicas, eu sabia que tinha passado muito tempo ali. Faria qualquer coisa para mergulhar os dedos na água fria daquela fonte ou morder um hambúrguer suculento direto da churrasqueira – mesmo que fosse direto para minhas coxas.

Ainda havia um jogo de basquete acontecendo, mas todas as quadras de tênis estavam escuras. Emma andou até a última e abriu o portão, que rangeu. Ela mal conseguiu distinguir uma figura deitada no chão perto da rede. Seu coração acelerou. Era Ethan.

– Oi? – sussurrou Emma.

Ethan se pôs de pé e andou em direção a ela com o passo firme e calmo. Suas mãos estavam enfiadas no fundo dos bolsos da calça Levi's surrada. Uma camiseta fina envolvia seus braços fortes.

– Oi pra você também – disse ele. Mesmo no escuro, Emma sabia que ele sorria. – Saiu escondida?

Emma balançou a cabeça, negando.

– Não precisei. Os Mercer suspenderam o castigo. Acho que a quantidade de dever de casa que tenho feito os fez mudarem de ideia. Mas o sr. Mercer me perguntou um milhão de coisas para saber aonde eu estava indo. – Ela olhou para trás, para as árvores escuras a distância. – Estou surpresa por ele não ter me seguido. Mas, enfim, acho que deveria me sentir agradecida. Ninguém nunca se importou o suficiente para sempre querer saber onde estou. – Ela riu sem firmeza.

– Nem mesmo Becky? – perguntou Ethan, erguendo uma das sobrancelhas.

Emma examinou as árvores retorcidas do outro lado da quadra.

– Becky me esqueceu em uma loja de conveniência uma vez, lembra? Ela não era bem um exemplo de mãe. – Emma se sentia culpada por falar mal da mãe. Tinha algumas boas lembranças de Becky, como a vez que ela a deixara vestir uma combinação de seda e brincar de Branca de Neve no quarto de hotel, ou as muitas noites em que Becky organizara caças ao tesouro para ela, mas nada disso compensava o fato de sua mãe tê-la abandonado quando ela mais precisava.

— Bom, estou feliz por você ter vindo — disse Ethan, mudando de assunto.

— Eu também — respondeu Emma.

Ela o encarou por um breve instante. Houve uma longa pausa, e ambos baixaram os olhos. Emma chutou uma bola de tênis para perto da rede. Ethan sacudiu as moedas em seu bolso. Em seguida, estendeu a mão e pegou a dela. Emma sentiu o cheiro de especiarias de sua loção pós-barba quando ele se aproximou.

— Luzes acesas ou apagadas? — perguntou ele. As quadras de tênis tinham iluminação manual: setenta e cinco centavos por cada trinta minutos.

— Apagadas — respondeu Emma, sentindo a empolgação inundar seu corpo.

Ethan a puxou para baixo e os dois se deitaram no cimento. O chão ainda estava quente do calor do dia e tinha um vago cheiro de alcatrão e borracha dos tênis. Acima deles, brilhava uma lua prateada. Uma coruja voou para o galho alto de uma árvore.

— Não acredito que Thayer invadiu sua casa — comentou Ethan após um instante, abraçando-a. — Você está bem?

Emma encostou o rosto no peito dele, sentindo-se exausta de repente.

— Estou melhor agora.

— Então, será que ele entrou para ver Sutton?

Emma se afastou e suspirou.

— Acho que sim. A não ser que...

— A não ser que o quê?

— A não ser que Thayer saiba quem eu realmente sou e tenha aparecido para me lembrar de ficar na linha. — O mero fato de dizer aquelas palavras em voz alta causou um calafrio em Emma.

Ethan encostou os joelhos no peito e os abraçou.

— Acha que Thayer matou Sutton?

— É possível, sem dúvida. É o único dos amigos dela que não consegui investigar. O que você acha que estava acontecendo entre Sutton e Thayer antes da fuga dele? — Emma apoiou a mão espalmada contra o asfalto, sentindo o calor. Ela precisava tocar algo sólido, algo que entendesse.

Uma expressão de tristeza cruzou o rosto de Ethan.

— Não sei — admitiu ele. — Gostaria de saber, mas eu não era do grupo deles.

— Algumas pessoas insinuaram que ele podia estar tendo um caso com Sutton — disse Emma.

Uma dessas pessoas tinha sido Garrett, o ex de Sutton, que praticamente a acusara disso no Baile de Boas-Vindas de sexta-feira. E Nisha Banerjee deixou claro que Sutton tinha roubado o garoto de quem Laurel gostava. Além disso, desde que Thayer aparecera no quarto de Sutton, Laurel lançava olhares gelados a Emma e dissera aquela frase misteriosa: *Você só piora a vida dele.* O *que* significava aquilo?

— Mas, enfim, outras pessoas deram a entender que Thayer saiu da cidade por causa de alguma coisa que Sutton fez — continuou Emma, devagar.

— Eu ouvi falar nisso. — Ethan chutou uma rachadura na quadra com o calcanhar do tênis. — Mas quem sabe se é verdade? As pessoas só começaram a falar sobre isso nos últimos tempos. Quando Thayer sumiu, todo mundo imaginou que ele tinha fugido para escapar do pai. Ele sempre gritava com Thayer durante os jogos de futebol e o pressionava demais.

Emma se retraiu, lembrando-se de outra coisa sobre a noite de sexta. No Baile de Boas-Vindas, notou marcas roxas nos braços de Madeline. Ela disse que tinha sido o pai e que ele também era severo com Thayer. Aquele havia sido um momento triste, mas especial. Era a primeira vez que Emma tinha uma conversa real e honesta com uma das amigas de Sutton. Ela ansiava por aquela conexão: além de sua melhor amiga, Alex, que morava em Henderson, Nevada, suas constantes mudanças haviam tornado difícil construir amizades duradouras.

Eu era obrigada a admitir que me sentia meio triste por Emma estar criando um laço com minha melhor amiga. De certa forma, Emma era uma versão *melhorada* de mim, uma Sutton 2.0, o que doía bastante. Madeline nunca havia compartilhado seu segredo sobre o pai comigo – ela tinha deixado mais ou menos subentendido que achou que eu não me importava. Mas eu sabia que existiam problemas com o sr. Vega. Uma noite, Charlotte, Laurel e eu ficamos no quarto de Madeline enquanto o sr. Vega arremessava potes e panelas pela cozinha, gritando com Mads e Thayer por causa de sabe Deus o quê. Quando Madeline voltou para o quarto, os olhos arregalados e vermelhos, todas fingimos que nada tinha acontecido. Como eu gostaria de ter perguntado à Mads se ela estava bem. Ela devia ter me dado vários sinais. Minha irmã gêmea estava sendo uma amiga melhor para Mads e Char do que eu – e eu não podia fazer nada a respeito.

Ethan se apoiou nos cotovelos, expondo uma linha firme de bronzeados músculos abdominais.

– Além de Sutton e do pai, só existe mais uma razão para Thayer ter ido embora. Já ouvi dizer que ele se envolveu em coisas muito perigosas.

– Como o quê? Álcool? Drogas? – perguntou Emma, relembrando o que o sr. Mercer dissera.

Ethan deu de ombros.

– Eram só fofocas vagas. Posso tentar sondar por aí. Agora que ele voltou, sem dúvida as pessoas falarão dele. Só vamos precisar separar os boatos da verdade.

Emma se deitou no chão duro da quadra.

– Já falei como isso é frustrante? Não sei como descobrir o que aconteceu entre Thayer e Sutton sem revelar minha verdadeira identidade.

Ethan entrelaçou seus dedos nos dela.

– Vamos dar um jeito. Prometo. Estamos muito mais perto do que estávamos há um mês.

Emma sentiu uma onda de gratidão.

– Não sei o que faria sem você.

Ethan balançou a mão, num sinal de que o que estava fazendo não era importante.

– Pare com isso. Estamos nessa juntos. – Depois, ele se ajeitou e tirou do bolso traseiro um pedaço de papel amassado. – Olhe... então, eu queria perguntar... você teria interesse em ir comigo?

Emma alisou as dobras do papel. DÉCIMO CONCURSO ANUAL DE DECLAMAÇÃO DE POESIA, estava escrito em uma fonte estilo máquina de escrever. O evento era no começo de novembro. Ela olhou para Ethan, confusa.

— Li meus poemas no Club Congress nas últimas semanas — explicou ele. — Achei que seria legal ter mais apoio moral na plateia pelo menos uma vez.

Emma não conseguiu conter um sorriso.

— Você vai me deixar ouvir suas poesias? — Na noite em que conheceu Ethan, que também tinha sido sua primeira noite em Tucson, ela o vira rabiscar poemas em um caderno. Morria de vontade de ler o trabalho dele, mas tinha medo de pedir.

— Desde que você não dê risada. — Ethan baixou a cabeça.

— Claro que não! — Emma segurou as mãos dele. — Eu vou estar lá sem sombra de dúvida.

Os olhos de Ethan brilharam.

— Sério?

Emma assentiu, comovida pela vulnerabilidade que ele demonstrava. As pontas de seus dedos tocaram a palma da mão dele. Vagalumes brilhavam a distância, esvoaçando de um lado para outro entre cactos e árvores. O vento soprou as mechas escuras do cabelo de Ethan quando ele colocou o braço por cima dos ombros de Emma. Ela se aproximou, roçando os joelhos contra o jeans da calça de Ethan. Ela pensou no beijo da noite anterior, na suavidade dos lábios dele contra os dela. Sentia-se egoísta por entregar-se aos sentimentos que tinha por Ethan enquanto o assassinato de sua irmã continuava sem solução, mas ele era a única coisa que a mantinha sã naquele momento.

E, por mais estranho que pareça, ver minha irmã fazer algo que a deixava tão feliz também *me* fazia sentir sã.

Emma inclinou-se para a frente e elevou o queixo. Ethan se aproximou. Mas, de repente, um tilintar metálico veio do outro lado da cerca. Emma virou-se rapidamente e apertou os olhos. Uma figura de pernas longas esgueirava-se entre dois carvalhos.

— Olá? — chamou ela, a pulsação se acelerando um pouco. — Quem está aí?

Ethan se pôs de pé, enfiou uma moeda na máquina e acendeu as luzes. Elas eram tão fortes que Emma teve de proteger os olhos por um instante. Ambos olharam pela quadra; o silêncio era absoluto. O jogo de basquete tinha terminado e não havia tráfego na rua. Há quanto tempo estava silencioso assim? Ela e Ethan estavam falando alto? Será que alguém tinha escutado?

Quando a figura surgiu entre as árvores, Emma segurou o braço de Ethan e reprimiu um grito. Assim que seus olhos se ajustaram, ela viu uma garota de legging preta, top esportivo metálico e tênis brancos. Seu cabelo louro estava preso em um rabo de cavalo alto, e ela corria sem sair do lugar como se tivesse acabado de chegar. Emma ficou boquiaberta. Era Laurel.

Os olhos de Laurel se arregalaram ao ver Emma e Ethan. Após um instante, ela ergueu a mão e deu um leve aceno.

— Ah, oi, gente! — disse ela, como se não tivesse entreouvido a conversa deles, mas Emma não cairia nessa.

Nem eu. Sobretudo depois que Laurel formou com os lábios as palavras *Peguei você!* antes de recolocar os fones do iPod nos ouvidos. Com o rabo de cavalo balançando, ela saiu correndo por entre as árvores e desapareceu.

4

RESSACA DE BOAS-VINDAS

Na manhã de segunda-feira, o campus do Hollier High parecia ainda estar se recuperando da festa de Boas-Vindas de sexta. A escola tinha a tradição de dar um baile com tema de Halloween, e os restos da turbulenta noite estavam por toda parte. Uma fita solitária de papel crepe laranja vivo flutuava do parapeito de uma janela do ginásio. Havia dentes de vampiro jogados na grama. Os restos de uma bola preta estourada se espalhavam pela calçada de cimento. E, no pátio, um chiclete cor-de-rosa estava grudado à tanga da estátua de granito de um nativo-americano que vertia água.

— Parece que este lugar está de ressaca — murmurou Emma.

Laurel, que estava a seu lado, sentada no banco do motorista do Volkswagen Jetta, não soltou nem sequer uma risadinha. Ela continuaria sendo sua carona para a escola até Emma descobrir onde o carro de Sutton estava; sabia que tinha sido rebocado por conta de multas não pagas antes de Sutton desaparecer, mas supostamente sua irmã o havia retirado do depósito na noite em que morrera. Desde então, o carro estava desaparecido.

Emma tentou puxar conversa com Laurel no caminho, mas não se atreveu a confrontá-la por ter espionado seu encontro com Ethan no parque no sábado, mesmo estando desesperada para saber o que ela tinha escutado. Mas Laurel limitou-se a olhar para a frente, o maxilar contraído e os olhos apertados, sem vontade nem sequer de falar da nova música da Beyoncé ou que o rímel Great Lash da Maybelline não chegava aos pés do DiorShow.

Suspirando, Emma saiu do carro e se desviou de uma máscara de Mardi Gras esquecida. Estava cansada do humor instável de Laurel. Na semana anterior, elas tinham se dado muito bem e parecia que, fosse o que fosse, a amarga rivalidade entre Sutton e Laurel estava começando a se dissolver, mas o aparecimento de Thayer as fizera retroceder dez passos. Emma sentia falta de sorrir para Laurel durante o café da manhã, de quando se maquiavam lado a lado no espelho do banheiro de manhã e de quando cantavam junto com o rádio a caminho da escola. Laurel havia lhe dado o gostinho de ter uma irmã, algo que ela nunca tivera.

Quando atravessou o gramado da frente, Emma percebeu que todos cochichavam com animação. Um nome era dito sem parar: *Thayer Vega*.

– Você soube que o Thayer foi preso por invadir a casa dos Mercer? – sussurrou uma garota usando um colete de pele falsa. Emma parou e se enfiou atrás de uma coluna, querendo ouvir a conversa.

O amigo da garota, um garoto com um bico de viúva pronunciado, assentiu com empolgação.

— Ouvi falar que foi uma baita armação. Que Sutton sempre soube que ele apareceria.

— Onde acham que ele estava? — perguntou Pele Falsa.

Bico de Viúva deu de ombros.

— Ouvi que ele foi para Los Angeles tentar ser modelo.

— Que nada. — Uma garota mais nova com cabelo louro frisado tinha se juntado a Bico de Viúva e Pele Falsa. — Ele se envolveu com um cartel de drogas mexicano e levou um tiro na perna. Isso explica por que ele está mancando.

— Faz sentido — assentiu Bico de Viúva com sabedoria.

— Provavelmente, Thayer invadiu o quarto de Sutton para roubar o laptop dela e pagar sua dívida com o traficante.

Pele Falsa revirou os olhos.

— Vocês são ridículos. Ele invadiu o quarto de Sutton porque eles tinham assuntos malresolvidos. Foi por causa dela que ele foi embora.

— Sutton?

Emma se virou e viu Charlotte se aproximando. Os três adolescentes que falavam de Sutton estremeceram quando viram Emma atrás da coluna. Outras pessoas que passavam olharam para ela com curiosidade. Alguns garotos riram.

Eu tinha a sensação de que aquela não era a reação que recebia quando andava pelos corredores do Hollier. As pessoas podiam cochichar sobre mim, mas ninguém teria se atrevido a rir.

— As notícias voam, não é? — disse Emma quando Charlotte acertou o passo com o dela. Emma puxou a bainha do short cinza risca de giz de Sutton. Se soubesse que seria tão observada naquele dia, não teria usado uma roupa tão curta.

— Notícias como essa, sim. — Charlotte ajeitou uma mecha do cabelo ruivo acetinado sobre o ombro e entregou a Emma um latte do Starbucks. Em seguida, lançou um olhar furioso a uma garota gótica que estava com os olhos fixos em Emma. — Algum problema? — perguntou ela com um tom afiado.

A garota gótica deu de ombros e escapuliu. Emma sorriu agradecida para Charlotte quando elas se sentaram em um banco. Era em momentos como aquele que Emma valorizava a acidez impiedosa de Charlotte. Ela era a mais espalhafatosa e controladora da panelinha, o tipo de garota que todos querem desesperadamente ter ao lado e não se atrevem a irritar. Na antiga vida de Emma ela conhecera muitas garotas como Charlotte, mas só de longe. Em geral, as Charlottes do mundo viam Emma como algum tipo de aberração sem família.

Charlotte tomou um gole do café e observou o gramado.

— Que bagunça — murmurou ela, e arregalou os olhos verdes. Emma seguiu o olhar dela e viu Madeline saindo de seu SUV. Ela se empertigou ao máximo enquanto atravessava a multidão de alunos boquiabertos.

— Mads! — chamou Charlotte, acenando.

Madeline virou a cabeça e hesitou ao ver Charlotte e Emma. Por uma fração de segundo, Emma achou que ela se viraria e correria na direção oposta. Mas, por fim, foi até elas com toda sua graça de bailarina e se sentou no banco ao lado de Charlotte.

Charlotte apertou sua mão.

— Como você está?

— O que acha? — disparou Madeline.

Ela estava vestida de forma impecável com um suéter justo de caxemira e short azul-marinho muito bem-passado, mas sua pele clara estava ainda mais pálida que de costume. Emma notou os óculos escuros da Chanel apoiados sobre sua cabeça. Eram novos, embora ela e Madeline tivessem comprado um par vintage na semana anterior, uma atitude muito *anti*-Sutton. Será que Mads decidira não usar os óculos naquele dia de propósito para demonstrar que estava zangada, ou Emma estava imaginando coisas?

— A audiência de acusação do Thayer foi hoje de manhã — explicou Madeline, olhando para Charlotte, mas não para Emma. — A fiança foi estabelecida em quinze mil dólares. Minha mãe não para de chorar. Ela está implorando a meu pai para pagar a fiança, mas ele se recusa. Disse que não vai desperdiçar dinheiro para liberar o Thayer porque ele vai fugir outra vez. Eu pagaria a fiança, mas onde vou arranjar quinze mil?

Charlotte abraçou Madeline e apertou seu ombro.

— Sinto muito, Mads.

— Na audiência, ele ficou parado olhando para nós. — O lábio inferior de Madeline tremeu. — É como se tivesse se tornado um completo estranho. Ele não explica por que fez uma tatuagem e está mancando muito. Nunca mais vai poder jogar futebol. Era o que ele mais amava, o que fazia melhor, e agora seu futuro está arruinado.

Emma estendeu a mão a fim de colocá-la sobre a de Madeline.

— Isso é horrível.

Madeline contraiu os ombros e afastou a mão.

— O pior de tudo é que Thayer não quer contar onde esteve durante todo esse tempo.

— Pelo menos você sabe onde ele está agora e que está seguro — sugeriu Emma.

Madeline se virou e olhou para ela. Seus olhos azuis estavam inchados e sua boca, contraída.

— O que ele estava fazendo no seu quarto? — perguntou ela ab-ruptamente.

Emma se retraiu. Charlotte brincava com um chaveiro em forma de coração que pendia de sua bolsa de couro da Coach, evitando o olhar de ambas.

— Já disse que não sei — gaguejou Emma, sentindo o estômago se contrair.

— Você sabia que ele ia a sua casa naquela noite? — Os olhos de Madeline se estreitaram.

Emma balançou a cabeça.

— Eu não fazia ideia. Juro.

Madeline ergueu uma das sobrancelhas como se quisesse acreditar, mas não conseguisse.

— Qual é, Sutton? Você sabia quando ele ia embora. Você falava com ele durante esse tempo em que ficou desaparecido, não é? Você sabia o tempo todo onde ele estava.

— Mads — disse Charlotte. — Sutton não faria...

— Mads, se eu soubesse onde ele estava ou estivesse me comunicando com ele, eu teria lhe contado — interrompeu Emma. Ela só podia imaginar se aquilo era verdade. *Ela* não estava falando com Thayer. Mas e Sutton?

Eu tinha a desconcertante suspeita de que Emma estava certa, embora não quisesse acreditar que teria escondido isso de Mads. Eu tinha magoado muitas pessoas e guardado muitos segredos. Como queria me lembrar de quais eram!

Madeline lascou um pedaço de esmalte dourado de seu indicador.

— Sei o que estava acontecendo entre vocês antes de ele ir embora.

Emma sentiu um forte gosto amargo na boca. Ela inspirou para falar, mas não conseguiu encontrar as palavras. O que deveria dizer? *Pode me contar, então?*

Nesse momento, o sinal agudo tocou no pátio. Charlotte se levantou de imediato.

— Temos que ir.

Mas Madeline ficou ali sentada, encarando-a.

Charlotte tocou com delicadeza a manga do suéter de Madeline.

— A última coisa de que precisamos é que alguém ligue para o seu pai e diga que você se atrasou.

Por fim, Madeline suspirou e jogou a bolsa sobre o ombro. Charlotte murmurou para Emma que a veria no almoço, depois deu o braço a Madeline e levou-a para a primeira aula. Embora a aula de Emma fosse na mesma direção, ela teve a clara impressão de que não era bem-vinda.

A mão de alguém se fechou sobre o ombro de Emma e ela se sobressaltou. Ao virar-se, viu Ethan sorrindo timidamente.

— Não tive intenção de assustar você — disse ele. — Só queria saber se estava tudo bem.

Emma estendeu a mão para pegar a de Ethan, depois se retraiu. Alguns alunos de teatro ensaiavam uma cena perto do estacionamento. Havia uma pequena fila para comprar café no quiosque colado aos portões da escola. Ninguém estava olhando para eles, mas, mesmo assim, ela se sentia paranoica. Ethan não fazia parte da panelinha de Sutton, nem queria fazer.

Ela suspirou.

— Só cheguei há dez minutos e já foi um dia longo — queixou-se. — E, a julgar pelo comportamento de Madeline, com certeza havia alguma coisa entre Sutton e Thayer antes da fuga dele.

Ethan assentiu.

— Pelo visto, Sutton estava traindo Garrett.

— Acho que sim — concordou Emma. Ela não queria presumir que sua irmã estava traindo, mas pelo visto era verdade.

— E como vamos descobrir mais? — perguntou Ethan.

Emma tomou um gole do café que Charlotte lhe trouxera.

— Continuamos ouvindo todas as fofocas? — perguntou ela, dando de ombros.

Ethan parecia querer dizer mais alguma coisa, mas foi interrompido pelo último sinal. Ambos se sobressaltaram.

— Falamos disso depois, está bem?

— Tudo bem — disse Ethan. Ele deu um passo à frente ao mesmo tempo que Emma. Eles se esbarraram e recuaram.

— Desculpe — murmurou Emma.

— Sem problema — disse Ethan, impaciente, ajeitando a mochila no ombro. Eles se entreolharam por um instante, mas ele baixou a cabeça e correu para a porta. — A gente se vê — resmungou.

— Ok — respondeu Emma quando ele já estava se afastando. Ela se virou e começou a andar na direção oposta. De repente, um farfalhar nos arbustos a fez parar. Alguém soltou uma risadinha atrás de uma mureta. Emma apertou os olhos, tentando ver quem era. Será que alguém a observava? Será que era Laurel outra vez, espionando Ethan e ela? Antes que conseguisse ver de relance, quem quer que fosse entrou na escola e subiu correndo as escadas.

5
PARTIDA PERDIDA

Naquele dia, depois da aula, Emma saiu da quadra de tênis do Wheeler High, o maior rival do Hollier, protegendo os olhos do sol forte e dando um sorriso tímido para os escassos aplausos. Todas as equipes esportivas do Hollier jogariam contra o Wheeler naquela semana, e Emma tinha acabado de terminar uma partida exaustiva contra uma ruiva baixinha. Bom, não *deveria* ser exaustiva – a treinadora Maggie basicamente dissera que a garota era tão fraca que podia ser derrotada com uma torção no tornozelo e uma raquete de badminton. Antes de chegar a Tucson, o máximo de tênis que Emma jogara tinha sido em uma mesa de pingue-pongue em um porão sombrio com Stephan, seu irmão adotivo russo. Mas alguns dos palavrões que ele lhe ensinara *foram* úteis quando ela queria xingar sem ter problemas durante a partida.

Para mim, foi mais um lembrete de como nossa infância tinha sido diferente.

– Bom jogo, Sutton – disseram várias pessoas que Emma não reconhecia quando passou. Ela deixou o corpo cair sobre uma cadeira na lateral da quadra, tirou os moderníssimos tênis que tinha encontrado no closet de Sutton (não que tivessem feito qualquer diferença para seu desempenho) e soltou um gemido.

– Alguém ainda está fora de forma? – perguntou alegremente uma voz.

Emma olhou para cima e viu Nisha Banerjee apoiada na cerca com um sorriso malicioso no rosto. Os dedos longos e finos de Nisha apoiavam-se em sua cintura fina, seu branquíssimo uniforme de tênis brilhava – ela devia alvejá-lo depois de cada partida –, e não havia nem sequer um pingo de suor na faixa atoalhada que prendia seu cabelo reluzente e escuro. Ela era a cocapitã da equipe de tênis de Sutton e nunca perdia a oportunidade de dizer a Emma que ela não merecia o título. Emma mordeu o lábio e tentou se convencer de que Nisha agia com maldade porque estava sofrendo – havia perdido a mãe no verão anterior e estava sofrendo muito. Em um universo paralelo, talvez ela e Emma até se aproximassem por conta das mães ausentes.

Mas não neste universo, eu quis dizer a ela. Nisha Banerjee e Sutton Mercer eram e sempre seriam inimigas mortais. Se Nisha não tivesse um bom álibi para a noite de meu assassinato – ela havia recebido a equipe de tênis inteira em casa para uma festa do pijama –, estaria no topo de minha lista de suspeitos.

Emma pegou sua bolsa e entrou na escola. O vestiário do Wheeler cheirava a meias velhas e spray corporal de morango. Um chuveiro pingava no canto e um panfleto do polo aquático da escola estava colado na parede de blocos de concreto. Emma enfiou as meias brancas suadas dentro da bolsa, tirou o uniforme de tênis e vestiu as sapatilhas cor-de-rosa de Sutton, short jeans e uma camiseta com gola em "V". Quando foi em direção às pias, os músculos da parte de trás de suas coxas arderam e ela estremeceu. Tinha mais oito partidas de tênis antes do final da temporada. Era provável que tivesse de comprar coxas novas depois.

Quando ela virou para trás, viu garotas usando toucas com as palavras EQUIPE DE NATAÇÃO DO HOLLIER estampadas. O ambiente estava cheio de vapor, e as torneiras dos chuveiros eram abertas com um ruído alto. Emma pegou fragmentos de conversas: sobre as voltas em nado borboleta de alguém, e depois sobre um nadador gatinho do Wheeler chamado Devon. Quando ela ouviu o nome *Thayer Vega*, os pelos de sua nuca se arrepiaram. Ela se aproximou dos chuveiros.

— E é óbvio que Sutton Mercer estava envolvida — disse uma garota.

— Ela sempre está envolvida — retrucou outra, com a voz mais estridente que a da anterior.

— É inacreditável Thayer ter ido à casa de Sutton depois de ela ter colocado sua vida em risco, pelo que todo mundo diz. Quer dizer, o que *passou pela cabeça* daquele garoto para se envolver com ela outra vez?

O corpo inteiro de Emma pinicava. Sutton tinha colocado a vida de Thayer em risco? De repente, ela se lembrou de uma coisa que Ethan falara na sexta, pouco antes de se beijarem: corria um boato de que Sutton tinha atropelado alguém e quase o matado. Ela se lembrou de como Thayer mancava ao fugir da casa dos Mercer. Seria possível?

O celular de Sutton vibrou e Emma se apressou em atender. Enfiou-se em uma cabine do banheiro para as nadadoras não perceberem que ela estava espionando e olhou para a tela. Era um número desconhecido com o código de área de Tucson.

— Alô? — sussurrou ela.

— Sutton? — resmungou uma voz grave. — Aqui é o detetive Quinlan.

Ela apertou mais o telefone, com o coração aos pulos. Emma tinha crescido com medo da polícia. Becky tivera alguns problemas com a lei, e Emma sempre temia que também a jogassem na cadeia por cumplicidade.

— Sim? — respondeu ela.

— Preciso que você venha à delegacia para responder a algumas perguntas — vociferou Quinlan.

— Sobre... o quê?

— Apenas venha.

Emma não podia recusar uma solicitação da polícia. Suspirando, disse que logo estaria lá. Guardou o telefone no bolso e saiu do vestiário, entrando no corredor de mármore do Wheeler. Havia uma longa fileira de armários na parede oposta, muitos decorados com adesivos, pompons em miniatura e pichações que diziam coisas como FORÇA WHEELER, INGLÊS É UM SACO ou JANE É UMA VADIA. A luz do fim da tarde atravessava uma janela aberta e formava retângulos dourados nas paredes azul-anil.

Emma olhou outra vez para o celular. A delegacia de polícia ficava bem ao lado do Hollier High, a oito quilômetros de distância. Como chegaria lá? Laurel continuava sem falar com ela e com certeza contaria aos Mercer que Sutton tinha se metido em mais uma confusão. Talvez as perguntas fossem sobre Thayer, ou seja, ela não podia ligar para Madeline. Charlotte ainda estava terminando sua partida de tênis, e Ethan levaria a mãe ao médico. As Gêmeas do Twitter eram a única opção que restava.

Emma rolou a tela do iPhone de Sutton e encontrou o número de Lili.

– *Claro* que eu levo você – disse Lili, depois que Emma explicou sua situação. – Para que servem as amigas? Eu e Gabby estamos a caminho!

Em questão de minutos, o lustroso SUV branco das Gêmeas do Twitter encostou no meio-fio. Lili estava no banco do motorista com uma camiseta do Green Day e calça jeans rasgada, enquanto Gabby recostava-se no banco do carona em listras ultrapatricinhas estilo rúgbi. Ambas estavam com o iPhone no colo. Quando Emma se sentou no banco de trás, sentiu os olhos das gêmeas sobre ela.

– Então – começou Gabby quando partiram, com a voz animada. – Você vai visitar o Thayer na cadeia, não é?

– Nós sabíamos – disse Lili antes de Emma conseguir responder. Seus olhos azuis arregalados a observavam pelo retrovisor com bolinhas de rímel nos cílios. – Sabíamos que você não conseguiria ficar longe.

– Mas só vamos tuitar sobre isso se você quiser – avisou Gabby de pronto. – Sabemos guardar segredos. – As Gêmeas do Twitter, fiéis ao apelido, eram as maiores fofoqueiras da escola, divulgando os podres de todos no Twitter.

– Soube que o julgamento dele está marcado para daqui a um mês, e o pai vai deixá-lo apodrecer na cadeia até lá – contou Lili. – Acha que ele vai ser condenado?

— Aposto que ele vai ficar bonito com o uniforme laranja de presidiário — vibrou Gabby.

— Não vou ver o Thayer — disse Emma no tom mais indiferente que conseguiu, recostando-se no banco de couro. — Eu, hum, só preciso assinar uma coisa por causa do fiasco do roubo na loja. Todas as queixas serão retiradas. — Aquela parte, pelo menos, era verdade. Ethan conhecia a vendedora da Clique e a fizera voltar atrás.

Gabby franziu a testa, com um ar decepcionado.

— Bom, como você vai estar lá, podia dar uma passadinha rápida para vê-lo, certo? Estou louca para saber onde ele esteve durante todo esse tempo.

— Você sabe, não é? — interrompeu Lili, agitando o dedo no ar. — Como você é má, Sutton! Sabia onde ele estava durante todo esse tempo e não contou a ninguém! Como vocês se comunicavam? Soube que era por contas secretas de e-mail.

Gabby cutucou a irmã.

— Onde você ouviu isso?

— A irmã da Caroline é amiga de uma garota cuja amiga ficou com o goleiro do time de futebol de Thayer — explicou Lili. — Parece que Thayer contou várias coisas para ele antes de fugir.

Emma encarou as Gêmeas do Twitter no banco da frente.

— Acho que vou ter uma enxaqueca — disse ela em um tom gélido, fazendo sua melhor voz "Eu sou Sutton Mercer e vocês vão fazer o que eu mandar". — Que tal passarmos o restante do caminho em silêncio?

As gêmeas ficaram desanimadas, mas abaixaram o volume do rádio e passaram a última parte do percurso em absoluto silêncio. Pela janela, Emma viu os prédios cor de areia da universidade do Arizona passarem rapidamente. Será que Sutton tinha se comunicado com Thayer por uma conta secreta de e-mail? Emma não encontrara nada no computador ou no quarto, mas Sutton era muito sorrateira e esperta. Eles podiam ter se comunicado de várias maneiras – celulares descartáveis, endereços falsos de e-mail ou contas do Twitter, o bom e velho correio...

Forcei minha memória, tentando encontrar qualquer tipo de correspondência com Thayer – secreta ou não. Vi a mim mesma sentada em minha escrivaninha diante da tela em branco do computador, com uma familiar sensação de inquietude no corpo, como se precisasse contar alguma coisa a alguém, a qualquer um. Talvez a Thayer. Mas a tela do computador continuava branca e intocada como neve recém-caída, e o cursor zombava de mim com sua pulsação constante.

O carro passou por um rancho chamado Lone Range, onde três cavalos Palominos comiam grama em um pasto retangular. Uma mulher de saia branca esvoaçante e top tomara que caia cor de uva vendia joias de turquesa ao lado de uma placa escrita à mão na qual se lia ALTA QUALIDADE, PREÇO BAIXO. O sol brilhava pouco acima do horizonte.

Quando elas pararam no estacionamento da delegacia, o olhar de Lili cruzou com o de Emma no espelho retrovisor.

– Quer que a gente espere você?

– É, podíamos até ir com você, sabe? Dar apoio moral – acrescentou Gabby.

– Vou ficar bem. – Emma saiu do carro e bateu a porta. – Obrigada pela carona!

Emma e eu não precisávamos nos virar para saber que Gabby e Lili a observavam passar pelas portas de vidro onde se lia: DEPARTAMENTO DE POLÍCIA DE TUCSON.

6

UMA EMMA NA FLORESTA

O interior da delegacia estava igual às últimas duas vezes que Emma estivera ali: a primeira, para relatar que Sutton estava desaparecida, e depois, quando roubou a bolsa da Clique. Continuava com o cheiro rançoso de comida para viagem fora da validade. O toque dos telefones era alto e dissonante. Um velho panfleto no qual se lia você viu esse homem? com o rosto e as informações de Thayer Vega pendia de um quadro de cortiça no canto, ao lado de um documento listando os mais procurados de Tucson. Emma se aproximou e disse seu nome para a recepcionista magra com permanente em forma de capacete.

– S-U-T-T-O-N M-E-R-C-E-R – repetiu a mulher, com as unhas de acrílico roxas digitando cada letra em um teclado antigo. – Sente-se, o detetive Quinlan falará com você em breve.

Emma se sentou em uma cadeira amarela de plástico duro e olhou outra vez para o quadro de cortiça. O calendário ainda estava em agosto. Emma imaginou que tinha sido a recepcionista a escolher a foto de um filhote de gato perseguindo um novelo de lã vermelha esfarrapado. Depois, analisou o cartaz dos MAIS PROCURADOS. Parecia que a maioria dos homens tinha mandados pendentes por posse de drogas. Por fim, observou rapidamente o cartaz de DESAPARECIDO. Os olhos esverdeados de Thayer a encaravam, e ele esboçava um sorriso. Por um instante, Emma jurou que o garoto da foto tinha *piscado* para ela, mas era impossível. Ela passou as mãos pela nuca, tentando se controlar. No entanto, Thayer estava em algum lugar *naquele* prédio. A simples proximidade a fazia estremecer.

— Srta. Mercer. — Quinlan apareceu no vão da porta usando calças marrom-escuras e uma camisa de botões bege. Com mais de um metro e oitenta, ele era imponente. — Venha até aqui.

Emma se levantou e o seguiu pelo corredor de ladrilhos. Quinlan abriu a porta para a mesma sala de interrogatório de blocos de concreto na qual havia interrogado Emma, uma semana antes, sobre o roubo na Clique. Assim que a porta se abriu, Emma foi envolvida pelo cheiro de aromatizador de ambientes com aroma de lavanda. Ela pressionou a mão contra o nariz e tentou respirar pela boca.

Quinlan puxou uma cadeira e indicou-a a Emma. Ela se sentou lentamente, e Quinlan se sentou à sua frente. Ele a encarou como se esperasse que Emma começasse a falar. Ela analisou a arma na cintura do detetive. Quantas vezes ele a teria usado?

— Eu a chamei aqui para falar de seu carro — disse Quinlan, enfim. Uniu as mãos, formando um triângulo, e olhou para

Emma sobre as pontas de seus dedos. – Nós o encontramos. Mas primeiro... há alguma coisa que você queira me contar?

Emma se enrijeceu, com a mente em branco. Sabia muito pouco sobre o carro de Sutton – que sua irmã o usara em um trote cruel contra as amigas alguns meses antes, fingindo que tinha enguiçado nos trilhos quando um trem cheio de passageiros se aproximava em alta velocidade. Que ela o retirara do depósito na noite em que morreu. E desde então, o veículo estava desaparecido, assim como Sutton.

Eu queria me lembrar do que havia feito com o carro naquele dia. Mas não conseguia.

Mesmo assim, o coração de Emma também se acelerou de animação. Sutton estava dirigindo o carro no dia de sua morte. Talvez houvesse alguma pista dentro dele. Talvez houvesse algum tipo de evidência ali. Ou talvez – ela estremeceu –, talvez o corpo de Sutton estivesse ali.

Eu esperava que não. Mas, de repente, uma lembrança se acendeu em minha mente. Senti meus pés batendo contra rochas e meus tornozelos sendo arranhados por galhos e espinhos de cactos ao correr por uma trilha escura. O medo tomava meu corpo enquanto eu corria. Ouvi passos batendo contra a terra atrás de mim, mas não me virei para ver quem estava me seguindo. A distância, eu via o contorno de meu carro esperando em uma clareira do outro lado da vegetação. Mas antes que eu conseguisse alcançá-lo a lembrança estourou como uma bolha de sabão.

Quinlan pigarreou.

– Sutton? Pode responder a minha pergunta?

Emma engoliu em seco, arrancada de seu turbilhão de pensamentos.

— Hum, não. Não tenho nada para contar sobre o carro.

O detetive suspirou profundamente, passando as mãos pelo cabelo escuro.

— Tudo bem. Bom, o carro estava abandonado no deserto, a alguns quilômetros do Sabino Canyon. — Ele se recostou, cruzou os braços e lançou um olhar cheio de significado a Emma, como se esperasse alguma reação. — Quer explicar como ele chegou lá?

Emma ficou perplexa, com os nervos à flor da pele.

— Hum... foi roubado?

Quinlan sorriu.

— É *claro* que foi. — Ele esboçou um sorriso. — Imagino que você não saiba nada sobre o sangue que encontramos nele?

O corpo inteiro de Emma ficou alerta.

— *Sangue*? De quem?

— Não sabemos. Ainda estamos examinando.

Emma colocou as mãos no colo para Quinlan não ver que estavam tremendo. O sangue só podia ser de Sutton. Será que alguém tinha atropelado sua irmã e depois escondido o carro e o corpo no deserto? Quem?

Quinlan se inclinou para a frente, talvez percebendo o medo de Emma.

— Sei que você está escondendo alguma coisa. Alguma coisa importante.

Emma balançou a cabeça devagar, sem confiar na própria voz.

Quinlan esticou o braço para trás e tirou uma bolsa de plástico de uma prateleira de metal enferrujada. Ele a esvaziou diante de Emma. Uma echarpe de seda estampada caiu lentamente sobre a mesa, junto com uma garrafa de água de aço inoxidável, uma duplicata do formulário de liberação do depósito com a assinatura de Sutton em letras grandes e firmes, e um exemplar de *Uma casa na floresta*.

— Encontramos esses itens dentro do carro — explicou ele, empurrando-os para ela.

Emma passou os dedos pela echarpe de seda. A peça tinha exatamente o mesmo cheiro do quarto de Sutton — flores frescas, chocolate com menta e uma essência orgânica suttoniana que ela não conseguia identificar bem.

— E quanto ao carro, vamos retê-lo, assim como estes itens, até descobrirmos de quem é o sangue no capô. — Quinlan se inclinou para a frente e olhou para Emma com intensidade. — A não ser que você mude de ideia e decida nos contar.

Emma encarou o detetive, o clima pesado entre eles. Por um instante, ela pensou em dizer que era o sangue de Sutton. Que alguém tinha matado sua irmã gêmea e também estava atrás dela. Mas Quinlan não acreditaria nela, assim como não havia acreditado um mês antes. E se *acreditasse*, podia presumir que *Emma* tinha matado Sutton por querer abandonar sua persona de adolescente sem família e assumir a vida encantadora da irmã gêmea — como Ethan a alertara.

— Eu não sei de nada — sussurrou Emma.

Quinlan balançou a cabeça e bateu com a mão na mesa.

— Você só está tornando as coisas mais difíceis para nós — rosnou ele. Em seguida, a porta da sala de interrogatório foi aberta e ele se virou. Outro policial espiou e murmurou alguma coisa que Emma não entendeu. Quinlan se levantou e foi até a porta. — Não saia daqui — avisou ele. — Volto já.

Ele bateu a porta com força. Emma esperou até que Quinlan terminasse de atravessar o corredor para olhar os itens que ele tinha deixado na mesa. A echarpe com o cheiro marcante do perfume de Sutton. O formulário de liberação, a assinatura espiralada de Sutton no pé da página. Ela olhou com atenção para a capa de *Uma casa na floresta*. Uma menininha de vestido vermelho segurava uma boneca de cabelos castanhos. Emma adorava aquela série quando era mais nova, e passava horas perdida nas privações enfrentadas pelos personagens de Laura Ingalls Wilder – apesar de ter morado em várias casas horríveis, pelo menos Emma nunca tivera de viver em uma cabana de lama como os pioneiros. Mas o que um exemplar daquele livro estava fazendo no carro de Sutton? Emma achava improvável que ela lesse algo assim aos dezoito anos – se é que leria quando era mais nova.

Eu era obrigada a concordar. Só de olhar a capa eu tinha vontade de bocejar.

Emma pegou o livro e o folheou. Tinha cheiro de mofo, como se não fosse aberto havia tempos. Quando ela chegou ao meio, um cartão postal caiu no chão. Ela se inclinou e o virou. Na frente, havia a imagem genérica de um pôr do sol sobre dois cactos saguaro cheios de braços. BEM-VINDO A TUCSON, lia-se em letras rosa-choque.

Emma o virou e leu o que estava escrito em preto atrás: *Estação de ônibus do centro. 21h30. 31/08. Encontre-me lá. – T.*

Seu coração começou a bater com força. Trinta e um de agosto. Era a noite em que Sutton tinha morrido. E... *T.* Só havia uma pessoa na vida de Sutton com aquela inicial: Thayer. Afinal, era ele que estava com Sutton na noite de sua morte? Ele não estava fora da cidade?

Emma passou os dedos pelo cartão. Não estava selado, o que tornava impossível saber quando tinha sido enviado – ou de onde. Talvez Thayer tivesse mandado em um envelope. Talvez o tivesse enfiado sob a porta do quarto de Sutton ou prendido no para-brisa.

Passos ressoaram pelo corredor. Emma ficou paralisada, olhando o cartão-postal que segurava. A princípio, considerou enfiá-lo de volta no livro – era errado alterar provas – mas, no último segundo, jogou-o dentro da própria bolsa.

Quinlan passou pela porta, e uma segunda pessoa o seguiu. A princípio, Emma achou que era apenas outro policial, no entanto, em seguida, seus olhos se arregalaram. Era Thayer. Ela ofegou. Os olhos esverdeados dele estavam fixos no chão. Suas maçãs do rosto altas se ressaltavam como se ele tivesse perdido peso rapidamente. Algemas envolviam seus pulsos, fazendo-o juntar as mãos como em oração. Havia uma pulseira gasta de corda em seu antebraço. Era tão apertada que comprimia a pele.

Eu também o observei. O simples fato de vê-lo outra vez me causava um estranho formigamento. Aqueles olhos profundos. O cabelo escuro e desgrenhado. Aquele eterno sorriso malicioso. Havia algo sexy e perigoso nele. Talvez eu *tivesse* me apaixonado por ele.

Quinlan soltou um grunhido atrás de Thayer e o empurrou em direção à mesa.

– Sente-se – ordenou.

Mas Thayer ficou ali, parado. Embora ele não estivesse olhando para Emma, ela afastou a cadeira depressa, com medo de que ele a atacasse.

– Imagino que vocês dois queiram saber por que os trouxe aqui para uma reuniãozinha – disse Quinlan em um tom ameno. – Achei que se falasse com os dois ao mesmo tempo poderíamos esclarecer algumas coisas.

Ele tirou outro saco plástico do bolso e o segurou diante do rosto de Thayer. Um longo retângulo de papel estava alojado ali dentro.

— Acredito que isto pertença a você, Thayer — disse ele, balançando o saco sob o nariz de Thayer. — Encontrei no carro da srta. Mercer. Pode explicar?

Thayer olhou o papel. Ele não vacilou nem sequer piscou.

Quinlan puxou o papel de dentro do saco.

— Não se faça de bobo, garoto. Seu nome está bem aqui.

Ele bateu o saco plástico contra a mesa e apontou para o pedaço de papel. Emma se inclinou para a frente. Era uma passagem de ônibus com o logo da companhia Greyhound no canto. O ponto de partida era Seattle, Washington, e o destino era Tucson, Arizona. A data era 31 de agosto. E ali, impresso em pequenas letras nítidas no canto inferior, estava o nome do passageiro: THAYER VEGA.

Eu e Emma respiramos fundo ao mesmo tempo. Thayer *estava* em meu carro na noite em que morri.

Quinlan encarou Thayer. Uma veia azul pulsava em sua têmpora.

— Você voltou a Tucson em agosto? Tem ideia do quanto fez seus pais sofrerem? Sabe o que fez esta *cidade* passar? Eu gastei muito tempo e dinheiro procurando você, e, no final, você estava bem aqui, debaixo do nosso nariz!

— Não é verdade — retrucou Thayer com uma voz baixa, firme e desconcertante.

Quinlan cruzou os braços.

— Que tal me contar o que é verdade? — Como Thayer não respondeu, ele suspirou. — Você pode nos contar *alguma coisa* sobre o sangue no capô do carro da srta. Mercer? Ou como sua passagem foi parar no carro dela?

Thayer andou até o lugar onde Emma estava sentada. Ele colocou ambas as mãos na mesa, olhando para Emma e depois para Quinlan. Ele abriu a boca como se fosse fazer um longo discurso, mas depois se limitou a dar de ombros.

– Desculpe – disse ele, a voz falhando como se não falasse há dias. – Mas não. Não há nada que eu possa lhe contar.

Quinlan balançou a cabeça.

– Isso é que é cooperar – resmungou, depois se levantou, segurou Thayer pelo antebraço musculoso e o arrastou para fora da sala. Pouco antes de passar pela porta, Thayer virou a cabeça e lançou a Emma um olhar longo e sinistro. Ela também o encarou, os lábios entreabertos. Seu olhar desceu do rosto de Thayer para suas mãos algemadas, depois para a pulseira de corda em seu pulso.

Eu também olhei a pulseira e fui tomada por uma estranha inquietude. Eu já tinha visto aquela pulseira em algum lugar. De repente, as peças se encaixaram. Vi a pulseira, depois vi o braço de Thayer, seu rosto... e finalmente um lugar. Cada vez mais peças do dominó caíam, cada vez mais imagens apareciam em minha mente. E, antes que eu me desse conta, entrei de cabeça em uma lembrança totalmente nítida...

7

CAMINHADA NOTURNA

Paro o carro na estação da Greyhound em Tucson bem na hora em que um ônibus prateado entra roncando no estacionamento. Abro a janela e os cheiros pungentes de uma barraquinha de cachorro-quente flutuam para dentro de meu Volvo 122 britânico de 1965 na cor verde-esmeralda. Mais cedo, naquela tarde, eu tinha resgatado meu carro, meu bebê, de um depósito. O documento esvoaça sobre o painel, com minha assinatura proeminente no pé da página, e a data de 31 de agosto em um grande carimbo vermelho na parte de cima. Eu havia levado semanas economizando o dinheiro para pagar a liberação do carro – nem morta pagaria com o cartão de crédito, pois meus pais sempre olhavam a fatura.

A porta do ônibus se abre com um chiado e olho para a frente a fim de examinar os passageiros que saem. Um homem acima do peso com uma pochete; uma adolescente agitava a cabeça ouvindo música no iPod; uma família que parece estar em estado de choque por causa da viagem longa, todos segurando travesseiros. Finalmente, um garoto desce a escada, com o cabelo preto desgrenhado, os cadarços desamarrados. Meu coração dá um salto. Thayer está diferente, um pouco mais desleixado e magro. Há um rasgão no joelho do jeans Tsubi que comprei para ele antes de sua partida, e seu rosto está mais fino, talvez até mais sábio. Eu o observo esquadrinhar o estacionamento, procurando por mim. Assim que vê meu carro, começa a correr com seu jeito característico de astro do futebol.

— Você veio — grita ele ao abrir com força a porta de meu carro.

— Claro que vim.

Ele entra no carro. Meus braços se estendem e envolvem seu pescoço. Eu o beijo com avidez, sem me importar com quem possa nos ver — nem mesmo Garrett, meu suposto namorado.

— Thayer — sussurro, sentindo a barba por fazer de seu maxilar contra a bochecha.

— Senti muitas saudades de você — responde Thayer, puxando-me mais para perto. Suas mãos estão na curva de minhas costas e seus dedos roçam a barra de meu short de algodão amarelo. — Obrigado por me encontrar.

— Nada poderia me impedir — digo, obrigando-me a recuar um pouco. Verifico o relógio de plástico com estampa de jacaré em meu pulso. Na maior parte do tempo, uso o Cartier Tank que meus pais me deram quando fiz dezesseis anos, mas o que eles não sabem é que eu gosto mais desse relógio barato. Thayer o ganhou para mim na feira agropecuária de Tucson na última vez que esteve na cidade.

— Quanto tempo temos? — sussurro.

Os olhos verdes de Thayer brilham.

— Até amanhã à noite.

— E depois você vira abóbora? — provoco. É uma visita mais longa que de costume, mas estou gananciosa. — Fique mais um dia. Vou *fazer valer a pena.* — Jogo o cabelo por cima do ombro. — Aposto que sou mais divertida do que o lugar para onde você foge.

Thayer passa o dedo por meu maxilar.

— Sutton...

— Tudo bem. — Eu me viro, apertando o volante. — Não me conte onde esteve. Não me importo. — Estendo a mão até o rádio e aumento o volume do canal de esportes. Muito.

— Não fique assim. — As mãos de Thayer cobrem as minhas. Os dedos dele percorrem meu braço descoberto até pararem em meu pescoço e se abrirem. Minha pele se aquece sob suas mãos. Ele se aproxima até eu sentir sua respiração contra meu ombro. É mentolada, como se ele tivesse mascado um pacote inteiro de chicletes no caminho até aqui. — Não quero brigar com você no único dia que temos juntos.

Eu o encaro, odiando o nó que se forma em minha garganta.

— É que é difícil ficar aqui sem você. Já faz meses. E você disse que voltaria definitivamente desta vez.

— Vou voltar, Sutton, você precisa confiar em mim. Mas ainda não. Não é certo.

Por quê?, *quero perguntar. Mas prometi não fazer perguntas. Eu deveria ficar feliz por ele ter saído de onde quer que esteja morando para me ver, mesmo que seja por apenas vinte e quatro horas. Voltar aqui sob um sigilo tão grande é um risco. Há muita gente procurando por ele. Muita gente ficaria furiosa se soubesse que ele está aqui e não entrou em contato.*

— Vamos a algum lugar especial — diz Thayer, traçando um desenho em minha perna. — Quer que eu dirija?

— Vá sonhando! — *provoco, checando meu retrovisor e pisando no acelerador. E, sem mais nem menos, me sinto melhor. É inútil ficar remoendo o que não sei e o que o futuro reserva para nós. Thayer e eu temos vinte e quatro horas maravilhosas, e é isso que importa.*

Saio do estacionamento da estação e entro na rua principal. Dois adolescentes da nossa idade usando shorts desfiados e segurando sacolas de viagem tentam pegar carona perto de um arbusto do deserto. As montanhas Catalina se elevam a distância.

— Que tal uma caminhada noturna? — pergunto. — Não deve ter mais ninguém lá agora... a montanha inteira será só nossa.

Thayer assente e mudo para uma estação de jazz malsintonizada. O som de um saxofone infiltra-se pelo carro. Faço menção de trocar, mas Thayer me impede.

— Deixe — pede ele. — Isso me deixa no clima.

— No clima para quê? — pergunto, lançando a ele um olhar provocante e furtivo. Levo o indicador aos lábios e os toco como se estivesse muito concentrada. — Aposto que consigo imaginar.

— Vá sonhando, Sutton — diz ele, com um sorriso malicioso.

Dou uma risada e estendo a mão para socar o braço dele.

Ficamos quietos durante o resto do percurso até o Sabino Canyon. Abro ambas as janelas e o vento sopra em nosso rosto. Passamos por uma cafeteria chamada Congress Club, que divulga uma noite de leitura de livros e sarau; em seguida por uma petshop chamada Mangy Mutts; e por uma sorveteria com uma placa de neon anunciando que o cliente pode fazer o próprio sundae. Thayer segura minha mão livre enquanto percorremos uma parte tranquila da estrada. Cactos se projetam a distância. O cheiro das flores silvestres chega até o carro.

Enfim, subimos a estrada de terra que leva ao cânion e estacionamos em uma vaga discreta perto de várias lixeiras de metal. O céu está escuro, a lua é uma esfera brilhante flutuando acima de nossas cabeças. O ar ainda está quente e pesado quando saímos do carro e encontramos a entrada para o caminho sinuoso que leva ao patamar. Enquanto andamos, a mão de Thayer roça em meu ombro, desce pela coluna e para na curva de minhas costas. Esse toque é quente em minha pele. Mordo o lábio para não me virar e beijá-lo – mesmo querendo, é mais delicioso resistir pelo maior tempo possível.

Andamos mais alguns metros em silêncio pelo caminho pedregoso. Tecnicamente, o parque fica fechado à noite, e não há vivalma à vista. Uma leve brisa me faz estremecer. As pedras se destacam ao luar. E depois de mais um minuto eu ouço: o estalo de um galho seguido pelo que parece um suspiro. Fico paralisada.

– O que foi isso?

Thayer para e tenta enxergar na escuridão.

– Deve ter sido um bicho.

Dou mais um passo, olhando com cuidado para trás mais uma vez. Não há ninguém ali. Ninguém está nos seguindo. Ninguém sabe que Thayer está aqui... ou que eu estou com ele.

Não demoramos a chegar ao patamar. Tucson inteira se espalha diante de nós, um mar de luzes cintilantes.

– Uau – suspira Thayer. – Como você encontrou este lugar?

– Há alguns anos, eu vinha aqui com meu pai. – Aponto para o terreno precário abaixo de nós. – Colocávamos um cobertorzinho ali e acampávamos com um almoço de piquenique. Meu pai adora observar pássaros e me viciou também.

– Parece divertido – diz Thayer com sarcasmo.

Soco seu braço.

– Era, sim. – De repente, eu me encho de tristeza. Lembro que meu pai me colocava sobre uma das enormes pedras dali e me entregava o cantil roxo de água – o único que usei durante o ensino fundamental. Batíamos nossos copos e fazíamos brindes falsos. A Sutton, *meu pai dizia,* a bandeirante mais ágil a cruzar o Sabino Canyon desde 1962. *Eu batia meu cantil roxo contra o dele e dizia:* Ao papai, seu cabelo está ficando meio grisalho,

mas você ainda é o melhor montanhista que este lugar já viu!
Ríamos sem parar enquanto um brinde ficava mais bobo que o outro.

Parece que faz séculos que eu e meu pai éramos próximos assim, e sei que tenho tanta culpa quanto ele. Olho para as estrelas que pontilham o céu escuro e decido me esforçar um pouco mais. Talvez consiga fazer nosso relacionamento voltar ao que era. Vou com cuidado até a beirada.

— Meu pai só tinha uma regra — continuo. — Eu precisava ficar longe da borda. Havia vários boatos de que as pessoas caíam por aqui. Ninguém conseguia descer para chegar aos corpos porque é íngreme demais, existe um monte de esqueletos lá embaixo.

— Não se preocupe — diz Thayer, envolvendo-me com os braços. — Não vou deixar você cair.

Meu coração se derrete repentinamente. Eu me inclino para a frente e pressiono meus lábios contra os dele, e ele me abraça pela cintura, puxando meu corpo para perto do seu. Suas mãos tocam meu cabelo quando ele me beija.

— Não me deixe de novo — peço. Não consigo evitar. — Não volte para onde quer que esteja se escondendo.

Ele beija minha bochecha e se afasta para me olhar.

— Não tenho como explicar agora — diz ele. — Não posso estar aqui... não agora. Mas prometo que não vou ficar longe para sempre.

Suas mãos envolvem meu queixo. Eu quero entender. Quero ser forte. Mas é difícil demais. Percebo uma pulseira de corda trançada em seu pulso.

— Onde conseguiu isto? — pergunto, prendendo o fio áspero entre os dedos.

Thayer dá de ombros e evita meu olhar.

— Maria fez para mim.

— Maria? — Fico tensa. — Ela é bonita?

— Ela é só uma amiga — diz Thayer num tom brusco e áspero.

— Que tipo de amiga? — insisto. — Onde a conheceu?

Sinto os músculos dele se contraírem sob a camiseta cinza.

— Não importa. Enfim, como está o Garrett? — Ele diz o nome de Garrett como se fosse o de uma doença devoradora de carne.

Eu me viro, cheia de culpa. Amo Garrett — de certa forma. Ele é um bom namorado. E está aqui, em Tucson, Deus sabe onde, como Thayer. Mas algo inexplicável me impele para Thayer e me faz querer me encontrar às escondidas com ele. Parece que todas as razões que arranjo para parar não têm importância.

Thayer chega mais perto de mim.

— Quando eu voltar, as coisas serão diferentes entre nós? — pergunta ele em voz baixa. Ele encaixa as palmas das mãos nos ossos do meu quadril, segurando-me com força.

Nossos corpos estão muito próximos. Eu me concentro em seu lábio inferior carnudo, desejando saber como responder. Quando estamos juntos, ele é tudo o que quero, mas não posso negar que parte do que faz nosso relacionamento dar certo é que o mantemos em segredo.

— Eu quero que sejam, mas não sei — sussurro. — Tem a Laurel. E Deus sabe como a Madeline lidaria com isso. É tão... complicado, não acha?

Thayer se desprende de mim, chutando um galho de árvore caído.

— É você que fica me implorando para voltar. — O tom frio e fechado voltou.

— Thayer — protesto. — Combinamos de não brigar, lembra?

Mas ele não olha para mim. Murmura alguma coisa entredentes. De repente, ergue o pé. Ouço um estalo quando seus dedos se chocam contra uma das grandes rochas da clareira.

— Está tentando quebrar todos os seus ossos? — grito. Thayer não responde. Eu me aproximo um pouco e coloco o que espero ser uma mão tranquilizadora em seu ombro. — Thayer, escute. Eu quero você aqui. Sinto muitas saudades suas. Mas talvez este não seja o melhor momento para contar a todo mundo o que sentimos.

Thayer se vira.

— Sério, Sutton? — dispara ele. — Bom, sinto muito se nosso relacionamento é menos importante do que manter as aparências.

Eu pego sua mão.

— Não foi isso que eu quis dizer...

— Chega. — Os lábios dele se contraem. — Talvez tenha sido um erro voltar. Para mim chega.

Seus olhos ficam sombrios e ele afasta a mão da minha. Eu recuo, com o coração na boca. Nunca vi Thayer assim. De certa forma, ele me lembra o pai. Explosivo. Imprevisível. Volúvel.

Ouço grilos a distância. Um punhado de pedrinhas cai pela lateral do abismo. De repente, percebo como estou sozinha e vulnerável ali, na borda da montanha, com um garoto que fugiu para algum lugar misterioso que não revela para mim. Quanto eu realmente sei sobre o que Thayer tem feito nos últimos tempos, afinal de contas? Ouvi todos os rumores sobre ele — sobretudo os que falam dos problemas em que se envolveu, das coisas perigosas que fez. E se algum for verdadeiro?

Percebo que meu medo é insano. É claro que Thayer não vai me machucar. O que temos é especial — ele nunca me prejudicaria. Fecho os olhos e abro os dedos, sentindo o ar frio da montanha. Se eu conseguir organizar meus pensamentos, talvez possa explicar o que estou sentindo, por que acho que este não é o momento para Thayer e eu contarmos que somos um casal. Solto um suspiro e abro os olhos, mas Thayer sumiu.

Olho para todos os lados, mas só vejo escuridão.

— Thayer? — chamo.

Ouço o som de arranhões a poucos metros.

— Thayer? — chamo outra vez. Sem resposta. — Rá-rá. Muito engraçado!

Uma sombra desliza por entre as árvores e algo move-se com rapidez a distância. Folhas farfalham e murmuram. Um calafrio percorre todo o meu corpo.

— Thayer?

De repente, tudo que quero é sair da montanha. Olho ao redor outra vez, pronta para pegar o caminho de volta até meu carro, mas uma mão agarra meu braço, com força. Sou invadida pelo terror. Sinto uma respiração em meu pescoço. Porém, antes que consiga gritar, antes que consiga me virar e ver quem é, a lembrança se desfaz e se desvanece no vazio absoluto.

8

E AGORA?

Emma ficou sentada sozinha na sala de interrogatório, esperando Quinlan voltar. Ela respirou fundo, forçando-se a permanecer calma. O peso do que tinha acabado de descobrir caiu outra vez sobre ela. Thayer estava no carro de Sutton na noite em que ela morreu. Aquele sangue no capô só podia ser de Sutton. Será que ela finalmente tinha descoberto como a irmã morrera?

Para mim, era inevitável me perguntar se ela tinha conseguido. A lembrança que eu acabara de ver pulsava e crepitava em minha mente como uma placa de neon. A expressão perturbada que cruzara o rosto de Thayer. O medo que eu sentira na trilha. A polícia *tinha* encontrado meu carro manchado de sangue no Sabino Canyon, exatamente onde Thayer e eu tínhamos feito nossa caminhada noturna. Pensei na briga exaltada que tivéramos e naquela mão em meu ombro, pouco antes de a lembrança se desvanecer...

Emma mal teve tempo para recuperar o fôlego antes de Quinlan voltar, com o rosto contraído. Ele fez um gesto rápido para que ela se levantasse.

— Desisto. Se vocês dois não querem dizer a verdade, estão desperdiçando meu tempo. Vá embora.

Ele chutou a porta com a bota, abrindo-a, e indicou o corredor. Entorpecida, Emma seguiu o detetive até a recepção. As luzes da sala da frente eram fortes, causando-lhe dor de cabeça. Emma queria perguntar a Quinlan quando poderia recuperar o carro de Sutton — ou se a polícia lhe diria de quem era o sangue —, mas ele bateu a porta da sala de espera com força antes que ela pudesse fazer isso. Por uma pequena janela, Emma o observou voltar pelo corredor, com as mãos nos bolsos e algemas tilintando no cinto.

Tudo bem. Então já podia ir? Engolindo em seco, Emma atravessou a sala de espera e empurrou as portas de vidro que davam para o estacionamento. Quase uma hora tinha se passado desde que ela entrara na delegacia. O sol tinha se posto, o ar estava frio. Emma esfregou as mãos nos braços e tentou se aquecer, embora duvidasse de que mesmo o suéter mais quente fosse capaz de afastar o frio que tinha dominado seus ossos depois de ver Thayer.

Ela pegou o iPhone de Sutton e enviou uma mensagem de texto para Ethan. PODE ME BUSCAR? Digitou rapidamente, torcendo para que ele já tivesse voltado do médico com a mãe.

Por sorte, uma resposta apareceu logo em seguida. ONDE VOCÊ ESTÁ?, dizia a mensagem.

DELEGACIA, respondeu Emma.

Isso chamou a atenção dele – a resposta de Ethan foi imediata.

O QUÊ? ESTOU INDO.

Emma se sentou e esperou. Dois carros de polícia pretos e brancos partiram do estacionamento com a sirene ligada. Uma porta da delegacia se abriu e dois policiais saíram, fazendo uma pausa para fumar. Eles a olharam com desconfiança, talvez por reconhecê-la. Um deles disse ao outro algo que pareceu muito com *Thayer*.

Ela pensou na expressão dura de Thayer na sala de interrogatório. Quando Quinlan pediu para que ele se explicasse, ele não disse uma palavra. Será que era porque havia feito algo horrível? Será que tinha matado Sutton? Teria voltado a Tucson no dia 31 só para isso? Ou voltara para ficar com ela... e perdera o controle? Talvez eles tivessem brigado. Talvez Sutton tivesse dito alguma coisa para magoá-lo. Thayer podia ter pegado a chave do carro de Sutton e a atropelado, depois escondido o carro no Sabino Canyon. Mas onde ele colocara o corpo de Sutton? Quinlan teria dito alguma coisa se estivesse dentro do carro.

Com todas as fibras de meu ser inexistente eu desejava que Thayer não fosse meu assassino. Na breve lembrança que eu tinha vislumbrado, percebi que Thayer e eu tínhamos algo muito, muito especial. Eu não era o tipo de garota que implorava a um cara para ficar – *ou* que ficava com ciúmes quando outra garota fazia uma pulseira idiota para ele. Se Thayer planejava me matar, eu tinha sido pega de surpresa. Eu o amava, profunda e verdadeiramente.

Mas, nesse momento, algo me ocorreu: na lembrança, Thayer tinha corrido da estação até meu carro com passos fortes e harmônicos. Não estava mancando. O problema em sua perna acontecera depois. Talvez tivesse se machucado ao fugir da polícia ou arrastar um cadáver para um esconderijo profundo e escuro.

O Honda vermelho-sangue velho de Ethan parou engasgando diante da delegacia. Emma correu até ele, abrindo com força a porta do carro e sentando-se no banco de couro. O rádio estava ligado, berrando uma música do Ramones. Dentro do veículo, o cheiro era de cigarro, embora Emma não achasse que Ethan fumava. Ela se virou para ele, absorvendo seus olhos azul-claros e a pele lisa e bronzeada que se esticava sobre as maçãs de seu rosto.

– Acho que nunca fiquei tão feliz em ver você – ela deixou escapar.

Ethan segurou suas mãos.

– O que aconteceu?

– Tire-me daqui. – Emma colocou o cinto de segurança sobre o colo e pressionou as costas contra o encosto gasto.

Quando Ethan saiu do estacionamento, Emma explicou sua visita à delegacia.

– O cartão-postal e a passagem provam que ele estava com Sutton no carro na noite em que ela morreu – concluiu ela. – Tomei uma decisão. Preciso conversar com Thayer a sós e descobrir o que aconteceu. É a única maneira de esclarecer tudo isso.

Ethan parou em um sinal e entrou em uma estrada secundária. Duas pré-adolescentes montavam cavalos Appaloosa no acostamento. Tiras refletoras cobriam as selas e Ethan se desviou para lhes dar mais espaço.

– Você está louca? – perguntou ele. – Vai simplesmente se entregar de bandeja para o assassino de Sutton?

Emma deu de ombros, na defensiva.

— É a melhor maneira de conseguir respostas. Não vou dizer que sei o que ele fez. Só vou agir como se fosse a Sutton, fingir que não sei que ele está por trás disso.

— Você está prestando atenção ao que diz? — Ethan bateu a palma da mão com força contra o volante. — Isso nem faz sentido. É perigoso demais. Você não sabe com quem está lidando. Thayer é esperto... ele consegue distorcer as coisas com tanta habilidade quanto Sutton. Pode entregar você para a polícia. E aí, você sabe o que aconteceria. — A voz dele tinha um tom urgente. — Você está vivendo a vida de Sutton. Todo mundo pensaria que *você* a matou para roubar sua identidade.

— Thayer teve a chance de fazer isso hoje e não fez — lembrou-lhe Emma.

— Bom, ele pode fazer coisa muito pior — insistiu Ethan, passando a mão pelo cabelo preto. — Se um dia for libertado, pode machucar você.

Pela janela, Emma olhava os postes que iluminavam o caminho do carro pela estrada deserta. Ela não queria pensar nessa possibilidade. Esperava que Thayer ficasse preso para sempre. E não estava gostando do tom de Ethan. Talvez ele só estivesse tentando protegê-la, mas depois de passar treze anos sem ter *ninguém* para cuidar dela, era estranhamente chato ouvir alguém lhe dizer o que você podia ou não fazer, sobretudo um namorado, que deveria estar ao seu lado.

— Você não conhece Thayer — insistiu Ethan. — Ele tem um temperamento instável, igual ao do pai.

Emma lançou um olhar a ele.

— Acha que não consigo lidar com instabilidade? Eu não sou a Sutton, Ethan. Não cresci em uma bolha feliz de ilusão.

Cresci no sistema de adoção. Gritaram comigo a vida toda. Fui *abandonada* por minha mãe verdadeira. Sou mais resistente do que você imagina.

— Não precisa ficar zangada — protestou Ethan.

— Só não entendo por que você não está me apoiando. Achei que quisesse encontrar o assassino de Sutton tanto quanto eu.

— Não quero que aconteça algo com você — argumentou Ethan, com a expressão dura.

— Bom, poupe-me dos sermões paternais — disse Emma em um tom sombrio.

Ethan bufou de leve, incrédulo. Eles ficaram em silêncio por algum tempo, percorrendo as ruas escuras e passando por casas de adobe e jardins de cascalho. Um garoto de bicicleta com uma lanterna na traseira oscilava pelo acostamento.

— Só quero que você fique segura — disse Ethan por fim. — Adie essa visita por enquanto... por mim? Talvez exista outra maneira de descobrirmos o que aconteceu naquela noite. Uma maneira que lhe dê uma prova concreta para mostrar à polícia.

Emma suspirou. Ethan estava certo sobre os riscos envolvidos em uma visita à cadeia. E ela tinha de admitir que a ideia de encarar Thayer outra vez a aterrorizava.

— Tudo bem, vou esperar mais alguns dias. Mas, depois, se não tivermos feito nenhum progresso, não vou ter outra escolha.

Talvez Emma estivesse relutante, mas eu mal podia esperar para ouvir o que ele tinha a dizer.

9
FASCINADAS PELAS ESTRELAS

– Sutton? – chamou a sra. Mercer quando Emma correu para dentro de casa depois que Ethan a deixou. – Você perdeu o jantar!

– Hum, é, eu tinha umas coisas para fazer depois do jogo de tênis – gritou Emma vagamente enquanto subia as escadas.

Ela ouviu os passos da sra. Mercer no corredor.

– Vou deixar um prato na estufa para você, está bem?

– Tudo bem – disse Emma, escapando para o quarto de Sutton como uma fugitiva. Não que ela fizesse a mínima ideia do que era uma estufa. E não conversaria com a sra. Mercer naquele momento. Bastaria que ela visse a expressão aflita e apavorada de Emma para saber que alguma coisa estava errada.

Ela fechou a porta do quarto de Sutton e olhou em volta, tentando se orientar. *Controle-se, Emma*, disse a si mesma, ansiosa demais para fazer uma manchete sobre o que estava acontecendo naquele momento. O que ela precisava era descobrir mais sobre Thayer e seu relacionamento com Sutton. Seria uma amizade intensa? Um encontro romântico? Por que eles se encontraram em segredo na noite em que Sutton morreu? Se Thayer tinha chegado a Tucson na noite do dia 31, fora a última pessoa a vê-la com vida... ou podia ser o assassino. Mas onde ele esteve escondido desde então? Por que tinha voltado agora? E como ela descobriria as respostas para essas dúvidas sem perguntar diretamente a ele... ou revelar que ela não era Sutton?

Emma queria que existissem pistas no quarto de Sutton, mas já tinha revistado o lugar várias vezes desde que chegara. Havia descoberto informações sobre o Jogo da Mentira, incluindo trotes que Sutton e as outras tinham pregado e as pessoas que haviam prejudicado. Ela analisara a página do Facebook e os e-mails de Sutton. Tinha até lido o diário de Sutton – não que revelasse muito, a maior parte não passava de vagos fragmentos e piadas internas. Novas evidências não apareceriam só porque ela queria.

Quem me dera aparecessem. Eu queria poder transferir meus pensamentos para a mente de Emma e informá-la de que estava apaixonada por Thayer e que tínhamos feito uma caminhada juntos na noite em que morri. A comunicação de mão única era um problema sério dessa coisa de estar morta.

Emma ligou o MacBook Air de Sutton e foi até o site da Greyhound pesquisar os pontos de embarque e desembarque dos ônibus da empresa em Seattle e Tucson. A viagem durava um dia e tinha uma troca de motorista no meio do caminho, em Sacramento.

Ela ligou para o número do serviço de atendimento ao consumidor que estava no site e ficou quase dez minutos em espera, ouvindo a versão pasteurizada de uma música da Britney Spears. Enfim, uma mulher com um agradável sotaque do Sul atendeu. Emma pigarreou, controlou o nervosismo e começou a falar.

— Espero que você possa me ajudar. — Emma tentou parecer perturbada. — Meu irmão fugiu e tenho razões para acreditar que ele pegou um dos ônibus da Greyhound para sair de Tucson. Será que você teria como me dizer se ele comprou uma passagem? Teria sido no começo de setembro. — Ela não acreditava que aquela história tinha saído de sua boca. Não tinha nem ensaiado, mas ficou surpresa com sua naturalidade. Era um velho truque que ela se lembrava de ter visto Becky usar muitas vezes: chorar quando precisava de alguma coisa. Certa vez, quando elas estavam em um IHOP e receberam uma conta que não podiam pagar, Becky contou à garçonete uma história longa e triste, dizendo que seu marido vagabundo tinha limpado sua carteira sem lhe contar. Emma ficara sentada a seu lado, olhando perplexa para a mãe, mas sempre que abria a boca para corrigir Becky, levava um forte chute por baixo da mesa.

A mulher do outro lado da linha tossiu.

— Bem, eu não deveria fazer uma coisa dessas, querida.

— Sinto muito por pedir. — Emma soluçou. — É que estou muito, muito desesperada. Meu irmão e eu somos muito próximos. Estou arrasada com a partida dele e temo que ele esteja em perigo.

A mulher hesitou por um instante, e Emma soube que tinha conseguido. Finalmente, ela suspirou.

— Qual é o nome de seu irmão?

Vitória. Emma reprimiu um sorriso.

— Thayer. Thayer Vega.

Ela ouviu uma série de cliques do outro lado da linha.

— Senhora, vejo um Thayer Vega em um ônibus Seattle-Tucson que saiu às nove horas da manhã do dia 31 de agosto, mas esse é o único registro que tenho no sistema com esse nome.

Emma trocou o telefone de ouvido, desanimada.

— Tem certeza? Talvez tenha saído de outra cidade? Quem sabe Phoenix? Flagstaff?

— Tudo é possível — respondeu a mulher. — Só tenho o nome dele nessa viagem porque ele reservou pela internet. Ele pode ter pagado em dinheiro em qualquer estação. Não temos como rastrear isso.

Emma agarrou-se a essa informação.

— Existe alguma maneira de verificar de onde ele reservou essa passagem pela internet? Talvez um endereço de IP?

Houve uma longa pausa.

— Não, não tenho como fazer isso. E já lhe disse mais do que deveria...

Percebendo que tinha conseguido tudo que podia, Emma agradeceu à mulher e desligou. *Merda.* Ela sabia que telefonar para a Greyhound podia não dar em nada — teve sorte pelo pouco que conseguiu.

Fechou o laptop e passou os dedos por sua superfície lisa e brilhante. De repente, começou a se sentir claustrofóbica. Recolocando o computador sobre a escrivaninha, calçou as sapatilhas de Sutton e foi para o andar de baixo.

A noite havia caído do lado de fora e a casa estava fria, escura e silenciosa. Emma não sabia para onde a família tinha ido – era cedo demais para estarem na cama. Ela percorreu o corredor vazio com os pés ressoando pelo chão de ladrilhos de terracota e entrou na cozinha. Os aromas penetrantes de batata assada e filé grelhado tomavam o ambiente. O forno ainda estava ligado, e Emma distinguiu vagamente seu prato em um pequeno compartimento inferior. Mesmo sem querer, ficou comovida. Nenhuma mãe adotiva jamais lhe deixara um prato feito. Na maioria das vezes, ela tinha de se arranjar sozinha.

Mas Emma não estava com fome naquele momento. Cruzou a cozinha e saiu para o pátio de ladrilhos vermelhos que ficava atrás da casa dos Mercer. A noite estava um pouco fria e, depois do calor do dia, era como mergulhar em uma piscina ao sair de um ofurô. Ela arrastou uma das espreguiçadeiras de madeira para o canto mais escuro do gramado e se esticou nela. Emma sempre pensava melhor ao ar livre.

O céu azul-escuro estava apinhado de estrelas. Elas cintilavam como longínquas luzes de Natal, brilhantes e nítidas. Fazia séculos que Emma não se sentava do lado de fora e olhava para o céu. Uma das últimas vezes tinha sido na noite em que descobrira o estranho vídeo do assassinato de Sutton na internet, quando morava em Vegas. Ela olhara para o cosmos, encontrando suas estrelas favoritas, aquelas que tinha batizado de Estrela Mamãe, Estrela Papai e Estrela Emma pouco depois de Becky abandoná-la, mantendo a esperança de que um dia sua verdadeira família se reuniria na Terra assim como no céu. Mal sabia ela que logo depois sua vida inteira mudaria. Ela *encontraria* um membro da família, uma *irmã*, algo que desejava mais do que qualquer outra coisa no mundo. De um jeito indireto, ela também ganharia uma família. Tinha conseguido até um namorado. Mas nada disso acontecera do jeito que ela queria.

— O que você está fazendo aqui?

Emma se sobressaltou e virou-se. A sra. Mercer fechou a porta de vidro e se juntou a Emma no jardim. Ela estava descalça, o cabelo preto solto ao redor dos ombros. Enrolou um cachecol de caxemira magenta no pescoço longo e esbelto.

Emma se endireitou na espreguiçadeira.

— Só olhando as estrelas.

A sra. Mercer sorriu.

— Era o que você mais gostava de fazer quando era pequena. Lembra-se de que deu nomes às estrelas? Você dizia que não era justo outras pessoas as terem nomeado só porque tinham nascido milhares de anos antes de você.

— Eu dei nomes às estrelas? — Emma se sentou, sobressaltada. — De que as chamava?

— De nada muito original. Acho que havia a Estrela Mamãe. Estrela Papai. Estrela Laurel. Estrela Sutton. E a Constelação E, para sua boneca preferida. — A sra. Mercer apontou um trecho de estrelas a oeste. — Na verdade, acho que pode ser aquele grupo ali. Viu? Forma uma letra *E*. Você adorava aquela.

Emma observou o céu, estupefata. Sem dúvida, seis estrelas formavam um grande *E* maiúsculo.

Um calafrio percorreu sua espinha. Era o mesmo grupo de estrelas que ela escolhera. Sabia que Sutton tinha uma velha boneca a qual chamava de E — talvez até por causa de Emma —, mas era impressionante que Sutton houvesse se fixado naquelas mesmas estrelas e tivesse até lhes dado nomes. Seria uma conexão cósmica entre gêmeas? Será que lá no fundo Sutton sabia da existência de Emma e vice-versa?

Pelo que pareceu a milionésima vez, Emma se perguntou como teria sido sua vida se ela e Sutton não tivessem sido separadas. Teriam sido amigas? Ajudariam uma a outra a sobreviver aos humores maníacos de Becky? Seriam colocadas em lares temporários juntas ou separadas?

Eu também não conseguia deixar de me perguntar. Se eu tivesse crescido com Emma, com uma gêmea para cuidar de mim, ainda estaria viva?

A sra. Mercer se deitou na outra espreguiçadeira e entrelaçou as mãos atrás da cabeça.

– Posso perguntar uma coisa sem levar um fora?

Emma ficou tensa. Não gostava de perguntas intrometidas. Quinlan já fizera muitas.

– Hum, tudo bem.

– O que está acontecendo com sua irmã? – A sra. Mercer chegou mais para trás na espreguiçadeira. – Desde... o que aconteceu na noite de sexta, as coisas estão piores do que de costume entre vocês duas.

Emma desviou os olhos do céu e olhou para as unhas.

– Também gostaria de saber – disse ela em um tom desconsolado.

– Vocês pareciam estar se dando tão bem semana passada – disse suavemente a sra. Mercer. – Foram juntas ao Baile de Boas-Vindas, conversaram durante o jantar e não tiveram as brigas habituais sobre coisas bobas. – Ela pigarreou. – É impressão minha ou as coisas mudaram porque Thayer apareceu em seu quarto?

A pele de Emma pinicou quando ela ouviu o nome de Thayer.

— Talvez — admitiu ela. — Acho que ela está... zangada, por algum motivo. Mas eu não *pedi* a ele para vir naquela noite.

A sra. Mercer mordeu o lábio inferior, pensando.

— Sabe, Sutton, Laurel ama você, mas não é muito fácil ser sua irmã.

— Como assim? — perguntou Emma, cruzando as pernas e se aproximando da sra. Mercer. O vento forte despenteava seu cabelo e deixava seu nariz dormente.

É, pensei, indignada, *como assim, mãe?*

— Bom, você é linda, inteligente e tudo parece fácil para você. Amigos, namorados, tênis... — A sra. Mercer se inclinou para a frente e prendeu uma mecha do cabelo de Emma para trás da orelha. — Thayer podia ser o melhor amigo de Laurel, mas não dava para ignorar o jeito com que ele olhava para você.

A respiração de Emma ficou presa na garganta. Será que a sra. Mercer sabia de alguma coisa sobre o relacionamento entre Sutton e Thayer?

— E... *como* ele olhava para mim?

A sra. Mercer avaliou Emma por um instante, com uma expressão inescrutável.

— Como se estivesse disposto a fazer qualquer coisa para ficar com você.

Emma esperou, mas sua mãe não prosseguiu. Queria que ela dissesse algo concreto, mas não podia perguntar: *E, por falar nisso, eu já namorei Thayer em segredo? E você acha possível que ele tenha perdido a cabeça e me matado?*

A sra. Mercer esboçou um sorriso saudoso.

— Seu pai me olhava assim, sabia?

— Mã–ãe, que nojo! — Emma fez uma careta, sabendo que essa teria sido a reação de Sutton. Mas, no fundo, estava gostando de ouvir a sra. Mercer falar sobre seu namoro com o sr. Mercer. Era bom ouvir sobre dois adultos apaixonados, duas pessoas que queriam ter filhos e fizeram tudo que puderam para lhes dar a melhor vida possível. Pessoas como aquelas não existiam em sua antiga vida.

— O que foi? — A sra. Mercer pressionou a mão inocentemente contra o peito. — Já fomos tão jovens quanto você um dia, sabia? Há muitos e *muitos* anos.

Emma olhou para as linhas de expressão ao redor dos olhos da sra. Mercer e para seu cabelo recém-tingido. Ela descobrira que os pais de Sutton só a tinham adotado quando já estavam com quase quarenta anos, depois de já serem casados há quase vinte. Era um forte contraste com Becky, que se gabava de ser uma "mãe descolada e jovem", apenas dezessete anos mais velha que Emma. Mas, como resultado, sempre parecia ser sua imprevisível irmã mais velha.

— Não se arrepende por ter esperado tanto tempo para ter filhos? — Emma deixou escapar sem conseguir se controlar.

Uma expressão tensa cruzou o rosto da sra. Mercer. Um pica-pau batia em uma árvore próxima. Um carro foi ligado na rua. Uma nuvem passou sobre a lua, escurecendo temporariamente a noite. Enfim, ela inspirou.

— Bom, não sei se *arrepender* é a palavra certa. Mas agradeço todos os dias por ter você e Laurel em nossa vida. Não sei o que faria se alguma coisa acontecesse a uma de vocês.

Emma se reposicionou, sentindo-se desconfortável, oprimida pela culpa. Era em momentos como aquele que ela lamentava precisar esconder um segredo da família de Sutton — um *grande* segredo. A filha deles tinha sido assassinada, e cada dia que passava era uma oportunidade perdida de encontrar o culpado. Quando Emma estava no ônibus para Tucson, ansiosa para conhecer Sutton, tinha uma pequena esperança de que a família adotiva de sua irmã também a acolhesse, que a deixasse passar o último ano letivo com eles. Por ironia, seu desejo tinha se realizado. O que fariam com ela se descobrissem a verdade? Sem dúvida, eles a jogariam na rua. Talvez até mandassem prendê-la.

Ela queria muito dizer a verdade para a sra. Mercer. Contar a ela que algo ruim já tinha acontecido a uma de suas filhas. Mas sabia que era impossível. Ethan estava certo. Ela não podia contar a ninguém quem era. Ainda não.

A porta se abriu de novo e outra pessoa saiu para o pátio. O cabelo louro ondulado de Laurel estava iluminado por trás pelas luzes do telhado.

— O que vocês estão fazendo aqui?

— Observando estrelas — contou a sra. Mercer alegremente. — Junte-se a nós.

Laurel hesitou por um segundo, depois atravessou a grama em direção a elas. A sra. Mercer cutucou Emma, como quem diz: *Veja! Esta é sua chance de consertar as coisas!* Laurel manteve a cabeça baixa quando se sentou ao lado da mãe. A sra. Mercer se aproximou e começou a trançar o cabelo da filha.

— Vocês estavam olhando as estrelas? — perguntou Laurel, incrédula.

— A-hã — cantarolou a sra. Mercer. — Eu estava dizendo a Sutton como amo vocês duas. E como quero que se deem bem.

Embora estivesse escuro, Emma percebeu que Laurel fez um careta amarga.

A sra. Mercer pigarreou, sem se deixar abater.

— Não é agradável quando nós três passamos um tempo juntas?

— A-hã — murmurou Laurel sem vontade, recusando-se a olhar para Emma.

— Talvez vocês duas possam até fazer as pazes — insistiu a sra. Mercer.

Os ombros de Laurel se contraíram visivelmente. Após um instante, ela se levantou e envolveu o corpo com os braços.

— Acabei de me lembrar que tenho dever de casa — resmungou ela, correndo para a porta. Era como se mal pudesse esperar para fugir de Emma.

A porta bateu com força. A sra. Mercer parecia desanimada, como se de fato tivesse achado que seus esforços dariam resultado. Emma suspirou e olhou mais uma vez para sua constelação. Ela escolheu duas das estrelas mais brilhantes perto das Estrelas Mamãe, Papai e Emma e as nomeou Estrela Sutton e Estrela Laurel, torcendo para que a proximidade entre elas lá em cima pudesse influenciar seu relacionamento com Laurel ali embaixo.

Mas a julgar pela expressão enojada e cheia de ódio de Laurel, eu tinha a sensação de que seria preciso muito mais que isso. E Emma devia saber a verdade sobre as estrelas: embora pareçam próximas umas das outras no céu, estão a zilhões de anos-luz de distância.

10

VAMOS PEGAR VOCÊ

No dia seguinte, o sinal tocou e Emma pegou seu livro de inglês e se juntou à torrente de alunos no corredor. Assim que dobrou a esquina da ala de artes, ouviu os sussurros e sentiu os olhares.

"*Ela e Thayer...*"

"*Sabia que ela o mandou embora?*"

"*A audiência é daqui a um mês. Acha que ele vai ficar apodrecendo na cadeia esse tempo todo?*"

Uma jogadora de basquete com luzes marcadas e nariz arrebitado lançou a Emma um olhar curioso, depois se inclinou para um garoto com dreads. Ambos deram risadinhas. Emma estremeceu e manteve a cabeça erguida. Estava acostumada a receber olhares estranhos dos outros nas muitas escolas que tinha frequentado. Na verdade, fizera até uma lista de respostas mal-educadas que podia dar àqueles que comentassem sobre suas roupas de brechó e o fato de ela estar no sistema de adoção. Havia escrito a lista em um caderno Moleskine de bolso e o mantinha consigo o tempo todo, assim como turistas estrangeiros carregam dicionários de inglês. Mas nunca tivera coragem de usar nenhuma das respostas. Sutton provavelmente teria.

De repente, algo na outra extremidade do corredor chamou a atenção de Emma. Uma longa mesa tinha sido colocada perto das portas, e uma fila de alunos se formava diante dela, assinando alguma coisa. Quando a multidão se dispersou, Emma viu Laurel e Madeline sentadas em cadeiras, ambas usando camisetas pretas com palavras brancas impressas no peito. Emma apertou os olhos, sem acreditar no que via. As camisetas diziam LIBERTEM O THAYER.

Emma foi até a mesa, vencida pela curiosidade.

— Ah, oi, Sutton! — disse Madeline em um tom açucarado. — Estaremos prontas para o almoço em um segundo.

— O que é isso? — perguntou Emma, apontando para a prancheta que todos estavam assinando.

— Nada. — Laurel arrancou a prancheta de um garoto de camisa de beisebol que tinha acabado de assinar e a cobriu com a mão. — Você não se interessaria.

— Ela *deveria* se interessar — murmurou Madeline. — É por causa dela que ele está nessa confusão.

Madeline empurrou a prancheta na direção de Emma. No topo estava escrito ABAIXO-ASSINADO PARA LIBERTAR THAYER VEGA. Havia um monte de assinaturas de alunos nas linhas da página. Também havia um pote onde se lia FUNDO PARA A FIANÇA cheio de notas de um, cinco, dez e até mesmo uma ou duas notas de vinte dólares.

— Quer contribuir, Sutton? — gorjeou Madeline com um toque de rispidez na voz. — Quinze mil é muito dinheiro, e precisamos de cada dólar. Thayer não vai aguentar ficar preso até o mês que vem. Precisamos tirá-lo de lá o quanto antes.

Emma passou a língua sobre os dentes. A única coisa que a mantinha sã no momento era o fato de que Thayer ficaria preso até a audiência. Mas não podia *dizer* isso a Mads e Laurel. Ela se perguntou o que aconteceria se ela aparecesse no dia seguinte usando uma camiseta na qual estivesse escrito THAYER PODE TER MATADO MINHA IRMÃ GÊMEA PERDIDA.

Emma olhou para a frente e viu que Laurel a encarava. Pensou no que a sra. Mercer dissera — que era difícil para Laurel ser irmã de Sutton. Emma desejou saber por que a volta de Thayer tinha deixado Laurel tão furiosa. Será que era por Thayer ter ido ao quarto de Sutton e não ao dela? Será que Laurel estava com ciúmes por causa disso, ou sabia que Thayer estava apaixonado por Sutton? Talvez achasse que Sutton o tinha roubado dela. Ou talvez estivesse zangada por alguma coisa completamente diferente — algo que Emma e eu nem imaginávamos.

Por sorte, Charlotte poupou Emma de dar uma desculpa para não assinar o abaixo-assinado quando a abraçou.

— Vamos, meninas. Até ativistas precisam comer — alardeou ela, chamando Madeline e Laurel. — Peguei nossa mesa de almoço preferida.

Dando de ombros, Madeline e Laurel recolocaram os abaixo-assinados e os cartazes nas bolsas e se levantaram. Charlotte as guiou em silêncio a uma mesa de madeira no grande pátio que ficava do lado de fora do refeitório. Havia flores do deserto por todo canto. Beija-flores voavam em direção aos alimentadores em forma de margaridinhas que ficavam pendurados pelo pátio. Na mesa ao lado, um monte de garotas com o uniforme da banda riam de uma foto em um iPad. Em outra mesa, calouros bombados sopravam embalagens de canudo uns nos outros. Um grupo de garotas hipermagras se sentava sobre a mureta de estuque, tomando minúsculas porções de iogurte grego.

Uma risada aguda cortou o clima tenso. Emma virou-se e viu as Gêmeas do Twitter se aproximando. Gabby usava uma calça capri debruada com fita de gorgorão e uma faixa combinando no cabelo. Um minúsculo pedaço de coral cor de pêssego preso a uma corrente delicada aparecia entre os botões perolados de sua camisa de gola verde-limão. Lili, por outro lado, parecia ter atacado o armário de Courtney Love; usava uma saia xadrez supercurta e presa com um zilhão de alfinetes, meias-calças pretas rasgadas e um top preto de um ombro só que mostrava bastante do colo.

— Olá, garotas — disse Gabby, enrolando uma longa mecha de cabelo louro no dedo indicador.

— Oi — disse Madeline de um jeito indelicado.

— Não precisa ficar tão animada em nos ver — ralhou Lili.

Laurel revirou os olhos e mergulhou um pedaço de sushi no molho de soja.

As Gêmeas do Twitter se sentaram e abriram as lancheiras. Ambas tinham levado iogurte de morango orgânico e uma banana.

— Então, meninas — disse Lili enquanto descascava sua fruta. — Agora que somos integrantes oficiais do... — Ela olhou em volta e falou mais baixo: — ... *Jogo da Mentira*, quem vai ser a próxima vítima? — Seus olhos azuis cintilaram de animação.

Madeline deu de ombros. Ela passou as costas da mão pelo blush cintilante pêssego que cobria sua pele de porcelana.

– Não dou a mínima – disse ela, lançando um olhar desinteressado sobre a cabeça de Emma.

Mas o rosto de Laurel se iluminou.

– Na verdade, eu tenho uma ideia. – Ela olhou em volta com um ar conspiratório e passou a falar mais alto. – Que tal ele? – Ela apontou para alguém que estava bem atrás de Emma. Todas se viraram para seguir seu olhar. Quando Emma viu quem era, seu coração parou. Ethan estava virado de costas para elas, com os pés apoiados em um muro de tijolos e um livro na mão.

– Ethan Landry? – disse Gabby, com surpresa na voz.

– Por que não? – perguntou Laurel. Ela olhou para a frente e encontrou os olhos de Emma, que sentiu as bochechas ficarem quentes. Ela admitira que gostava de Ethan quando elas tinham ido juntas comprar roupas para o baile na semana anterior. E Laurel os vira juntos na quadra de tênis. Aquilo era uma evidente declaração de ódio, talvez uma vingança por Thayer ter aparecido no quarto de Sutton.

Charlotte torceu a boca, parecendo indecisa.

– Ethan? Não seria uma repetição?

– É, combinamos que não pode haver repetições, Laur – lembrou Madeline.

Emma quase se engasgou com o sanduíche de peru seco que tinha tirado da lancheira de Sutton. Como *assim*? Elas já tinham dado um trote em Ethan? Ela pensou nos vídeos do Jogo da Mentira que assistira no computador de Laurel. Nenhum deles envolvia Ethan. Quando aquilo tinha acontecido? Por que Ethan não tinha lhe contado?

— Acho que tecnicamente é uma repetição — concordou Laurel, tocando os lábios com os dedos enquanto pensava. — Mas nunca nos vingamos dele por arruinar o trote que demos em você, Sutton. — Ela estava se referindo à noite em que Ethan encontrou Charlotte, Madeline e Laurel por acaso, vendando Sutton e encenando um vídeo falso de estrangulamento, o mesmo filme que tinha ido parar na internet e levara Emma a começar sua busca por Sutton. Ethan tinha pensado que algo terrível estava acontecendo com Sutton e interferira. Mas ele contara a Emma que Sutton tinha rido e fingido que não era nada. — Sendo assim, temos de nos garantir que o trote seja diferente.

Madeline enfiou uma uva na boca.

— Sabe, Ethan é um ótimo alvo. Ele é todo sensível e emo. Provavelmente vai chorar ou coisa parecida.

— Buá — entoou Lili. Com os dedos ligeiros, ela digitou algo no Twitter.

— Acho que precisamos de uma reunião de planejamento — disse Madeline. — Amanhã na minha casa?

Emma engoliu em seco. Tudo parecia estar acontecendo rápido demais, fora de seu controle.

— Não é melhor deixarmos Ethan em paz? — soltou ela, a voz trêmula.

Todas se viraram para olhá-la.

— Por quê, Sutton? — perguntou Laurel, claramente se divertindo. — Alguém está guardando um segredo que não sabemos?

Emma olhou para as amigas de Sutton na mesa, ressentida por Laurel tê-la colocado naquela posição. Laurel era a única pessoa a quem tinha contado sobre Ethan — ela não sabia se as outras garotas entenderiam. Sair com Ethan sem dúvida era algo nada típico de Sutton, uma escolha esquisita depois do popular Garrett. E *o que* diria a elas? Emma não sabia ao certo o que estava acontecendo entre ela e Ethan. Eles não eram bem namorados... ainda.

Emma abriu sua lata de Coca Diet e sentiu o leve esguicho das bolhas do refrigerante contra seus dedos.

— Não estou guardando nenhum segredo — disse ela com suavidade, invocando sua melhor voz de Sutton arrogante. — Ainda mais sobre *Ethan*. — Seu coração doeu ao dizer essas palavras.

— Bom, você não vai se incomodar nem um pouco em participar do trote que daremos nele — disse Laurel, batendo uma mão contra a outra com um estalo alto. Ela apontou para as costas retas de Ethan do outro lado do pátio. — Garotas, acho que o sr. Emo é o próximo.

11
MESA PARA QUATRO

Naquela noite, notas da última balada de hip hop pela qual Laurel estava obcecada chegavam de seu quarto, no fim do corredor, aos ouvidos de Emma. Ela pressionou as têmporas com os dedos indicador e médio. O que não daria por uma tarde com Alex, sua melhor amiga de Henderson, ouvindo Vampire Weekend ou qualquer música que não tivesse "Baby, baby, baby" na letra. Ela tentou imaginar se sua irmã gêmea compartilhava o terrível gosto musical de Laurel.

Para que fique registrado, meu gosto musical sempre foi impecável. Talvez eu não pudesse enumerar todos os shows incríveis aos quais fui – tenho certeza de que fui a vários –, mas sempre que Adele, Mumford & Sons ou Lykke Li tocavam no rádio, eu sabia que iriam parar entre os mais tocados na minha lista do iTunes. As letras voltavam em trechos fantasmagóricos, vozes de sereias do passado.

— Não posso ir, Caleb — Emma ouviu Laurel gritar mais alto que a música. — Eu já disse, hoje vamos jantar em *família*.

Suspirando, Emma se levantou, foi até o closet de Sutton e examinou um monte de camisetas, empilhadas com mais capricho que as da Gap. Sutton mantinha tudo muito bem-organizado quando se tratava de roupas. Emma puxou uma camiseta turquesa com gola canoa da pilha, vestiu-a e escolheu uma legging jeans e sapatilhas metálicas para combinar.

— É, também acho um saco. — A voz de Laurel vibrava através da parede. — Não estou com a menor vontade de ir. Quanto menos tempo eu passar com ela, melhor.

Emma presumiu que era a *ela* de quem Laurel estava falando. Quando ela e Laurel tinham chegado em casa do treino de tênis, a sra. Mercer anunciara que a família tinha de conviver mais — em outras palavras, Emma e Laurel precisavam fazer as pazes —, no caso, sairiam para um jantar agradável no Arturo's, um restaurante caro que ficava em um dos resorts de Tucson. No passado, Emma provavelmente teria trabalhado no Arturo's como recepcionista em vez de jantar lá com a família. Ela gostaria de poder dizer à sra. Mercer que um jantar de cessar-fogo não adiantaria. Depois do anúncio "vamos dar um trote no Ethan", ela também não sabia se queria se reconciliar com Laurel.

Outra gargalhada veio do quarto de Laurel. Emma observou seu reflexo no espelho, passando uma escova redonda pelo cabelo. Será que Caleb sabia que Laurel gostava de Thayer? O que ele achava de sua participação na mesa do abaixo-assinado para soltar Thayer, usando aquela camiseta preta idiota? Será que ele tinha assinado o abaixo-assinado? E o que Laurel sabia sobre Thayer e Sutton, afinal? Mais uma vez, ela pensou no vago comentário de Laurel: *Você o meteu em encrenca! De novo.* Ao que ela estava se referindo? Como Emma podia descobrir a resposta?

— Ligo para você quando chegar em casa — prometeu Laurel, interrompendo os pensamentos de Emma. — Tchau! — A música parou do nada, mergulhando o segundo andar no silêncio. Emma ouviu uma gaveta ser aberta e fechada, e depois a porta de Laurel rangeu. Ela viu uma sombra passar sob a porta de Sutton e, então, ouviu a voz de Laurel na cozinha, chamando a sra. Mercer.

De repente, uma ideia lhe ocorreu. Emma se levantou da cama de Sutton e foi para o corredor. A porta do quarto de Laurel estava escancarada. A luz da mesa de cabeceira espalhava-se pelo carpete. Prestando atenção, para ter certeza de que Laurel não subiria de novo, foi até o quarto na ponta dos pés. Em segundos, estava lá dentro. Ela fechou a porta, escutando-a travar.

O quarto de Laurel tinha uma semelhança sinistra com o de Sutton, tinha até a poltrona ovo e as almofadas roxas na cama. Emma foi até a parede oposta, onde uma recente colagem de fotos da equipe de tênis estava presa ao lado de um calendário de filhotes. OUTUBRO, estava escrito no cabeçalho do calendário. Laurel cobrira os dias com lembretes sobre trabalhos de casa, jogos de tênis e festas.

Lenta e silenciosamente, ela puxou uma tacha verde-limão da parede e folheou o calendário, voltando a agosto, que exibia três pequenos filhotes de boxer. Laurel tinha escrito FÉRIAS EM FAMÍLIA em letras grossas sobre os quadrados da primeira semana do mês. Os olhos de Emma correram de imediato para 31 de agosto, o dia em que Sutton desaparecera. Laurel tinha desenhado um coração azul no canto superior direito do dia e colorido o coração com rabiscos grossos, pressionando a tinta com força contra a página.

Emma observou o coração por um instante, sem saber o que significava. Ela passou para setembro, olhando as datas que marcavam a festa de final de verão dada por Nisha Banerjee, o primeiro dia de aula, o primeiro evento de tênis. Nada de errado. Mas algo no verso da folha de agosto chamou sua atenção: pressionadas no papel, logo atrás do quadrado do dia 31, estavam as iniciais TV.

De Thayer Vega?

O coração de Emma se acelerou. Era óbvio que Laurel tinha escrito as iniciais antes, depois as coberto com o coração azul sólido. Mas por quê?

Eu queria saber.

– O que você está fazendo aqui?

Emma deixou o calendário voltar para outubro, virou-se e viu Laurel parada no vão da porta. Seus lábios estavam contraídos. Suas mãos apoiavam-se nos ossos protuberantes dos quadris. Ela atravessou o quarto e empurrou Emma para longe de seu calendário.

Emma tentou encontrar uma desculpa.

– A partida de Haverford – disse de imediato, apontando para uma sexta-feira dali a duas semanas. – Eu só queria verificar a data.

Laurel passou os olhos por sua escrivaninha, como se tentasse se certificar de que nada estava faltando ou fora do lugar.

– Com a *porta fechada*?

Um breve instante se passou, depois Emma se endireitou.

— Como você é paranoica — disparou ela, canalizando sua Sutton interior. — Deve ter sido o vento que a empurrou.

Laurel parecia querer dizer mais alguma coisa, mas então elas ouviram a voz da sra. Mercer ao pé da escada.

— Meninas? Temos que ir agora!

— Estamos indo! — cantarolou Emma, como se não tivesse feito nada de errado. Passou depressa por Laurel, tentando se manter calma, inocente e indiferente. Mas sentiu os olhos dela queimando suas costas.

Eu também. Era óbvio que ela não tinha acreditado na mentira de Emma.

A sra. Mercer estava parada ao pé da escada, verificando seu BlackBerry. Ela sorriu para as garotas ao vê-las descer.

— Vocês duas estão lindas — disse em uma voz ansiosa. Talvez ansiosa *demais*. Emma sabia que ela ficaria decepcionada com o resultado da noite.

O sr. Mercer surgiu no corredor e chacoalhou um molho de chaves. Ele tinha trocado o avental cirúrgico do hospital por uma calça caqui bem-passada e uma camisa salmão de botões, mas seus olhos estavam cansados e seu cabelo, desgrenhado.

— Prontas? — perguntou ele, meio ofegante.

— Prontas — repetiu a sra. Mercer. Laurel cruzou os braços, mal-humorada. Emma se limitou a dar de ombros.

Eles foram até o SUV do sr. Mercer e entraram. Quando Emma se sentou atrás da mãe de Sutton, colocando o cinto de segurança, o olhar do sr. Mercer cruzou com o seu pelo espelho retrovisor. Ela baixou o olhar rapidamente. Com exceção dos poucos encontros no corredor, ela mal tinha falado com o pai de Sutton desde a manhã de domingo – ele estava trabalhando sem parar no hospital. Naquele momento, ele a encarava como se soubesse que ela escondia alguma coisa.

Quando o sr. Mercer engatou a ré e foi até a rua, a sra. Mercer tirou um pó compacto de tonalidade dourada da bolsa e passou uma camada de batom malva.

– Este tempo está muito esquisito para o começo de outubro – tagarelou ela. – Não me lembro da última vez que esperamos tanto pela chuva.

Ninguém respondeu.

A sra. Mercer pigarreou, tentando outra vez.

– Contratei para sua festa aquela banda de mariachi ótima que você adora, querido – disse ela, pousando a mão no braço do sr. Mercer. – Lembra-se de como eles foram brilhantes no evento beneficente do Desert Museum?

– Ótimo – respondeu o sr. Mercer com uma voz morna. Parecia que ele também não estava com vontade de jantar com a família.

A sra. Mercer ficou quieta, parecendo derrotada.

Observei todos caírem em um silêncio completo. De certa forma, aquela situação era familiar para mim. Tentei imaginar quantas vezes meus pais tinham tentado de tudo para forçar as filhas a serem amigas. Já havíamos sido próximas – eu me lembrava vagamente de nós duas espionando nossos pais durante as férias de família; no porão brincando de um jogo que eu tinha inventado, chamado Modelo de Passarela; e até que eu ensinara Laurel a segurar uma raquete de tênis e fazer um *backhand* decente. Mas alguma coisa acontecera ao longo dos anos; eu tinha começado a afastar Laurel. Em parte podia ser ciúme – Laurel era a filha verdadeira de meus pais, enquanto eu era a filha adotiva. Eu temia que eles a amassem mais. Talvez Laurel estivesse apenas reagindo a mim. E as coisas tinham evoluído até chegarmos ao ponto de passar fases quase sem nos falar.

Quinze minutos e zero tópico de conversa depois, o sr. Mercer passou com o carro sobre um quebra-molas e parou no estacionamento do resort. Uma pequena gruta com o nome ARTURO's gravado na pedra estava iluminada por pisca-pisca. Diante da entrada, um homem de terno e pasta falava em seu BlackBerry. A mulher que estava a seu lado mexia no cabelo louro. Dois garçons de calça preta e camisas brancas de botão faziam uma pausa para fumar perto de um cacto espigado.

Emma seguiu a família de Sutton pelos degraus de pedra que serpenteavam por um jardim cheio de florezinhas amarelas e violeta. Lá dentro, madeira grossa e escura emoldurava as janelas nas paredes de adobe. Havia vigas expostas no teto, e música clássica suave flutuava dos alto-falantes em miniatura. O salão estava cheio, e garçons rodopiavam com belos pratos de costeletas de cordeiro, contrafilé e lagosta.

Um *maître* de bigodinho fino e terno cinza-escuro verificou a reserva deles, depois os levou para a mesa. Enquanto atravessavam o salão, Emma se empertigou um pouco, sentindo-se deslocada.

– Que agradável – arrulhou a sra. Mercer quando se sentaram, pegando um grosso cardápio e examinando os vinhos oferecidos. – Não é, meninas?

Emma concordou com um murmúrio. Mas o olhar de Laurel estava fixo em alguma coisa – *alguém* – do outro lado do salão.

— Acho que você vai receber uma visita, Sutton — disse ela em tom sórdido.

Emma levantou os olhos bem a tempo de ver um garoto com o maxilar anguloso e cabelo louro curto aproximar-se da mesa deles. Seu estômago se revirou de um jeito incômodo. Era Garrett, o ex de Sutton. E ele não parecia feliz.

— Olá, Garrett! — disse a sra. Mercer, com a boca trêmula, lançando um olhar preocupado a Emma, que se remexeu na cadeira. Emma contara ao pai de Sutton que tinha terminado com Garrett, e sem dúvida ele contara à mãe dela. O que eles não sabiam era que ele a tinha abordado no armário de suprimentos no Baile de Boas-Vindas de sexta. Na verdade, ele foi meio... *violento*.

— Olá, sr. e sra. Mercer. — Garrett cumprimentou os pais de Sutton com educação. Depois virou-se para Emma. — Posso falar com você um minuto? — Ele indicou com os olhos um pequeno corredor nos fundos do restaurante. Sem dúvida, tinha a intenção de falar *a sós*.

— Hum, estou aqui com minha família — disse Emma, aproximando-se um pouco da mãe de Sutton. — Estávamos prestes a fazer o pedido.

— Só tenho uma pergunta rápida — disse Garrett. Sua voz era bastante agradável, mas seus olhos eram frios e calculistas. De repente, Emma se deu conta de qual era o assunto: com certeza ele soubera que Thayer tinha invadido o quarto de Sutton. Garrett havia ficado perplexo por Emma terminar com ele e estava convencido de que ela o traíra. Sem dúvida acusaria Emma de se encontrar com Thayer pelas suas costas — e talvez Sutton tivesse feito isso.

Observei a camisa de botões da Abercrombie e a calça cáqui de Garrett, sentindo um vago vislumbre dos momentos divertidos que passamos juntos, fazendo caminhadas, longos passeios de bicicleta e piqueniques no parque. Eu estava certa de que em algum momento eu tinha adorado ser sua namorada. Mas o que me fizera escolher Thayer em vez dele? Pensei outra vez sobre a lembrança que tinha recuperado, a indecisão entre a culpa que sentia por trair Garrett e a emoção de beijar Thayer. Garrett estava certo sobre mim, eu *era* infiel. Ele tinha todo direito de estar zangado.

– Desculpe – disse Emma. – Mas eu acabei de me sentar.

– Tudo bem, posso perguntar aqui se você preferir – desafiou Garrett, colocando as mãos nos quadris. Ele olhou para os Mercer. – Só queria saber como foi sua visita à delegacia ontem, Sutton.

Emma ficou indignada. Como ele sabia *daquilo*? Os Mercer ficaram tensos.

– Você foi à delegacia? – disparou a sra. Mercer. – Por que não nos contou?

Garrett fingiu uma expressão surpresa.

– Ah! – disse ele. – Achei que você tinha contado. Vou deixá-los em paz. – Ele se afastou, voltando para a mesa dos pais no canto.

Emma encarou os pais de Sutton, sentindo as bochechas corarem. Ela tinha esperança de que eles não descobrissem sua visitinha a Quinlan.

– Você se meteu em alguma confusão outra vez? – perguntou a sra. Mercer, parecendo magoada, sem dúvida se lembrando da ida à delegacia na semana anterior para repreender a filha por roubar em uma loja.

— Aposto que ela foi visitar Thayer — disse Laurel, com a voz cheia de ódio.

— Eu não me meti em nenhuma confusão — respondeu Emma, levantando a voz. — E também não fui ver o Thayer. Só fui porque Quinlan me chamou. Não quis contar a vocês porque não era importante.

— Ah, conta outra — disse Laurel entredentes. — Como se você fosse uma ótima filha. Como se contasse *tudo* a eles.

Emma lançou um olhar a ela.

— E você? Contou a eles que está fazendo uma campanha para soltar o Thayer? Que está pedindo contribuições às pessoas para o fundo de fiança dele?

O sr. Mercer virou-se para ela por um instante, horrorizado.

Laurel ficou vermelha.

— É um projeto para minha aula de governo — disse ela depressa. — Estamos aprendendo o impacto dos abaixo-assinados sobre as leis e tivemos de colocar isso em prática.

— Você poderia ter feito um abaixo-assinado em prol de *outra* coisa, não soltar o garoto que invadiu sua casa e apavorou sua irmã — esbravejou o sr. Mercer com severidade, depois ergueu a mão. — Vamos falar disso daqui a pouco. Por que você foi à delegacia, Sutton? *Foi* por causa do Thayer? — Ele se debruçou sobre a mesa, encarando Emma. A espinha de Emma gelou de medo. O pai de Sutton parecia tão furioso quanto na noite em que encontrara Thayer dentro de casa.

— Eu... — começou Emma. Mas ela não sabia o que dizer.

Uma garçonete apareceu ao lado deles, notou as expressões da família, fez um gesto respeitoso e se afastou em direção à cozinha. O sr. Mercer colocou as palmas das mãos sobre a mesa, suavizando o rosto.

— Então, Sutton? — pediu ele de um jeito mais suave. — Por favor, conte-nos. Não vamos ficar zangados. Só estamos preocupados. Thayer é problemático. Nenhum garoto normal foge e depois entra às escondidas em seu quarto. Só estamos tentando mantê-la segura.

Emma baixou os olhos e seu coração foi desacelerando. O pai de Sutton usava a mesma voz "gentil mas protetora" que tinha usado na garagem na semana anterior, quando ela o ajudara a consertar sua moto. Só estava tentando ser um bom pai. Mesmo assim, ela não podia lhe contar o que tinha acontecido na delegacia.

— Só fui assinar uma papelada do roubo — contou ela, pensando rápido. — Não aconteceu mais nada. Juro. Garrett só estava tentando me complicar porque está irritado com o término do namoro. Vocês estão fazendo uma tempestade em copo d'água.

Ela escondeu as mãos trêmulas sob a mesa, esperando que eles acreditassem na história. O sr. Mercer a encarou. A sra. Mercer mordeu o lábio malva. Laurel bufou, claramente incrédula. Mas, enfim, os Mercer suspiraram e deram de ombros.

— Da próxima vez que for à delegacia, avise-nos — sugeriu a sra. Mercer com um tom tranquilo.

— Espero que *não haja* uma próxima vez — disse o sr. Mercer, ríspido, uma ruga se formando entre as sobrancelhas.

Emma desviou os olhos, constrangida, deixando seu olhar flutuar para o local onde Garrett e a família estavam sentados. Naquele exato momento, ele olhou para ela e deu um sorriso malicioso. *Babaca*, pensou ela. Emma não queria tocar no nome de Thayer naquela noite. Mas, quando se virou para os pais, eles estavam debatendo se deviam pedir uma garrafa de Shiraz ou de Malbec da carta de vinhos. Ela estava a salvo – por enquanto.

Ou não? Era impossível não notar o olhar furioso que Laurel lançava a Emma do outro lado da mesa. E era inevitável lembrar aquelas minúsculas iniciais escritas em seu calendário na noite de minha morte. *TV.*

Laurel sabia de alguma coisa. Eu só esperava que Emma descobrisse, antes que fosse tarde demais.

12

SOU UMA MULHER, OUÇA-ME RUGIR

No dia seguinte, Emma estava parada no estacionamento do Hollier, torrando sob o sol escaldante de Tucson. O time de futebol feminino corria em volta do campo de terra a distância. Emma não entendia como elas não desmaiavam – devia estar fazendo mais de quarenta graus. Ela tinha jogado meia hora de tênis no treino e sentia que precisava tomar soro na veia para se reidratar.

Eu me lembrava dos treinos de tênis em dias quentes como aquele. Mas por mais estranho que pareça, flutuando perto de Emma, eu não sentia calor nem frio. Apenas... nada. É estranho, mas eu adoraria poder suar e ofegar mais uma vez. Era surpreendente sentir tanta falta até dessas partes da vida.

Uma buzina tocou e Charlotte encostou sua Mercedes prateada.

— Entre, vadia — gritou da janela.

— Obrigada pela carona — disse Emma, jogando seu equipamento de tênis e sua bolsa no banco de trás. — Minha irmã é uma ridícula por ter me abandonado. — Todas se encontrariam na casa de Madeline para a reunião de planejamento do trote naquele dia, mas, depois do tênis, Laurel tinha desaparecido sem esperar por Emma. Por sorte, Charlotte ainda não tinha saído da escola, ainda que Emma tivesse dado qualquer coisa para faltar à reunião. A última coisa que queria era envergonhar Ethan. Quando o viu no corredor naquele dia, sentiu-se péssima, certa de que ele sabia que ela escondia alguma coisa. Emma se sentia encurralada: se contasse a Ethan o que elas estavam tramando e estragasse o trote, as amigas de Sutton nunca a perdoariam. Mas se *não* contasse, podia perdê-lo para sempre.

Assim que Emma entrou, Charlotte pisou no acelerador e o carro saiu bruscamente do estacionamento para a rodovia. Em minutos, elas passavam por um longo trecho de deserto, depois por um minishopping cheio de lojas de roupas, uma sorveteria com estilo da década de 1950, um Starbucks e uma locadora de vídeo. Charlotte virou à direita em um familiar condomínio de casas. Emma estava feliz por Charlotte estar dirigindo. Só estivera na casa dos Vega uma vez, quando ela e as meninas tinham planejado o trote das Gêmeas do Twitter, e não lembrava onde era. Essa era uma das vantagens de o carro de Sutton ter ficado desaparecido por todo aquele tempo — se as amigas de Sutton achassem que ela não sabia andar por Tucson, era provável que a internassem em um hospital psiquiátrico.

Enquanto esperavam em um sinal da Orange Grove, o jornal local começou: "Tucson está em polvorosa com a história de Thayer Vega, o garoto desaparecido neste verão", disse uma repórter. Emma se endireitou no banco e tentou não ofegar.

"O sr. Vega invadiu a casa de uma suposta namorada no começo da madrugada de sábado, e agora está preso sob uma fiança de quinze mil dólares por invasão de domicílio, resistência à prisão e porte de arma", continuou a repórter. "Entretanto, Geoffrey Rogers, o advogado do rapaz, está convencido de que o caso será indeferido."

A voz de um homem ressoou pelos alto-falantes do rádio: "Meu cliente é menor de idade... não deve ser julgado como adulto", disse o advogado de Thayer. "Esta é uma questão de inimizade entre ele e certo integrante da força policial de Tucson."

– Inimizade? – disse Emma em voz alta sem conseguir se controlar.

Charlotte olhou para ela.

– É, entre ele e Quinlan. Lembra que ele liderou a campanha para encontrar o Thayer? Aquilo virou uma obsessão. Ele ficou furioso por não conseguir encontrá-lo. Todo mundo está dizendo que é por isso que a punição está sendo tão dura e que Quinlan inventou a parte de Thayer ter resistido à prisão.

Emma ergueu as sobrancelhas. E se fosse verdade? E se o advogado conseguisse soltar Thayer antes do julgamento? Ela não queria pensar no que poderia acontecer.

– Então, Laurel está furiosa com você, hein? – perguntou Charlotte.

Emma assentiu.

– Ela acha que sou culpada pela prisão de Thayer.

— Verdade — disse Charlotte com um tom neutro, sem demonstrar sentimento algum. Emma ficou se perguntando qual seria sua posição no caso de Thayer. Enquanto Madeline e Laurel tinham acusado Emma abertamente, Charlotte a defendera. E mesmo assim, mais cedo, Emma a vira assinar o abaixo-assinado para soltar Thayer. Talvez ela estivesse em cima do muro e não quisesse criar controvérsias.

— O que acha que Mads vai fazer em relação a essa coisa do Thayer? — perguntou Emma em tom casual, enfiando uma bala de morango na boca. — Ela não fala *comigo* sobre isso. — Charlotte e Madeline estavam mais próximas nos últimos tempos; talvez Madeline tivesse revelado a Charlotte alguma coisa sobre Thayer que pudesse ajudar Emma a entender o relacionamento dele com Sutton.

Charlotte manteve os olhos fixos na estrada.

— Ela não está feliz, isso é certo. Parece que o pai dela está sendo ainda mais idiota que de costume. As coisas estão tensas na casa deles.

— Acha que ela está... *escondendo* alguma coisa? — perguntou Emma, quebrando a bala entre os dentes.

— Sobre o quê?

Boa pergunta, pensou Emma. Ela estava dando um tiro no escuro, tentando acertar qualquer coisa.

— Sobre o Thayer, talvez. Sobre onde ele esteve esse tempo todo.

Charlotte desviou os olhos da estrada e encarou Emma, incrédula.

— Acho que Mads está se perguntando o mesmo sobre *você*.

Emma engoliu em seco, sem saber como responder. *Será que Sutton sabia para onde Thayer tinha ido?*

Eu achava que não sabia. Se soubesse, não teria feito todas aquelas perguntas a Thayer sobre os segredos que ele estava guardando.

Do lado de fora da janela, dois garotos de uns treze ou catorze anos andavam de skate em uma rampa caseira na entrada da garagem ao lado da casa de Madeline. A mãe os observava com os braços cruzados e uma expressão aborrecida. Por fim, Charlotte deu de ombros.

– Mas eu não ficaria surpresa se Madeline estivesse escondendo alguma coisa.

– Como assim? – perguntou Emma, tentando não parecer ansiosa demais.

– Porque sim. – Charlotte colocou o carro em ponto morto e apoiou os dedos no console entre elas duas. – Todos os membros da família Vega têm segredos.

Antes que Emma pudesse perguntar mais alguma coisa, Charlotte saiu do carro, ajeitou a minissaia jeans e foi em direção à casa de estuque. Emma também saiu, e seguiu-a até a porta da frente dos Vega. Quando Emma levantou o dedo para apertar a campainha, Charlotte disse:

– Não precisa. – E ela revirou a bolsa *hobo* preta. – Eu tenho a chave. – Ela pegou um chaveiro preso a uma bonequinha esquisita e segurou uma chave cor de bronze entre o polegar e o indicador.

– Você tem a chave da casa dos Vega? – perguntou Emma, parando abruptamente.

Charlotte olhou para Emma de um jeito estranho.

– Hum, tenho. Desde o oitavo ano. Também tenho a da sua casa... e você tem a da minha, sua desmemoriada. – Ela franziu a testa. – Não perdeu minha chave, não é? Meu pai piraria. Teria de trocar todas as fechaduras.

– Não, ainda tenho – disfarçou Emma, embora não fizesse ideia de onde estava a chave de Charlotte. Uma fenda se abriu em sua mente. Ela pensou na pessoa que tentara estrangulá-la na casa de Charlotte poucas semanas antes. A princípio, pensou que era uma das amigas de Sutton, pois o alarme não havia disparado. Quem quer que tivesse feito aquilo estava dentro da casa desde o começo ou sabia o código do alarme. Será que Thayer podia ter roubado a chave que Madeline tinha da casa de Charlotte? Será que ele sabia o código do alarme?

– Mas pode me dizer o código do alarme de novo? – O coração de Emma palpitava, e ela tentava decidir até onde poderia chegar com aquelas perguntas. – É alguma coisa bem fácil, não é? Tipo 1-2-3-4? – Talvez Thayer tivesse apenas tentado adivinhar o código e acertado.

Charlotte bufou.

– Em que planeta você vive? É 2-9-3-7. Salve no seu telefone e pare de me perguntar a cada duas semanas. Madeline fez isso e agora não precisa mais perguntar.

– Madeline tem o código do seu alarme no telefone dela? – repetiu Emma. – Não é seguro. – Seu coração batia com mais força. Aquilo era muito importante. Não só Thayer podia ter roubado de Madeline a chave da casa de Charlotte, mas também podia ter descoberto o código do alarme no telefone da irmã. Ela pensou nas mãos fortes que envolveram seu pescoço na cozinha de Charlotte. O sussurro em seu ouvido, dizendo que ela devia parar de investigar. Aquelas mãos pareciam masculinas. E aquela voz podia ter sido a mesma que chamara Emma no quarto de Sutton na madrugada de sábado.

Eu me perguntei se era verdade. Pensei na caminhada que tínhamos feito, na facilidade com que Thayer percorrera as trilhas mais pedregosas e as subidas mais íngremes, sempre impaciente para que eu o alcançasse. Entrar às escondidas na casa de Charlotte e subir nas vigas da escola para jogar um refletor perigosamente perto da cabeça de Emma não teria sido difícil para ele. Pensei em mim mesma sozinha com Thayer no Sabino Canyon na noite em que morri. E se ele tivesse me jogado do penhasco que eu visitava com meu pai desde que era pequena?

Charlotte abriu a porta da casa de Madeline e elas entraram na sala. O interior tinha cheiro de pot-pourri e comida mexicana, e quatro pares de sapatos, que iam de sapatilhas Tory Burch a saltos Boutique 9, estavam alinhados perto do armário. Havia várias fotos sobre um pequeno aparador encostado à parede. Uma era do casamento do sr. e da sra. Vega, outra de uma Madeline bem mais nova usando tutu e sapatilhas de ponta. Emma franziu as sobrancelhas, sentindo que algo estava faltando. Na última vez que estivera ali, ela podia jurar que também tinha visto uma foto de Thayer no aparador. Será que os Vega a haviam retirado? Estariam tentando eliminar todos os indícios da existência de Thayer? Estariam envergonhados por ele ser seu filho?

Lili apareceu no topo da escada.

— Finalmente — disse ela, animada, ajeitando as várias tiras de couro preto que envolviam seu pulso esquerdo. — Estamos aqui em cima.

Emma e Charlotte subiram para o quarto de Madeline. Elas estavam ouvindo música alta e assistindo a um episódio de *The Rachel Zoe Project* na TV de tela plana. Madeline,

Gabby e Laurel tiraram os olhos de suas revistas quando Emma, Charlotte e Lili se acomodaram. Velhos exemplares da *Vogue* e da *W* estavam empilhados em minitorres no chão de madeira. As cortinas cor de café estavam abertas, expondo as montanhas Catalina a distância. Pôsteres emoldurados de bailarinas em várias poses cobriam as paredes pêssego-claras, junto com uma foto de Madeline e Thayer em uma viagem de esqui.

Emma não conseguia desviar os olhos. Parecia que o olhar profundo de Thayer se projetava da foto e a encarava, e somente ela.

Laurel encontrou um exemplar da *Cosmopolitan* embaixo da cama de Madeline e o abriu em uma matéria cujo título era "Como fazer seu homem rugir como um tigre".

— Quem escreve essas coisas? — zombou ela, revirando os olhos.

— Espere! — Charlotte se aproximou para dar uma olhada. — Estou louca para saber como fazer meu homem rugir como um tigre! — Ela apertou os olhos e franziu os lábios, fingindo um biquinho sexy.

Laurel agitou um frasco de esmalte verde-escuro da Essie e enfiou separadores de espuma rosa-choque entre os dedos dos pés.

— O que será que faz Ethan Landry rugir? — perguntou ela com um tom malicioso.

O estômago de Emma revirou.

Lili ajeitou a postura e lançou um olhar a Gabby, que assentiu de leve, arregalando os olhos.

— Então, Gabs e eu passamos a noite de ontem bolando ideias para nosso primeiro trote — anunciou Lili. Ela olhou com respeito para Emma. *É claro*, pensou Emma. *Ela acha que eu sou a Sutton. Vai sugerir ideias para o trote e está esperando minha aprovação.*

Era interessante ver de longe como eu era poderosa. Eu me lembrava de ter recusado muitas sugestões, de ter cancelado muitos encontros só porque não estava com vontade de ir e de ter passado várias noites fazendo *exatamente* o que eu planejara. Afinal de contas, minhas ideias eram as melhores. E todo mundo sabia disso.

Emma cerrou os dentes, depois decidiu usar o poder de Sutton em vantagem própria. Ela soltou uma gargalhada e inclinou a cabeça para o lado.

— Bela tentativa — disse ela com frieza. — Mas não pensem que o Jogo da Mentira já está aceitando sugestões de novatas.

— É mesmo, observem e aprendam, meninas. — Charlotte fechou a *Cosmo* e se sentou reta. — Alguém sabe do que Ethan gosta?

— Sutton sabe do que ele gosta, não é, mana?

Emma sentiu um nó na garganta.

As garotas olharam para ela.

— E por que você sabe do que Ethan Landry gosta? — perguntou Madeline, incrédula.

— Eu *não* sei — disparou Emma, lançando um olhar de ódio a Laurel.

— Claro que sabe — disse Laurel alegremente. Ela pegou um cachorro de pelúcia na cama de Madeline e o aninhou nos braços. — Não seja modesta, mana. Você sabe de todos os podres. — Ela virou-se para as outras. — No último fim de semana, Sutton me contou que Ethan recita poesias em segredo no Club Congress do centro.

— Eu nunca disse isso! – gritou Emma, sentindo um calor subir para o peito, lutando para se lembrar de quando ela e Ethan tinham conversado sobre o concurso de poesia. E aí... ela se deu conta. No parque, no sábado. Afinal, Laurel *estava* espionando. Mas o que mais tinha ouvido?

— Claro que ele escreve poesia. – Charlotte revirou os olhos. – Todo emo que se preze faz isso. – Ela pegou seu telefone e acessou o Google. Após um instante, soltou um gritinho. – Aqui está ele! Ethan Landry, listado como concorrente número quatro no concurso de poesia. Podemos fazer um trote incrível com isso!

Madeline se aproximou.

— Podemos contratar alguém para ficar na plateia e vaiá-lo ou jogar tomates nele.

— E se plantarmos alguém fingindo ser de uma editora na plateia? – sugeriu Lili. – Ele podia dizer que ficou superinteressado no trabalho de Ethan e que quer publicá-lo... mas só se Ethan for a Nova York para se encontrar com o editor. Mas quando chegar lá, vão dizer que nunca ouviram falar dele!

Gabby assentiu, com os olhos arregalados.

— Ele se sentiria *muito* fracassado.

— Ou... – disse Laurel em um tom sedutor, erguendo as sobrancelhas. – Podemos entrar sem ser notadas na casa dele, roubar alguns poemas e postá-los na internet com um nome falso. Quando ele for lê-los, podemos contratar alguém para fingir ser o verdadeiro autor e acusar Ethan de plágio. E quando ele mostrar que os poemas foram postados duas semanas antes da leitura, Ethan vai ser *muito* humilhado.

— Genial! – exclamou Charlotte. – Vamos gravar tudo e postar no YouTube!

Madeline cumprimentou Laurel.

— Totalmente brilhante.

Com um gesto dramático, como se estivesse fazendo um monólogo de Shakespeare, Gabby entoou:

— O que os olhos não veem, o coração não sente, Ethan Landry, seu trote é iminente!

Laurel virou-se e olhou para Emma.

— O que *você* acha, Sutton?

O corpo inteiro de Emma ficou quente, como se ela estivesse a ponto de vomitar. Ela se virou de costas para as garotas, fingindo examinar uma das gravuras de Degas da parede de Madeline para que elas não percebessem sua expressão. Cada fibra de seu ser queria acabar com aquele trote, mas ela não conseguia pensar em uma forma de impedi-lo. Provavelmente, Sutton teria conseguido. Sutton faria um comentário mordaz que colocaria todas em seu devido lugar. Ela se sentia como a antiga Emma: quieta, submissa e fraca.

— Eu, hum, tenho que ir ao banheiro — disse ela, levantando-se depressa e correndo para o corredor. Se ficasse mais um minuto no quarto de Madeline, talvez caísse em prantos.

Ela atravessou o corredor coberto por um carpete bege, passando a mão pela parede de adobe. Onde *ficava* o banheiro de Madeline, afinal de contas? Olhou para dentro da primeira porta que apareceu, mas era apenas um armário de roupas de cama. Atrás da segunda porta havia um escritório com um computador e uma impressora enorme. Ela passou pela terceira porta, que estava entreaberta, e espiou para dentro. O quarto tinha carpete azul-claro, paredes de um azul mais escuro e uma colcha preta. Havia pôsteres de futebol na parede e troféus brilhantes em uma prateleira perto da janela.

O quarto de Thayer.

Seu estômago se revirou. *Claro*. Por que ela não tinha pensado nisso antes? Se Sutton e Thayer tinham um relacionamento secreto, talvez houvesse algum tipo de evidência ali.

Ela olhou de relance por cima do ombro, depois abriu a porta com um toque e entrou na ponta dos pés. Livros estavam empilhados sobre a escrivaninha. Não havia traços de poeira ou bagunça em lugar algum. Uma cadeira giratória com estofamento de couro estava enfiada sob a mesa de madeira escura. Ninguém se preocupara em mudar os meses no calendário do Arizona Diamondbacks preso na parede – a foto de um jogador uniformizado segurando um taco a ponto de atingir uma bola branca borrada ficava sobre a palavra JUNHO, impressa em letras maiúsculas. Era óbvio que aquele quarto já tinha sido revistado por completo, talvez pela polícia – por Quinlan – quando Thayer desapareceu. Emma passou os dedos pelo som. Ela pegou um iPod e o recolocou no lugar.

Ver o iPod e o aparelho de som fez minha mente se expandir. Eu me vi no quarto de Thayer, ouvindo uma música do Arcade Fire naquele iPod. Thayer estava deitado ao meu lado no carpete, passando os dedos pelo meu joelho. Fiapos do tapete faziam cócegas na parte de trás de minhas pernas descobertas. Eu me inclinei para a frente a fim de brincar com a bainha de sua camiseta verde-clara, levantando-a só um pouco para tocar o abdome firme sob ela. Thayer envolveu meu queixo com as palmas das mãos e inclinou-se até sua boca ficar a poucos centímetros de distância. Seus lábios cobriram os meus e senti meu corpo inteiro despertar. Uma porta se abriu com um rangido. Ficamos paralisados por uma fração de segundo antes de nos afastarmos, escapando sorrateiramente pela escada dos fundos e entrando no escritório. Quando o sr. Vega atravessou a sala e nos encarou com olhos arregalados e desconfiados, a memória se desvaneceu.

Emma percorreu o quarto, passando as mãos sob os travesseiros da cama de Thayer, espiando as gavetas da cômoda e da escrivaninha e enfiando a cabeça no closet quase desocupado. Era vazio e impessoal como um quarto de hotel. Não havia nada fora do comum, como um batom esquecido que poderia ser de Sutton, ou uma foto dela no quadro de cortiça. Se Thayer tinha um caso com Sutton, ele o mantivera em segredo.

E, de repente, ela o viu. Ali, lado a lado com os romances policiais na estante, estava um livro gasto e amarelado. *Uma casa na campina*, dizia a lombada. Emma o pegou. Se para Sutton era estranho ter um livro da série de Laura Ingalls, para um astro do futebol como Thayer era totalmente bizarro.

Quando Emma pegou o livro, notou que estava leve. Ao virá-lo, percebeu que as páginas tinham sido arrancadas e que o livro era oco. Tremendo, ela enfiou a mão na abertura e sentiu os dedos se fecharem sobre um monte de papéis. Quando os puxou, sentiu uma lufada da fragrância floral que reconheceu de imediato. Era o mesmo cheiro do perfume da Annick, com seu frasco de aparência cara e rótulo dourado, que ficava sobre a cômoda de Sutton e Emma borrifava em si mesma.

Com os dedos trêmulos, ela desdobrou os papéis. A letra redonda característica de Sutton a encarava. *Querido Thayer*, começava. *Penso em você o tempo todo... mal posso esperar para nos encontrarmos de novo... estou tão apaixonada por você...*

Ela virou para a página seguinte, mas dizia mais ou menos a mesma coisa. Assim como as outras seis cartas. Todas estavam endereçadas a Thayer e assinadas com um enorme S. Sutton escrevera a data no topo de cada página; as cartas começaram em março e continuaram até junho, pouco antes de Thayer desaparecer.

Eu também olhei as cartas, tentando fazer uma conexão, mas não consegui nada. Eu só podia tê-las escrito. Um encontro secreto com Thayer seria irresistível para mim. Afinal de contas, eu era uma garota que vivia no limite.

Emma enfiou as cartas no bolso da frente do casaco e voltou para o corredor, fechando quase totalmente a porta do quarto ao sair, deixando-a do mesmo jeito que encontrara.

– Sutton?

Emma se virou de imediato, sobressaltada. O sr. Vega estava parado bem atrás dela, parecendo ter duas vezes a sua altura. Seu cabelo escuro estava penteado para trás com gel, expondo um pronunciado bico de viúva e conferindo-lhe o ar de alguém que deveria estar jogando cartas em um salão escuro e enfumaçado. A pele bronzeada de sua testa se enrugava quando suas sobrancelhas franziam.

Ele olhou para a mão de Emma na maçaneta de Thayer.

– O que está fazendo? – perguntou.

– Hum, só estava indo ao banheiro, senhor – guinchou Emma.

O sr. Vega olhou para ela. As cartas de Sutton deixavam seu bolso protuberante. Ela cruzou os braços diante do peito tentando esconder o volume.

Finalmente, o sr. Vega apontou para outra porta.

– O banheiro de hóspedes fica do outro lado do corredor.

— Ah, é mesmo! — Emma deu um tapa na testa. — Só me confundi um pouco. Foi uma semana longa.

O sr. Vega contraiu os lábios.

— Sim. Tem sido um período difícil para todos nós. — Ele arrastou os pés, parecendo desconfortável. — Na verdade, já que você está aqui, queria me desculpar pelo comportamento de meu filho. Estou muito envergonhado por ele ter invadido sua casa. Não tenha dúvidas de que vou dar uma lição nele.

Emma assentiu, tensa, lembrando-se dos hematomas no braço de Madeline. Imaginou como o sr. Vega pretendia ensinar essa lição ao filho.

— Bom, é melhor voltar para as meninas — murmurou ela.

Emma começou a se desviar do sr. Vega, mas ele segurou seu braço. Ela respirou fundo, com o coração na boca. Mas o sr. Vega a soltou de imediato.

— Por favor, peça a Madeline para vir falar comigo um minuto, está bem? — pediu ele em voz baixa.

Emma expirou.

— Ah, claro.

Ela foi na direção do quarto de Madeline, mas ele a pegou mais uma vez.

— E Sutton?

Emma se virou, erguendo as sobrancelhas.

— Você nunca me chamou de senhor. — Seus lábios se contraíram em uma linha reta enquanto ele avaliava Emma sem disfarçar. — Não precisa começar agora.

— Ah. Tudo bem. Desculpe.

O sr. Vega sustentou seu olhar por mais um momento, inspecionando-a plena e cuidadosamente. Emma se esforçou muito para manter a expressão neutra. Enfim, ele virou-se e desceu calmamente a escada. Ela se apoiou à parede e fechou os olhos, sentindo o bolo de papéis no bolso. *Foi por pouco*.

Talvez pouco *demais*, pensei.

13
COM AMOR, S.

Uma hora depois, Emma estava sentada, tensa, ao lado de Laurel no Volkswagen. A irmã de Sutton a havia abandonado na escola, mas não conseguiu se esquivar de lhe dar uma carona de volta da casa de Madeline. Ela tinha passado o percurso todo em silêncio, franzindo o nariz como se Emma estivesse fedendo a esgoto.

Quando viu na esquina um shopping dentro do qual havia um supermercado, um Big Lots e um monte de outras lojas, Emma pegou o volante e deu uma guinada com o carro para a pista da direita. Laurel pisou no freio.

– O que pensa que está fazendo?

– Obrigando você a parar – disse Emma, indicando o estacionamento. – Precisamos conversar.

Para a surpresa de Emma, Laurel ligou a seta, entrou no estacionamento e desligou o motor. Ela saiu do carro e foi em direção ao shopping pisando firme, sem esperar que Emma a seguisse. Quando Emma a alcançou, Laurel tinha entrado em uma loja chamada Boot Barn. O lugar cheirava a couro e aromatizador de ambientes. Chapéus de caubói cobriam as paredes e havia prateleiras intermináveis com botas esporas. Pelo alto-falante, um cantor de country murmurava algo sobre sua picape Ford com uma voz anasalada, e o único cliente da loja era um homem grisalho que mascava um chumaço de tabaco. A vendedora, uma mulher acima do peso que usava um colete bordado com palominos galopantes, lançou a ambas um olhar ameaçador de trás do balcão. Ela parecia ser o tipo de pessoa que sabia usar uma espingarda.

Laurel foi até uma camisa preta de botões em estilo country, com detalhes de tachas prateadas nos ombros. Emma soltou uma risadinha.

— Não acho que faça muito seu estilo.

Laurel recolocou a camisa na arara e fingiu se interessar por um mostruário de fivelas de cinto ornamentadas. A maioria delas tinha o formato de chifres de boi.

— Sério, estou ficando cansada de ser ignorada — disse Emma, seguindo-a.

— Eu não — disse Laurel.

Emma ficou feliz por ela ter dito *alguma coisa*.

— Olha, não sei por que Thayer entrou no meu quarto e... Laurel se virou de repente e olhou para ela.

— Ah, é? Você não sabe *mesmo*? — O olhar de Laurel recaiu sobre a cintura de Emma. Emma encolheu a barriga, sentindo as cartas dobradas que encontrara no quarto de Thayer pressionadas contra a pele. Parecia que Laurel sabia que estavam ali.

— Eu não sei mesmo – disse Emma. – E não sei por que você está tão irritada com isso, mas queria que me dissesse como consertar as coisas e acabar com sua raiva.

Laurel estreitou os olhos e deu um passo para trás.

— Ok, agora você está me deixando apavorada. Sutton Mercer não se *arrepende*. Sutton Mercer não tenta *consertar as coisas* com ninguém.

— As pessoas mudam.

Ou às vezes as pessoas morrem e suas gêmeas mais simpáticas tomam o lugar delas, pensei com tristeza.

Uma nova música country começou a tocar pelos alto-falantes, desta vez declarando amor pelos Estados Unidos. Laurel pegou distraidamente um par de botas de caubói cor-de-rosa e o recolocou no lugar. Sua expressão pareceu suavizar.

— Tudo bem. Existe algo que você pode fazer para consertar as coisas.

— O quê?

Laurel se inclinou para a frente.

— Pode conseguir que o papai retire as queixas contra o Thayer. Ou pode dizer ao Quinlan que convidou o Thayer. Assim, a polícia vai ser forçada a soltá-lo.

— Mas eu não o convidei! – protestou Emma. – E não vou mentir para a polícia pelas costas do papai.

Laurel bufou, furiosa.

— Isso nunca a impediu.

— Bom, estou tentando recomeçar. Tentando não enfurecer a mamãe e o papai todos os dias para variar.

— Ah, falou – zombou Laurel.

Emma fechou os punhos, frustrada, olhando o carpete cor de tabaco. Os sininhos da loja tocaram, e uma garota alta de aparência deslocada, usando uma saia hippie, entrou. Ela vestia uma camiseta que dizia CONCURSO DE POESIA DO CLUB CONGRESS. A expressão de Laurel se alterou; era óbvio que ela também tinha reparado na camiseta.

– Olha – disse Emma, observando a garota. – Se você está zangada comigo, fique zangada *comigo*. Não meta Ethan nisso. Não deveríamos estragar o recital de poesia dele.

Por um instante, Laurel pareceu culpada. Mas depois seus traços se endureceram outra vez.

– Desculpe, mana. Não vai dar. O plano já está em andamento.

– Podemos cancelar – sugeriu Emma.

Laurel sorriu.

– Sutton Mercer, cancelando um trote? Não combina nada com você. – Ela se apoiou em uma arara do que pareciam ser capas de mago de tecido grosso. – Vou fazer um acordo com você. Tire Thayer da cadeia e eu interrompo o trote.

– Não é justo – sussurrou Emma.

– Bom, então não vai dar. – Laurel virou as costas com indiferença. – Acho que você não se importa tanto assim com seu namorado secreto, não é? Mas, enfim, isso não é uma grande surpresa. Você trata mal *todos* os seus namorados secretos. – Ao dizer isso, ela lançou a Emma um olhar malicioso, empurrou a porta e foi para o sol. Os sininhos da maçaneta zombaram de Emma quando a porta bateu.

Horas depois, Emma parou a bicicleta no meio-fio de uma familiar casa em estilo rancho diante do Sabino Canyon. Suas pernas doíam depois de terem pedalado dezesseis quilômetros em aclive desde a casa de Sutton, e sua pele estava lustrosa de suor, embora fosse fim de tarde e o ar tivesse esfriado. Ela não tinha outra escolha além da bicicleta para ir à casa de Ethan naquela noite – Laurel não a levaria. E ela precisava vê-lo.

A casa de Ethan ficava ao lado da de Nisha Banerjee, onde Emma estivera em uma festa em sua primeira noite como Sutton. A propriedade dos Landry ficava em um pequeno terreno protegido por uma cerca branca de madeira que precisava ser pintada. Pardais repousavam nos galhos finos de um carvalho na extremidade do jardim e o sol poente lançava longas sombras pelo gramado alto. Havia minúsculas flores roxas em uma fileira de vasos de argila na varanda, e uma cadeira de balanço com tinta amarela lascada ficava ao lado de jornais enrolados em sacos plásticos azuis, acumulados havia três dias. Embora a casa fosse melhor do que qualquer uma em que Emma já tivesse morado, parecia pequena em comparação ao bangalô de cinco quartos dos Mercer. É estranho como as pessoas se acostumam rápido ao luxo.

Ela bateu na porta com força. Alguns segundos depois, o rosto de Ethan apareceu na janela. Ele deu um sorriso surpreso ao ver Emma enquanto destrancava a porta da casa.

– Desculpe por não ter ligado antes de vir – disse Emma.

Ethan ergueu um ombro.

– Tudo bem. Minha mãe não está em casa. – Ele deu um passo para o lado, abrindo caminho para Emma. – Entre.

Enquanto o seguia pelo longo corredor forrado com papel de parede floral rosa-claro, ela revirava as cartas nas mãos. Nas paredes havia o tipo de pinturas que Emma só vira em funerárias, várias aquarelas de rosas e pores do sol. Não havia fotos de Ethan. E a casa tinha um cheiro estranho, de lugar fechado e bolorento. Não era nem um pouco acolhedora.

Ethan levou Emma para um quarto pequeno e escuro.

– Este é meu quarto – disse ele, passando a mão pelo cabelo. – Obviamente – acrescentou, como se de repente tivesse ficado constrangido.

Emma olhou em volta. Tinha mentalizado o quarto de Ethan várias vezes desde que eles haviam se tornado amigos, imaginando que era meio bagunçado, cheio de mapas estelares, partes de telescópio, velhos objetos de química, cadernos gastos e toneladas e mais toneladas de livros de poesia. Mas o quarto era impecável. As marcas de um aspirador de pó eram visíveis no carpete. Um par de luvas pretas de escalada estava sobre a mesa de cabeceira junto com o diário de couro que Emma tinha visto no dia em que conhecera Ethan. O único item que havia sobre a escrivaninha era um laptop velho – nada mais, nem mesmo uma caneta esferográfica. A cama estava tão arrumada que poderia ter passado pela inspeção do serviço de quarto de um hotel, com o edredom bem esticado e os travesseiros colocados um na frente do outro. Emma já havia trabalhado como camareira em um Holiday Inn, e seus superiores sempre a repreendiam por não afofar direito os travesseiros.

Ela olhou de relance para Ethan, com vontade de perguntar se aquele era mesmo seu quarto. Era quase impessoal. Mas ele parecia tão constrangido que ela não quis fazê-lo se sentir pior. Em vez de perguntar, ela se sentou na cama e enfiou a mão no bolso para pegar o bolo de papéis.

– Encontrei isto no quarto do Thayer hoje – contou ela, e desdobrou as cartas sobre a colcha. – Sutton as escreveu para ele. É a prova de que eles tinham um caso.

Ethan pegou cada carta e esquadrinhou o conteúdo. Emma sentiu uma pontada de culpa, como se estivesse traindo a irmã ao revelar seus sentimentos secretos.

Embora eu entendesse por que Emma estava mostrando as cartas a Ethan, também senti uma pontada de ciúmes. Aqueles eram meus pensamentos privados.

– *Nunca achei que poderia gostar tanto de alguém* – leu Ethan em voz alta. Ele passou à página seguinte. – *Quero beijar você no estádio da universidade do Arizona, no mato atrás da casa de meus pais, no topo do Mount Lemmon...* – Ele parou, pigarreando.

Emma sentiu o rosto ficar quente.

– Está claro que eles gostavam muito um do outro.

– Mas ela ainda namorava o Garrett – disse Ethan, apontando a frase de uma das cartas que dizia: *Quero terminar com o Garrett e ficar com você, juro. Mas este não é o momento certo, e nós dois sabemos disso.* – Talvez Thayer tenha se irritado com Sutton por continuar com o namoro apesar de tudo isso... e a tenha matado.

Um calafrio percorreu meu corpo. Pensei na mudança repentina de Thayer quando o nome de Garrett surgiu na noite de nossa caminhada. Sua raiva era intensa – até ele admitia que era sua pior característica, a coisa que mais lhe lembrava o pai. Poderia ter sido o bastante para fazê-lo perder a cabeça?

Emma se recostou na cama e olhou para o teto chapiscado.

– Acho extremo demais. Matar porque a pessoa não quer terminar um namoro?

– Já se matou por muito menos. – Ethan olhou para as próprias mãos. Ele parecia distante, como se alguma coisa o perturbasse. Quando enfim falou, suas palavras foram lentas e deliberadas: – Talvez Sutton o tenha enlouquecido. Ela era especialista em manipulação.

— O que isso quer dizer? — perguntou Emma de um jeito incisivo. Não estava gostando do tom de Ethan, nem do que ele dissera sobre sua irmã.

— Em um minuto, ela gostava de você — disse Ethan. — E no outro, o tratava como lixo. Eu a vi agir assim com um milhão de caras. — Ele franziu a testa. — Talvez ela estivesse fazendo o mesmo com Thayer e aquilo o estivesse enlouquecendo, e ele simplesmente... perdeu a cabeça.

As palmas das mãos de Emma estavam suadas. Será que o comportamento volúvel de sua irmã teria levado Thayer ao limite? Se ela tinha sido inconstante — e ainda por cima estivesse com Garrett — podia ter despertado a raiva dentro dele.

— Talvez — sussurrou ela.

— Então, o que acha que devemos fazer em relação a isso? — perguntou Ethan.

— Podíamos chamar a polícia — sugeriu Emma.

— Ou podíamos *não chamar*. — Ethan balançou a cabeça. — Se fizermos isso, você vai ter de contar que é a irmã gêmea de Sutton. É arriscado demais. — Ele cruzou a perna sobre o joelho e balançou o tênis Converse azul-marinho. — Mas estamos chegando perto. Você precisa de provas mais sólidas. E o sangue no carro? É de Sutton, não é?

Emma se levantou da cama e começou a andar de um lado para o outro no quarto.

— Deve ser, mas o exame da polícia ainda não ficou pronto. Acho que eles também vão analisar as impressões digitais do volante. Talvez alguma bata com as de Thayer. — Em seguida, ela fez uma careta. — Mas não é necessário ficha criminal para que eles encontrem uma correspondência de DNA?

— Thayer já teve problemas antes — sugeriu Ethan. — E com certeza tiraram suas impressões digitais quando o prenderam.

— E nós já *sabemos* que ele estava no carro — continuou Emma. — Mesmo que as impressões digitais dele estejam no volante, o que isso prova?

— Verdade — disse Ethan, desanimado. — Só significa que temos de investigar mais a fundo. Descobrir qual foi a motivação dele. Descobrir alguma coisa que o deixe sem saída.

— Sim — murmurou Emma, mas ela se sentia exausta. Estava tão perto... mas tão distante. Fechou os olhos, sentindo-se repentinamente esmagada pela tarefa que tinha diante de si. Um astro adolescente do futebol se torna assassino sem mais nem menos. Alguma coisa fez Thayer Vega perder a cabeça.

Quando ela reabriu os olhos, viu a tela brilhante do laptop de Ethan. Uma janela do Safari estava aberta na página do Facebook de Sutton.

— Você tem Facebook? — Emma sorriu. — Não combina com você.

Ethan se levantou correndo da cama e fechou o laptop.

— Na verdade, não tenho. Eu tenho um perfil, mas não posto nem nada do gênero. Só estava pensando em deixar uma mensagem para você no seu... bom, no mural da Sutton. Mas não sei. — Ele olhou para ela com cautela. — Seria estranho? Suas amigas não sabem... que nos falamos.

Emma sentiu uma onda de prazer por estar falando com ele sobre seu possível relacionamento. E sentiu um vazio no estômago. Ela relembrou do quanto as garotas tinham se divertido enquanto planejavam o trote havia poucas horas. Pensou em contar a Ethan o plano de arruinar seu recital de poesia, mas a ideia a deixou enjoada. Ela simplesmente teria de acabar com o trote.

— Na verdade, Laurel sabe sobre nós — admitiu Emma. Ela corou na hora. Será que podia chamá-los de *nós*? Eles ainda não eram um casal.

— Isso incomoda você? — perguntou Ethan, esboçando um sorriso.

— Isso incomoda *você*? — retrucou Emma.

Ethan andou devagar até Emma e se sentou na cama ao lado dela.

— *Eu* não me importo com quem sabe. Acho você incrível. Nunca conheci ninguém assim.

Emma sentiu um aperto no peito. Ninguém nunca lhe dissera nada parecido.

Ethan se inclinou para a frente, passando os dedos pela nuca de Emma. Ele a beijou suavemente, com os lábios quentes e macios e, no mesmo instante, ela se esqueceu de tudo o que tinha acontecido desde sua chegada a Tucson. Esqueceu a animação que sentia ao descer do ônibus para conhecer a irmã. Esqueceu a rapidez com que suas esperanças de reencontrar Sutton foram frustradas. Esqueceu o bilhete que a coagira a se passar por Sutton — ou sofrer as consequências. Esqueceu a investigação sobre Thayer, ou sobre quem fosse o assassino de Sutton. Naquele momento, ela era apenas Emma Paxton, uma garota que tinha um namorado novo.

E eu era apenas sua irmã, feliz por ela ter encontrado alguém de quem gostava de verdade.

14

SE A CHAVE SERVIR

Naquela noite, o corpo de Emma se enredava nos lençóis azuis-claros de Sutton enquanto se virava de um lado para outro. Os bichos de pelúcia maltrapilhos de Sutton estavam alinhados ao pé da cama e encaravam Emma com os olhos vidrados ao luar. Tinham muito pouco a ver com a personalidade de Sutton e, entre as coisas que Emma havia encontrado, eram a única lembrança sentimental que guardara do passado. Faziam com que ela se lembrasse dos brinquedos que tinha guardado – um monstrinho tricotado a mão que uma professora de piano lhe dera por conseguir tocar uma música difícil, e o polvo de pelúcia, Socktopus, que Becky lhe comprara em uma viagem a Four Corners. Os brinquedos de Sutton faziam Emma pensar em todo o tempo que elas tinham perdido, nas lembranças que poderiam ter de horas brincando em um quarto compartilhado, inventando mundos secretos que apenas elas duas entendiam. Horas que elas nunca recuperariam.

Uma coruja piou no carvalho que ficava de frente para a janela de Sutton. Emma olhou para os galhos, dando-se conta de que era a mesma árvore que tinha usado na noite em que saíra sorrateiramente com Ethan, e a mesma árvore na qual Thayer subira para invadir o quarto de Sutton. De repente, ela se sobressaltou. A janela estava escancarada. E havia um grande vulto no canto do quarto, com a respiração entrecortada.

— Achou mesmo que seria tão fácil se livrar de mim? — disse ele.

Embora estivesse no escuro, Emma o reconheceu de imediato.

— Thayer? — ciciou, quase sem conseguir dizer o nome.

Ela se encolheu contra a cabeceira, mas era tarde demais. Thayer lançou-se à frente, fechando as mãos em torno de seu pescoço, com os lábios a centímetros dos dela.

— Você me traiu, Emma — sussurrou ele, apertando sua garganta. Seu lábio inferior roçou o dela. — E está na hora de seu reencontro com Sutton se tornar realidade.

Emma enfiou as unhas na pele de Thayer quando não conseguia mais respirar, e sua vida começou a esvair-se aos poucos.

— Por favor, não!

— Adeus, Emma — zombou Thayer. Suas mãos apertavam sem parar... aparentemente no ritmo de "Mr. Know It All", de Kelly Clarkson.

Emma se levantou da cama de um jeito brusco, ainda ouvindo a mesma música. Olhou ao redor. Estava no quarto de Sutton, com os lençóis grudados em sua pele suada. O sol entrava pela janela – de fato, estava aberta. Mas o canto estava vazio. Ela tocou o pescoço, e não sentiu nenhuma evidência de que tivesse sido estrangulada. A pele estava lisa. Nada doía.

Um pesadelo. Tinha sido apenas um pesadelo. Mas parecera muito real.

Também parecera real demais para mim. Olhei com atenção para o canto, atônita por Thayer não estar mesmo ali. Eu ainda achava estranho ir com Emma a todo lugar, até aos sonhos.

Os dedos de Emma tremiam quando ela puxou a blusa do pijama azul-claro sobre a barriga e analisou mais uma vez o quarto de Sutton. A tela do computador brilhava com as imagens familiares de Sutton e suas melhores amigas – aquela foto em especial tinha sido tirada depois de uma vitória da equipe de tênis. As garotas estavam abraçadas e faziam um sinal de paz e amor para a câmera. Um livro didático de alemão estava aberto na escrivaninha de Sutton ao lado de um pequeno livro de poesia que Ethan dera a Emma uma semana antes. Não havia bichos de pelúcia em lugar algum – a verdadeira Sutton era madura demais para brinquedos.

Mas a janela de fato estava aberta. Emma poderia ter jurado que a trancara na noite anterior. Ela empurrou as cobertas, andou até lá e olhou para fora. O gramado impecável dos Mercer se espalhava em ondas verdes diante dela, não havia uma cadeira branca de vime ou planta envasada fora do lugar. O sol de Tucson era uma bola de fogo sobre as montanhas Catalina e o som dos pássaros chilreando penetrava no quarto.

Bzz.

Emma tomou um susto e se virou. Alguma coisa zumbia embaixo da cama de Sutton. Quase no mesmo instante, ela se deu conta de que era o BlackBerry de sua vida antiga. Correu para pegá-lo e checou a tela. Era Alex, sua melhor amiga de Henderson. Pigarreando, ela pressionou o botão verde para atender.

– Oi.

– Oi. Tudo bem? Sua voz está estranha.

Emma estremeceu. Mas Alex não tinha como saber o que ela acabara de sonhar. Ela nem imaginava que Emma corria perigo – até onde ela sabia, Sutton ainda estava viva, e Emma tinha a vida dos sonhos de uma garota sem família que reencontrara a irmã perdida.

– Claro que está tudo bem – disse ela com uma voz rouca. – Eu só estava dormindo.

– Bom, acorde, dorminhoca. – Alex riu. – Não tenho notícias suas há séculos. Queria saber como estão as coisas.

– Está tudo bem – disse Emma, obrigando-se a parecer animada. – Ótimo, para dizer a verdade. A família de Sutton é o máximo.

– Não acredito que você ganhou essa nova vida instantânea. Você devia aparecer na Oprah ou coisa do tipo. Quer que eu inscreva sua história?

– Não! – retrucou Emma, talvez com veemência demais. Entrou no closet de Sutton, em parte para escolher uma roupa para o dia, mas também porque era mais discreto ali dentro, havia menos chance de Laurel ouvi-la.

– Ok, ok! Como está a escola? Gostou das amigas de Sutton? – perguntou Alex.

Emma parou diante de uma regata de seda azul.

— Para ser sincera, as coisas com elas estão meio tensas no momento.
— Por quê? Elas não conseguem aguentar vocês duas? — A voz de Alex ficou momentaneamente abafada, e Emma imaginou-a se vestindo para a escola, escovando o cabelo e enfiando um pão de canela na boca. Alex era a rainha das multitarefas e adorava doces.
— É que elas são um grupo muito fechado — explicou Emma. — Têm tanta história que não consigo nem começar a entender.

Alex mastigou e engoliu.

— História é só isso: história. Planeje alguma coisa divertida e crie suas próprias histórias com elas, talvez até longe da Sutton.

— É, talvez — disse Emma, percebendo que quase nunca saía sozinha com uma das amigas de Sutton.

Drake deu um latido baixo no andar térreo e Emma ouviu a sra. Mercer calá-lo.

— Tenho que ir... prometi que ajudaria a Sutton com o dever de casa antes da aula.

Ela desligou prometendo que entraria em contato mais vezes, depois saiu do closet, se jogou de novo na cama, e a cabeça começou a latejar. Era horrível mentir para Alex. Emma pensou em todas as tardes que tinha passado no quarto da amiga, quando as duas procuravam músicas novas no Pandora e previam o futuro uma da outra. Elas tinham compartilhado um diário lilás, alternando-se para atualizá-lo com novos registros de tempos em tempos. Elas o escondiam em um alçapão cortado no carpete embaixo da cama de Alex para que ninguém o encontrasse. Elas tinham segredos para o mundo, mas nunca uma para a outra — até aquele momento.

Emma se sentou. Se Thayer tinha guardado os bilhetes de Sutton, talvez ela tivesse guardado os dele também. Mas onde os escondera?

Emma passou as pernas sobre a lateral da cama de Sutton e se enfiou embaixo do edredom. Havia duas caixas de sapato contra a parede, mas ela já as tinha revistado havia semanas. Puxou-as mesmo assim, jogando o conteúdo sobre a cama, para o caso de ter deixado passar alguma coisa. Provas antigas e trabalhos corrigidos espalharam-se sobre os lençóis, junto com um elástico verde-neon e canhotos de ingresso para um show da Lady Gaga. Uma Barbie com olhos azuis vazios encarava Emma, seu cabelo louro emaranhado caía sobre um elaborado vestido de baile de seda. Aquela não era E, a boneca que Sutton talvez tivesse batizado por causa de Emma — ela ficava em um baú no quarto dos Mercer. Mas Emma já tinha visto tudo aquilo antes.

Emma foi até a cômoda de Sutton e abriu uma gaveta de cada vez, jogando o conteúdo no chão. Tinha de haver alguma coisa faltando. Ela revirou camisetas e shorts e enfiou as mãos dentro de meias esportivas. Folheou todas as páginas de três cadernos gastos cheios de anotações de história e equações de álgebra, vasculhou batons, meia dúzia de brincos candelabros e uma pequena embalagem de hidratante cujo rótulo prometia revitalizar peles cansadas.

Depois de revistar também as gavetas da escrivaninha de Sutton, Emma se apoiou contra a parede, esquadrinhando fotos velhas para ter certeza de que não tinha deixado nada passar nas primeiras dez vezes. Mas o que encontraria? Um vulto espreitando ao fundo em uma partida de tênis? Alguém segurando uma placa dizendo EU MATEI SUA IRMÃ em sua festa de aniversário? Alguém encostando uma faca em suas costas no baile de formatura?

A coluna de Emma se endireitou, e sua mente teve um estalo. A Barbie Rainha do Baile. Ela não tinha nada a ver com as outras coisas que Sutton tinha guardado debaixo da cama ou dentro das gavetas. Emma pegou a boneca no emaranhado de cobertores azuis onde a largara e a virou de cabeça para baixo. As dobras de tecido se abriram, expondo um pequeno bolso costurado no forro do vestido de baile. *Bingo.*

Bom trabalho. Nem eu teria pensado em verificar a boneca – e supostamente *eu* era a pessoa que havia costurado aquele bolso ali.

Emma enfiou o indicador dentro do bolso e tocou o metal frio. Era uma minúscula chave prateada e velha. Ela a segurou contra a luz. Parecia o tipo de chave que abriria um diário ou uma caixa de joias.

Alguém bateu na porta de Sutton e a abriu. Laurel apareceu no vão com as mãos nos quadris em uma nuvem de perfume de angélica. Havia uma expressão amarga em seu rosto.

– Mamãe quer que você desça para o café. – Então, ela olhou a bagunça espalhada pelo chão. – O que você andou fazendo aqui, afinal?

Emma olhou para a confusão.

– Hum, nada. Só estava procurando um brinco. – Ergueu um brinquinho de prata em forma de estrela que tinha acabado de encontrar embaixo da cama. – Achei.

– O que é isso? – perguntou Laurel em tom de censura, apontando para a chave na palma da mão de Emma.

Emma também a olhou, amaldiçoando a si mesma. Por que não pensara em escondê-la antes que Laurel a visse?

— Ah, só uma coisa velha – disse ela vagamente, largando a chave na mesa de cabeceira de Sutton como se não estivesse nem um pouco interessada. Só depois que Laurel se virou, Emma a recuperou e enfiou no bolso do jeans de Sutton. Se a chave fora importante o bastante para ser escondida, talvez levasse a algum grande segredo. E Emma não descansaria até descobrir qual era.

O que significava, sem dúvida, que eu também não teria sossego.

15

PROJETO: FUGIR

Na tarde de quinta-feira, Emma estava na aula de design de moda, a última do dia de Sutton. Manequins sem cabeça cobertos em musselina drapeada enchiam a sala. Uma passarela improvisada corria pelo centro. Alunos se sentavam em mesas entre tecidos, tesouras, botões, zíperes e linha. O único professor que ensinava essa matéria no Hollier, o sr. Salinas, andava pela sala usando uma calça de corte reto e uma echarpe azul-clara no pescoço. Ele parecia o irmão mais novo de Tim Gunn.

– A apresentação de hoje vai desafiar os limites de forma e função – anunciou ele com uma voz anasalada. Ele bateu com o dedo longo e fino na capa brilhante da *Vogue* francesa, que mais de uma vez tinha chamado de sua "Bíblia". – É a pergunta que está na ponta da língua de todo editor – refletiu ele. – Como traduzir a passarela para a vida real?

Emma olhou para seu manequim. Sua criação não tinha bem uma tradução. Flanela xadrez envolvia a cintura, presa de um jeito estranho com que ela havia tentado criar um caimento em "A". O top preto de chiffon estava torto e tinha babados murchos na gola. A pior parte era o broche: Emma tinha tentado fazer um broche em forma de flor com a sobra do tecido xadrez. Acrescentando àquilo as marcas de caneta vermelha que pontilhavam os braços descobertos do manequim, parecia uma aluna gótica bêbada com um caso grave de catapora. Mesmo adorando moda – Emma explorava brechós e fazia muitas roupas baratas parecerem caras –, ela não tinha talento para costurar. Emma suspeitava de que Sutton fazia aquela aula pelo mesmo motivo que tinha várias outras matérias eletivas em seu horário –, porque era fácil tirar notas boas e não havia muito o que ler.

– O que o artista interior tem a dizer? – continuou o sr. Salinas. – É isso que precisamos nos perguntar.

Emma se abaixou, torcendo para o sr. Salinas não chamá-la. Ela não estava tentando *dizer* nada. Tinha coisas mais importantes com que se preocupar do que *desafiar os limites entre forma e função*, como descobrir se Thayer tinha matado sua irmã antes de sair da cadeia e ir atrás dela de novo.

– *Ma*deline? – chamou o sr. Salinas, enfatizando a primeira sílaba do nome dela de maneira dramática. – Diga-nos o que você criou aqui com sua bailarina moderna.

Madeline se levantou e alisou sua minissaia de couro preto. Ela era a melhor da turma e sabia disso.

– Bem, Edgar – começou ela. Também era a única aluna que chamava o sr. Salinas pelo primeiro nome. – O look que criei se chama Dança Sombria. É uma mistura do balé com o urbano. É a dançarina da madrugada. Para onde vai? O que faz? — Com um gesto, ela indicou o manequim, que usava um blazer sobre um vestido preto e meia-calça. — É a parte obscura e tortuosa que todos temos e se esconde sob a fachada de perfeição.

O sr. Salinas bateu palmas.

— Brilhante! Absolutamente divino. Turma, *esse* é o tipo de trabalho que espero que *todos* vocês façam.

Madeline voltou a se sentar, parecendo satisfeita consigo mesma. Emma deu um tapinha em seu joelho.

— Seu vestido está maravilhoso. Estou muito impressionada.

Madeline assentiu de leve, mas, pela maneira com que seus traços se amenizaram, Emma percebeu que ela havia ficado sensibilizada. A opinião de Emma — ou melhor, de *Sutton* — tinha muita importância para ela.

Enquanto o sr. Salinas chamava mais alguns alunos, cujas respostas o deixaram claramente entediado em comparação à de Madeline, os pensamentos de Emma vagaram. Ela havia praticamente decorado os bilhetes de sua irmã para Thayer, e frases como *Algum dia vamos poder ficar juntos, quando for o momento certo* e *Vamos resolver todos os nossos problemas* giravam por sua mente. Embora Sutton tivesse escrito quase trinta páginas para Thayer, não tinha sido muito específica. Por que eles não podiam ficar juntos? Por que não era o momento certo? Que problemas precisavam ser resolvidos?

Eu me esforcei ao máximo para lembrar o significado do que tinha escrito. Mas não consegui pensar em nada.

Emma pensou na chave que estava guardada em seu bolso. Ela havia experimentado usá-la em todos os lugares possíveis naquele dia — uma caixa de joias no closet de Sutton, uma caixa de ferramentas na garagem dos Mercer e uma pequena porta para um quarto no segundo andar da casa, no qual ela nunca tinha entrado. Foi até ao correio mais próximo na hora do almoço para ver se a chave era de uma caixa-postal, mas o proprietário disse que era pequena demais para qualquer caixa de correio. Talvez a chave também não levasse a lugar algum.

Emma resistiu à vontade de apoiar a cabeça na mesa e dormir. Aquilo estava ficando exaustivo. Claro, quando fosse mais velha, adoraria trabalhar como jornalista investigativa e desvendar escândalos corporativos e crimes terríveis, mas era diferente quando sua vida estava em jogo.

– Planeta Terra chamando Sutton! – Unhas pintadas estalavam diante do rosto de Emma. Os olhos verdes de Charlotte estavam fixos nela. – Você está bem? – perguntou ela, parecendo preocupada. – Você desligou por um instante.

– Estou bem – murmurou Emma. – Só meio... entediada.

Charlotte levantou uma sobrancelha.

– Caso não se lembre, foi *você* que convenceu nós duas a fazer design de moda. – Ela cruzou os braços. – Já falei várias vezes, mas repito que você anda muito estranha nos últimos tempos. Sabe que pode conversar comigo, não é?

Emma passou os dedos pelo tecido de seu vestido, refletindo. Quem dera pudesse contar a Charlotte sobre Thayer. Mas seria um erro – se deixasse escapar que Sutton e Thayer tinham um envolvimento romântico, Charlotte a acusaria de trair Garrett. Ele era sempre um assunto delicado com Charlotte, pois tinha terminado com ela para ficar com Sutton, e Emma suspeitava que aquilo era algo que ela não tinha superado.

Eu tinha quase certeza de que era verdade.

Mas, então, Emma teve uma ideia. Ela enfiou a mão no bolso e tirou a pequena chave prateada.

— Encontrei isto em meu quarto hoje de manhã e, por mais que tente, não consigo me lembrar de onde é. Você sabe?

Charlotte pegou a chave na palma da mão de Emma e a analisou por todos os ângulos. O objeto reluzia sob a forte luz do teto. Emma reparou que Madeline estava espiando com o canto do olho, mas logo se virou para a frente.

— Talvez seja de um cadeado — disse Charlotte.

— Um armário da escola? — supôs Emma, ansiosa. Talvez Charlotte tivesse visto Sutton abrir um armário secreto que Emma desconhecia.

— Talvez um arquivo. — Charlotte devolveu a chave. — O que uma chave tem a ver com seu comportamento bizarro dos últimos tempos? Ela destranca sua sanidade?

— Meu comportamento não está bizarro — disse Emma, na defensiva, voltando a enfiar a chave no bolso. — Você está imaginando coisas.

— Tem *certeza*? — insistiu Charlotte.

Emma contraiu os lábios.

— Absoluta.

Charlotte a encarou por um instante, depois pegou seu lápis de desenho.

— Tudo bem. — Furiosa, rabiscou espirais e estrelas em seu bloco de esboços. — Faça mistério. Eu não me importo.

O sinal tocou, e Charlotte se levantou de imediato.

— Char! — chamou Emma, sentindo que Charlotte estava mais irritada do que deixava transparecer. Mas ela não se virou, apenas se aproximou de Madeline e foi para o corredor. Emma continuou em sua carteira, sentindo-se exausta. Quando se arrastou até o corredor, teve de tolerar ainda mais olhares de alunos cujos nomes ela não sabia.

– Você soube que um olheiro de futebol de Stanford veio aqui perguntando pelo Thayer? – sussurrou uma garota de jaqueta jeans para a amiga de cabelo preto, que estava com uma camiseta listrada estilo anos 1980 com um ombro à mostra.

– Claro – murmurou a amiga. – Mas como o Thayer está preso, não tem chances de entrar.

– Ah, por favor. – A garota de jaqueta jeans fez um gesto de desdém. – O advogado dele vai soltá-lo. Ele vai estar livre na semana que vem.

Por favor, não, pensou Emma.

– Mas, mesmo assim, como ele vai jogar mancando? – perguntou Listras dos Anos 1980. – Ouvi dizer que é muito grave. Como acha que aquilo aconteceu, afinal?

Para elas, a resposta era óbvia. As duas garotas se viraram e olharam para Emma quando ela passou, com os olhos cintilando.

Parecia que todos estavam cochichando sobre ela, até os professores. Frau Fenstermacher, sua professora de alemão, cutucou Madame Ives, uma das professoras de francês. Dois funcionários do refeitório pararam de conversar e a encararam. Calouros, veteranos, *todo mundo* olhava para ela como se soubesse tudo sobre sua vida. *Vocês poderiam me deixar em paz?*, Emma queria gritar. Era irônico: durante os anos que passou no sistema de adoção, quando trocava de escola o tempo todo, ela era uma ninguém, um fantasma nos corredores. Tinha desejado ser alguém que todos conhecessem. Mas a popularidade tinha um preço.

Eu sabia disso melhor do que ninguém.

Quando Emma virou num canto para um corredor cheio de janelas e olhou para o pátio pontilhado de cactos e samambaias em vasos, viu de relance o cabelo preto de Ethan alguns centímetros acima dos outros alunos. Seu coração palpitou, e ela abriu caminho entre o enxame de gente.

– Oi – cumprimentou ela, tocando o cotovelo dele.

Um sorriso iluminou o rosto de Ethan.

– Oi para você também. – Ele percebeu sua expressão triste. – Você está bem? O que aconteceu?

Ela deu de ombros.

– Este é um daqueles dias em que é meio difícil ser Sutton Mercer. Eu daria qualquer coisa para sair daqui. Ter uma folga da Sutton por um tempo.

Uma ruga se formou na testa de Ethan, e ele levantou o dedo, indicando que tivera uma ideia.

– Sem problemas. Sei exatamente aonde posso levar você.

Duas horas depois, Ethan saiu da Rota 10 e desviou o carro para a entrada de Phoenix. Emma franziu a testa.

– Não pode me contar nada sobre nosso destino?

– Não – disse Ethan, com um sorriso ardiloso. – Só que é um lugar onde ninguém nunca ouviu falar de Sutton Mercer, Emma Paxton ou Thayer Vega.

Eu queria rir. Quando estava viva, eu imaginava que todo mundo tinha ouvido falar de mim – *em todo lugar*. E era fofo Ethan levar minha irmã até Phoenix para afastá-la da loucura.

Quando saíram da estrada, Ethan entrou em uma rua dilapidada do centro de Phoenix, cheia de caçambas de lixo que transbordavam com pedaços de gesso, vidro quebrado e latas vazias de tinta. Um prédio residencial em obras elevava-se sobre a rua e exibia uma placa dizendo que os apartamentos estariam disponíveis para aluguel a partir de novembro. Vendo a fachada sem janelas, Emma duvidou de que fosse verdade.

— Ok, agora você me diz? — implorou Emma quando Ethan saiu da assustadora viela e entrou em um estacionamento, parando diante de um velho hotel em estilo Art Déco.

— Paciência, paciência! — provocou Ethan enquanto tirava o cinto de segurança. Ele bateu a porta e se espreguiçou de um jeito indolente, sem a menor pressa.

Emma bateu o pé.

— Estou esperando.

Ele contornou o carro e a abraçou.

— Esperando o quê? — perguntou ele. — Isto? — Ele inclinou o rosto, tocando seus lábios nos dela, e Emma retribuiu o beijo, relaxando em seu abraço.

Ela sorriu quando eles se afastaram, o corpo inteiro formigando. E caiu na gargalhada.

— Espere aí. Você me trouxe até Phoenix para podermos nos beijar em público?

— Não, esse é apenas um bônus. — Ethan se virou e apontou para o hotel Art Déco. — Estamos aqui para ver um show de minha banda favorita, a No Names.

— No Names? — repetiu Emma. — Nunca ouvi falar.

— Eles são incríveis... punk-rock com um toque de blues. Você vai adorar.

Ele pegou a mão de Emma, entrelaçou seus dedos aos dela e a levou para dentro do hotel, que parecia ter congelado nos anos 1950. Havia desenhos tribais cafonas em turquesa e salmão nas paredes, lustres déco e até uma antiga caixa registradora em vez de um fino computador de tela plana atrás do balcão da recepção. Uma placa de metal apontava para a boate nos fundos do saguão, embora não fosse necessário, pois Emma ouviu as batidas do baixo e o retorno do amplificador assim que eles passaram pelas portas giratórias. O ar tinha cheiro de cigarro, cerveja barata e corpos suados de tanto dançar. Havia vários adolescentes "descolados demais para o show" no saguão, fumando e observando os recém-chegados.

Depois de pagarem a entrada de dez dólares, Emma e Ethan entraram na boate. O ambiente era espaçoso, quadrado e escuro, com exceção das luzes do palco e de um monte de pisca-piscas perto do bar, que ficava em uma plataforma elevada nos fundos. Havia gente em todo lugar – garotos que se recusavam a se mover, garotas que oscilavam com os olhos fechados, presas nos próprios sonhos musicais, fileiras de pessoas de braços dados. Alguns lançavam a Emma olhares entediados. Em qualquer outro momento, ela teria ficado intimidada pela indiferença deles, mas naquele dia foi uma deliciosa acolhida. Ninguém a reconheceu. Ela não tinha bagagem ali. Era apenas uma fã qualquer do No Names, como todos os outros.

Emma foi em direção ao bar, tocando o que lhe pareceram centenas de ombros e murmurando milhões de *com licença* e *desculpe*. O barulho no palco era tão alto que os ouvidos de Emma logo começaram a ficar dormentes e tapados.

Ethan e Emma chegaram ao bar e jogaram-se contra o balcão como se tivessem acabado de enfrentar um furacão. O barman colocou descansos de copo diante deles e ambos pediram cerveja. Emma viu a última mesa vazia, jogou a bolsa sobre o encosto da cadeira e olhou para o palco. Uma banda de três integrantes tocava uma música rápida e murmurada. O baterista se debatia como um polvo. O baixista se balançava para a frente e para trás, apoiando-se em um pé e depois no outro, o cabelo comprido escondendo o rosto. A vocalista, que tinha cabelo rosa-choque, estava no meio do palco, tocando violentamente a guitarra e cantando ao microfone com uma voz sedutora.

Emma olhou para a cantora, petrificada. Ela havia prendido o cabelo no topo da cabeça, em um penteado colmeia estilo anos 1950, e usava um vestido preto justo, botas pretas, meias arrastão e luvas longas de seda preta. Emma desejou ser desinibida e descolada como ela.

— Você estava certo! Essa banda é incrível — gritou Emma para Ethan.

Ele sorriu e brindou encostando sua cerveja na dela, balançando a cabeça no ritmo. Emma olhou mais uma vez para a multidão. A luz criava halos em torno da cabeça das pessoas. Vários adolescentes dançavam. Outros tiravam fotos com os telefones. Um monte de fãs comprimia-se contra ao palco — muitos eram garotos, provavelmente esperando ver o que havia sob o vestido da vocalista.

— Minha amiga Alex, de Henderson, teria enlouquecido neste lugar — disse Emma com tristeza. — Ela adorava ir a shows como este. Foi ela quem me apresentou a todas as bandas legais que ouço.

Uma bola de espelhos cintilava sobre o rosto de Ethan, iluminando seus olhos azuis.

— Talvez eu possa conhecê-la quando tudo isso acabar.

— Eu adoraria – admitiu Emma. Alex e Ethan se dariam muito bem. Os dois gostavam de poesia e não estavam nem aí para o que os outros pensavam deles.

Quando terminaram as bebidas, Emma puxou Ethan de seu banco e o arrastou para a pista de dança. Ethan pigarreou, desconfortável.

— Não sou um bom dançarino.

— Nem eu – gritou Emma. – Mas ninguém nos conhece, então, e daí?

Ela pegou a mão dele e o virou. Ele a virou também, rindo, e eles começaram a dançar, pulando e se remexendo ao som da música.

Quando a No Names terminou o setlist, Emma estava exausta e coberta de suor, mas se sentia leve como um vestido de seda.

— Há outra coisa que quero lhe mostrar – disse Ethan, apontando para uma saída de emergência e guiando-a pelo corredor escuro e úmido que havia do outro lado. Na porta pesada de metal na lateral lia-se DEQUE DE OBSERVAÇÃO. Ethan a empurrou e eles subiram uma escada estreita.

— Tem certeza de que podemos vir aqui? – perguntou Emma, ansiosa, os sapatos ecoando nos degraus de metal.

— Tenho – respondeu Ethan. – Estamos quase chegando.

No topo, eles empurraram outra porta pesada e saíram para o ar livre. O deque de observação não era muito mais que um telhado plano com algumas espreguiçadeiras de teca gastas e mesas de canto. Uma lata de lixo transbordava com garrafas vazias de Corona Light e uma grande samambaia semimorta em um vaso, mas a cidade de Phoenix rodeava Emma, cheia de luzes, brilho e barulho.

— É lindo! — suspirou ela. — Como você sabia que isto existia aqui em cima?

Ethan foi até o parapeito e ergueu o rosto para o céu noturno.

— Minha mãe ficou doente por um tempo. Ela veio aqui várias vezes para fazer consultas médicas. Acabei conhecendo a cidade muito bem.

— Ela está... bem? — perguntou Emma com um tom suave. Ethan nunca tinha lhe contado que a mãe estava doente.

Ethan deu de ombros, dando a impressão de que não queria falar muito.

— Acho que sim. Dentro do possível. — Ele olhou para as luzes cintilantes. — Ela teve câncer. Mas agora está bem, acho.

— Sinto muito — disse Emma.

— Tudo bem — tranquilizou-a Ethan. — Mas quem a ajudou a passar por aquilo fui eu. Lembra que lhe contei que meu pai praticamente mora em San Diego? Bem, ele não voltou para nenhuma sessão de quimioterapia dela. Foi uma droga.

— Talvez ele não tenha conseguido lidar com o fato de ela estar doente — sugeriu Emma. — Algumas pessoas não lidam muito bem com essas coisas.

— É, bem, ele *deveria* ter lidado — disparou Ethan, os olhos brilhando.

Emma se retraiu.

— Sinto muito — sussurrou ela.

Ethan fechou os olhos.

— *Eu* sinto muito — suspirou ele. — Nunca tinha contado a ninguém sobre minha mãe. Mas quero que exista honestidade total entre nós. Quero que a gente compartilhe tudo.

Mesmo que seja ruim. Espero que você também compartilhe tudo comigo.

Emma respirou fundo, sentindo-se comovida e muito culpada. Havia algo *imenso* que ela não tinha compartilhado com Ethan: o trote contra ele. Será que deveria dizer alguma coisa? Será que ele ficaria zangado por ela ter deixado passar tanto tempo sem lhe contar? Talvez fosse melhor não dizer nada e descobrir um jeito de acabar com o trote antes que acontecesse. O que Ethan não sabia não iria magoá-lo.

Isso é que é ser totalmente honesta, mana. Mas eu entendia o dilema dela.

Emma passou os braços em torno da cintura de Ethan e encostou a bochecha em suas costas. Ele se virou e a apertou contra si, beijando sua testa.

– Podemos ficar aqui para sempre? – perguntou ela, suspirando. – É maravilhoso não ser a Sutton pelo menos uma vez. Ser apenas... *eu*.

– Podemos ficar pelo tempo que você quiser – prometeu Ethan.

– Ou pelo menos até termos de ir para a escola amanhã.

Carros buzinavam nas ruas lá embaixo. Um helicóptero voou pelo céu, lançando um feixe de luz branca sobre um ponto perto das montanhas. O alarme de um carro disparou, repetindo uma série de bipes, apitos e chiados irritantes até alguém desligá-lo.

Mas, aquecida e segura nos braços de Ethan, Emma chegou à conclusão de que aquele era o encontro mais romântico que já tivera.

16

A RECONCILIAÇÃO

Na tarde de domingo, Emma, Madeline, Charlotte, Laurel e as Gêmeas do Twitter esperavam na fila do Pam's Pretzels, um quiosque caindo aos pedaços que ficava em um canto do La Encantada, nos arredores de Tucson. Embora as amigas de Sutton abominassem carboidratos, valia a pena sair da dieta por aqueles pretzels. Eram cobertos com *queso* mexicano e tinham uma combinação de temperos que era, segundo Madeline, "melhor que sexo". O cheiro de pão assado e mostarda impregnava o ar. Fregueses suspiravam ao dar grandes mordidas. Uma mulher parecia prestes a desmaiar de prazer enquanto mastigava.

A fila era longa, e havia um bando de universitários com camisetas de banda e cabelos compridos e sujos na frente delas. Madeline se afastava deles como se tivessem pulgas. Charlotte, cujo cabelo ruivo flamejante estava preso para trás em um coque rígido, deu uma cotovelada em Laurel, que estava ocupada escrevendo uma mensagem de texto para Caleb.

– Aquilo traz à tona alguma lembrança feliz? – perguntou ela, indicando um canteiro elevado coberto de feltro.

Laurel riu do que Charlotte tinha mostrado.

– Aquela árvore de Natal era *muito* mais pesada do que parecia. E passei dias com fios brilhantes no cabelo. – Ela balançou o cabelo para enfatizar.

Madeline cobriu a boca e abafou uma risada.

– Aquilo foi impagável.

– Muito – disse Emma, embora não fizesse ideia do que as garotas falavam. Provavelmente sobre um velho trote do Jogo da Mentira.

A fila andava rápido, e logo chegou a vez das Gêmeas do Twitter.

– Um pretzel com *queso* e molho extra. – Lili deslocou o peso de uma bota até o joelho de salto agulha para a outra. As outras garotas pediram mais ou menos a mesma coisa, e quando os pretzels ficaram prontos elas os levaram para uma mesa do pátio e se sentaram. Apenas Emma e Madeline ficaram para trás no bufê de acompanhamentos, temperando, sem pressa, os pretzels.

Emma olhou em volta. Naquele dia, o shopping a céu aberto estava cheio de garotas com shorts curtos, blusas de mangas-morcego e saltos anabela. Todas carregavam sacolas da Tiffany, Anthropologie e Tory Burch. Ela ergueu o rosto e notou a loja vintage no segundo andar. Não fazia muito tempo que ela e Madeline tinham ido àquela loja e se divertido muito. Ela tinha se sentido como *Emma* naquele dia, não como a Garota Que Deveria Ser Sutton.

Madeline respirou fundo. Quando Emma se virou, percebeu que Madeline também observava a loja vintage. Voltou-se para Emma, com uma expressão pensativa e meio constrangida.

– Olhe, não quero mais ficar zangada com você – admitiu ela.

– Também não quero que você fique zangada comigo! – exclamou Emma, agradecida.

Madeline levantou a mão para proteger os olhos do sol.

– Por mais zangada que eu esteja por causa do Thayer, sei que o desaparecimento dele não é culpa sua. Desculpe por ter sido tão cruel com você.

Emma sentiu uma onda de alívio.

– Também peço desculpas. Não posso imaginar como tem sido para você e sua família, e me desculpe se piorei as coisas de alguma forma.

Madeline abriu um pacote de mostarda com os dentes.

– Você tem talento para causar drama, Sutton. Mas precisa me dizer a verdade. Não sabe mesmo por que meu irmão apareceu em seu quarto?

– Não mesmo. Juro.

Um longo momento se passou. Madeline avaliou Emma com cuidado, como se tentasse ler sua mente.

– Tudo bem – disse ela, enfim. – Eu acredito em você.

Emma expirou.

– Que bom, porque senti saudades de você.

– Eu também.

Elas se abraçaram com força. Emma fechou bem os olhos, mas de repente teve a clara sensação de que alguém a observava. Ela os abriu e esquadrinhou o escuro estacionamento coberto perto do quiosque de pretzels. Pensou ter visto alguém se abaixar atrás de um carro. Mas, quando prestou mais atenção, não viu ninguém.

Madeline deu o braço a Emma quando voltaram para perto das garotas. Charlotte sorriu, parecendo também aliviada.

– Tenho notícias empolgantes, meninas – anunciou Madeline. – Vamos dar uma festa sexta à noite.

– Vamos? – perguntaram em uníssono as Gêmeas do Twitter, pegando os iPhones, animadas para dar a notícia a seus seguidores fanáticos. – Onde?

– Vocês vão saber na hora certa – disse Madeline em um tom misterioso. – Só vou contar a Sutton, Char e Laurel. – Ela estreitou os olhos para Gabby e Lili. – É supersecreta para não sermos pegas, e vocês não têm muito talento para guardar segredos.

Os lábios carnudos de Gabby fizeram o biquinho que era sua marca registrada.

– *Tudo bem* – disse Lili com um suspiro ultradramático.

Laurel jogou os restos de seu pretzel em uma lixeira, envolvida por um grande pôster verde que dizia, USE A LIXEIRA POR UM PLANETA MELHOR! Ela ajustou o fecho da fivela da alça de sua bolsa.

– O que podemos fazer para ajudar? Qual é o *dress code*? Vestidos de verão?

Madeline tomou um grande gole de água gaseificada aromatizada com limão.

– Vai começar às dez horas, mas temos que chegar mais cedo para arrumar tudo. Deixem o bufê e as bebidas comigo e com a Char. Laurel, você fica com a lista de convidados, e, Sutton, você escolhe as músicas. Quanto ao *dress code*, talvez short, saltos e blusas estilosas? Sem dúvida algo moderno. Venham, vamos fazer compras.

Ela pegou a mão de Emma e a puxou. Emma sorriu, feliz pela oferta de paz de Madeline. As garotas foram até uma butique chamada Castor and Pollux. Assim que passaram pelas portas de entrada, uma lufada de cheiro de roupas novas e perfume doce invadiu suas narinas. Manequins de olhos vidrados com saias de chiffon xadrez e jaquetas espinha-de-peixe posavam com as mãos nos quadris estreitos. Por toda loja eram exibidos saltos agulha muito mais altos do que qualquer coisa que Emma já usara.

— Estes ficariam maravilhosos em você, Sutton — disse Charlotte, segurando um salto anabela prateado.

Emma o pegou e verificou o preço discretamente. *Quatrocentos e setenta e cinco dólares?* Ela tentou não engolir a língua quando o recolocou no lugar. Embora já estivesse ali havia um mês, ainda não estava acostumada com o consumismo despreocupado das amigas de Sutton. O preço de cada item do closet de Sutton era próximo ao que Emma gastava no guarda-roupa de um ano inteiro. Isso se fosse um *bom* ano — aos catorze, ela não tivera dinheiro para *nenhuma* roupa nova. Sua mãe temporária, Gwen, que morava em uma cidadezinha a quase cinquenta quilômetros de Vegas, fazia questão de costurar todos os uniformes escolares dos filhos adotivos em uma máquina de costura Singer dos anos 1960 — ela se considerava uma espécie de estilista. Pior, Gwen gostava de romances góticos, o que significava que Emma começara o oitavo ano usando saias longas e esvoaçantes de veludo, blusas creme que pareciam espartilhos e sandálias Birkenstock usadas. É desnecessário dizer que ela não era a garota mais popular da escola de ensino fundamental Cactus Needles. Depois disso, sempre dava um jeito de ter um emprego para poder ao menos comprar o básico.

Lili se aproximou de uma mesa cheia de camisetas e tops de tecido fino, e Gabby foi direto para uma arara de camisas polo. Charlotte guiou Emma até uma fileira de minivestidos, apontando para um deles.

– Aquele vestido lavanda ficaria incrível com seus olhos – sugeriu ela.

As garotas se reuniram no provador ao ar livre cercado por cortinas e quatro espelhos de três faces. Quando experimentavam saias curtas e batas iguais, era como se uma dúzia de cópias xerox se refletisse.

– Ficou deslumbrante, Mads – elogiou Emma, observando a saia de algodão verde-limão que Madeline vestira, exibindo suas longas e flexíveis pernas de bailarina.

– Você precisa comprar – disse Charlotte.

– Não posso – murmurou Madeline.

– Por que não? – Uma ruga se formou na testa de Charlotte. – Não tem dinheiro? Eu compro para você.

Madeline a tirou.

– Fica horrível em mim.

– Não fica, não! – Charlotte pegou a saia do chão. – Vou comprar.

– Char, não precisa – disparou Madeline, com a voz tensa. – Meu pai nunca vai me deixar usar. Vai dizer que é curta demais.

Charlotte deixou a saia escorregar por entre os dedos, e seus lábios se contraíram, formando uma linha reta.

O provador ficou em silêncio. As garotas viraram as costas, ocupando-se com as próprias pilhas de roupa e olhando para qualquer lugar, menos para Mads. A menção ao sr. Vega tinha esse efeito.

Emma passou o vestido lavanda por cima da cabeça, colocando com cuidado as alças finas sobre os ombros. A seda era suave e a cintura se ajustava perfeitamente, fazendo seu corpo esguio parecer um pouco mais curvilíneo que de costume.

– Uhu, Sutton! – assobiou Charlotte.

– Que gata – arrulhou Laurel, aparentemente esquecendo-se dos ciúmes de irmã.

Emma tentou não se olhar demais no espelho, mas não conseguia evitar. O vestido a deixava linda. Sutton devia estar acostumada a experimentar roupas caras que a deixavam maravilhosa, mas Emma sempre se conformara com peças relativamente boas de brechós de caridade e roupas de segunda mão de outras crianças do sistema de adoção. Era muito especial usar algo que servia como uma luva.

Laurel apoiou a mão no ombro de Emma.

– Sabe quem vai adorar ver você usando isso? O Ethan.

Emma se sobressaltou.

– Como é que é?

– Eu vi vocês conversando na escola – contou Laurel. – Está na cara que ele tem uma quedinha por você.

Emma arregalou os olhos para Laurel, desejando poder mandá-la calar a boca por telepatia. Mas Laurel continuou, enquanto enrolava uma mecha de cabelo louro nos dedos.

– Sabe o que você deveria fazer? Dar um jeito de ser convidada para ir à casa dele e roubar seus poemas.

– Uuh, para o trote? – perguntou Lili.

— Isso — respondeu Laurel. — Precisamos dos poemas para publicar na internet e fazê-lo parecer um plagiador. Você é a pessoa perfeita para isso, Sutton, já que ele já está apaixonado por você. *Além disso*, é uma ótima ladra, com exceção daquela escorregada na Clique. — Laurel bateu com o quadril no dela.

Emma a encarou fixamente, sentindo a raiva fervilhar sob a pele. Pelo visto, Laurel ainda estava furiosa com ela. Mas ela não fizera nada para tirar Thayer da cadeia, o que significava que Laurel não desistiria do trote.

Ela se endireitou, decidida a não se deixar derrotar por Laurel.

— Se ele perceber que os poemas sumiram, vai saber que fui eu que peguei.

— Ah, você vai dar um jeito de passar despercebida — entoou Laurel.

— Qual é, Sutton. Esse plano é ótimo. — Madeline sorriu. — Talvez você possa até convidá-lo para nos ajudar a arrumar a festa, fazê-lo acreditar que vocês são amigos. Além disso, vamos precisar de um homem para fazer o serviço pesado.

Agora, todas estavam olhando para Emma. Gotas de suor pontuavam sua nuca. No espelho, ela via a vermelhidão espalhando-se por suas bochechas.

Elas foram interrompidas por uma vendedora de cabelos platinados que enfiou a cabeça pela cortina escura de veludo e perguntou se elas comprariam alguma coisa. Charlotte lhe entregou várias camisas, um vestido e uma calça jeans. Madeline empurrou a saia verde para ela, dizendo que não a queria. As Gêmeas do Twitter compraram leggings. Emma olhou para sua pilha de roupas; o cérebro em disparada. *Como se livraria desse trote com Ethan?* Ela pensou no que ele dissera no telhado: *Quero que exista honestidade total entre nós.* Ela não estava cumprindo sua parte do acordo.

— Sutton, você vem?

Emma se sobressaltou e olhou para a frente. O provador estava vazio. Charlotte tinha enfiado a cabeça pela cortina com uma expressão estranha. Todas as outras garotas estavam paradas no caixa, segurando suas roupas.

— Hum, claro — murmurou Emma, enquanto pegava o vestido lavanda e a bolsa de Sutton. Quando foi até o caixa, percebeu que Laurel a encarava com um sorriso malicioso. Mas, depois, notou um segundo par de olhos fixos nela. Virou-se com rapidez e tentou distinguir quem era. Desta vez, o vulto não foi rápido o bastante para se esconder. Os pelos de sua nuca se arrepiaram. Sem dúvida era um homem. Ele se mostrou completamente e encarou Emma. Ela perdeu o fôlego.

E eu também. Era Garrett, e ele parecia furioso. Um instante depois, desapareceu.

17

O FUNDO FALSO

Na tarde de terça-feira, a equipe de tênis do Hollier High estava nas quadras para um amistoso de duplas. Por sorte, o céu estava nublado, o que significava que a temperatura era suportável para o jogo. O som de uma estação de rádio pop tomava o ar – a treinadora Maggie gostava de ter uma música animada para deixar as meninas no clima. Havia uma garrafa gigante de Gatorade na lateral da quadra, tubos de bolas extras estavam caídos e virados perto da lata de lixo, e Maggie, com sua polo da equipe de tênis do Hollier que sempre usava e uma calça cáqui larga, andava de um lado para outro nas quadras, supervisionando saques e rebatidas.

– Fora! – A voz aguda de Nisha Banerjee ressoou do outro lado da rede de Emma. Ela apontou sua raquete preta brilhante para a linha branca e lançou a Emma um olhar que dizia *Que pena, vadia.* – E é fim de jogo!

Laurel, que estava na linha de fundo do lado de Nisha, riu alegremente.

– Nem mesmo Sutton Mercer conseguiria rebater aquele saque poderoso. – Ela ergueu a mão e bateu-a contra a de Nisha.

– Parece que venceu a melhor! – Nisha jogou o rabo de cavalo preto sobre o ombro.

Emma revirou os olhos quando Nisha e Laurel saltitaram pela quadra com as raquetes erguidas. Na noite anterior, Maggie tinha enviado um e-mail para a equipe com uma lista de quem jogaria com quem no amistoso, e Laurel e Nisha tinham providenciado, com antecedência, shorts esportivos rosa-choque, regatas brancas apertadas e munhequeiras verdes atoalhadas.

Tudo aquilo me deixava indignada. Desde quando minha irmã tinha se aliado a Nisha, minha maior rival? Obviamente, a questão com Thayer a levava a extremos.

Emma virou-se para Clara, uma garota do segundo ano que tinha sido designada como sua parceira de duplas para aquele dia.

– Desculpe por não ter jogado bem hoje.

– Não, Sutton, você foi ótima! – A voz de Clara se elevou, esperançosa. Ela era bem bonita, com cabelos pretos, nariz arrebitado e surpreendentes olhos azuis, mas tinha uma expressão desesperada demais. Ela fora respeitosa com Emma a tarde inteira, elogiando seus saques ruins, contestando as vaias contra os lances dela, embora estivesse claro que as bolas tinham saído, comentando várias vezes que a faixa cintilante no cabelo de Emma era bonita. Era ridículo ver como as pessoas tinham medo de Sutton e pisavam em ovos perto dela como se ela mandasse na escola.

Ou talvez, pensei, *as pessoas pisassem em ovos perto de mim para garantir que eu não aplicasse um trote do Jogo da Mentira nelas.*

Depois de assistir a mais algumas partidas, Emma foi para o vestiário. A treinadora Maggie chamou sua atenção da quadra ao lado e ergueu os dedos em um aceno solidário. Ela tocou a base do próprio queixo e formou com os lábios as palavras *Mantenha a cabeça erguida.*

O vestiário estava fresco e cheirava a ladrilhos recém-lavados. Um dos lados do colorido pôster da pirâmide alimentar tinha se desprendido, deixando-o torto. Um bando de garotas de maiô empurrou as portas vaivém que levavam da piscina ao vestiário. O forte cheiro de cloro encheu o ar quando elas foram para os chuveiros.

Emma virou-se para uma fileira de armários azul-acinzentados e viu que Laurel chegara ali primeiro. Ela já havia trocado o uniforme de tênis por um short justo de moletom e uma camiseta branca e estava sentada de pernas cruzadas no longo banco de madeira, de costas para ela. Segurava o iPhone entre o ombro e a orelha e falava com uma voz apressada. Era algo parecido com: *Se ela for mesmo leal, vai seguir em frente.*

– Com licença – interrompeu Emma, apoiando a raquete de Sutton no banco.

Laurel se sobressaltou e largou o telefone.

– Ah, oi. – O rosto de Laurel ficou vermelho vivo, e Emma ficou chocada ao perceber que Laurel devia estar falando dela. Mas o que significavam aquelas palavras?

Emma girou a combinação da fechadura do armário de material esportivo de Sutton, e a porta se abriu com um estalo. Ela enfiou ali dentro os tênis de Sutton e verificou seu reflexo em um pequeno espelho magnético.

— Se esforçou bastante hoje — disse Laurel de um jeito sarcástico. — Acho que não se pode vencer todas, não é?

— Sei lá — disparou Emma em resposta. Ela estava cansada demais para entrar em uma briga cruel com Laurel naquele momento.

— Mas é sério — disse Laurel. — Quando foi a última vez que você perdeu para mim ou para a Nisha? Sem querer ofender, Sutton, mas a Clara estava jogando bem. Era *você* que não estava.

O estômago de Emma se contraiu. Aquilo, sim, era atenuar a situação. Ela não estava jogando bem desde que assumira a vida de Sutton.

— Acho que estou fora de forma nos últimos tempos — explicou ela, tentando parecer indiferente.

Laurel ajustou uma tira de sua sandália dourada e se levantou do banco.

— É verdade. — Ela lançou a Emma um olhar malicioso. — Talvez alguém esteja apenas distraída porque precisa dar um trote no namorado secreto.

Emma mordeu o lábio e fixou os olhos no armário de Sutton.

— Lili me mandou uma mensagem de texto. Ela arranjou o site no qual nosso falso poeta vai postar o trabalho de Ethan — anunciou Laurel.

— Foi mesmo? — perguntou Emma sem se animar.

— Sim! Mas você ainda pode cancelar. Sabe o que precisa fazer para isso acontecer! – entoou Laurel. Depois, chacoalhou as chaves do carro. — Vou levar Drake ao petshop às seis horas. Não deixe mamãe servir o jantar antes de eu chegar. — Ela se virou e saiu do vestiário.

Emma ouviu a porta bater, e soltou um suspiro. Tirou os tênis e calçou as alpargatas de Sutton sem pressa. Uma figura se aproximou furtivamente, e, quando Emma se virou, viu Clara parada no fim do corredor, com um sorriso constrangido.

— Posso pegar minhas coisas? – perguntou ela.

— Claro – disse Emma, rindo.

Clara correu para seu armário. Emma olhou o interior, percebendo que as camisetas sobressalentes dela estavam dobradas com precisão e que ela mantinha desodorante, xampu e sabonete líquido alinhados no fundo. Emma se sobressaltou. O fundo de metal do armário de Clara era uns cinco centímetros mais baixo que o de Sutton.

Clara reparou que ela estava olhando e estremeceu.

— Ah, meu Deus. Em geral, mantenho o armário muito mais arrumado.

Emma olhou para ela. Será que Clara achava que ela a puniria ou algo assim?

— Não seja boba. Na verdade, eu estava admirando a organização.

— Sério? – Os olhos de Clara se iluminaram. Ela mordeu o lábio, nervosa. — Ei, Sutton, eu soube que vai ter uma festa supersecreta nesta sexta. Em uma casa abandonada ou coisa parecida.

— É verdade – disse Emma. Madeline lhe contara os detalhes da festa, dizendo que seria em uma casa abandonada, cuja hipoteca fora executada havia meses. Ela percebeu a expressão ávida de Clara, depois deu um passo à frente. – Você quer ir? Posso mandar os detalhes por mensagem de texto para você.

– Sério? – Parecia que Clara desmaiaria de alegria. – Seria maravilhoso!

Clara agradeceu a Emma pelo menos mais seis vezes antes de pegar suas coisas e desaparecer. Emma verificou o vestiário. Estava cheio de adolescentes das equipes de tênis e natação. Seria impossível investigar o armário de Sutton naquele momento. Ela teria de esperar em um canto tranquilo até a escola esvaziar... depois disso, poderia agir.

Às sete da noite, a escola ficou completamente silenciosa. As luzes foram apagadas, cobrindo Emma na escuridão do lado de fora da biblioteca, onde estava sentada. Alguns poucos professores passaram por ela a caminho de seus carros, mas ninguém perguntou por que ela estava ali. Enfim, atravessou o corredor e entrou outra vez no vestiário feminino. A porta se fechou atrás dela, deixando-a cega na escuridão completa. O cheiro de alvejante mal mascarava o vago fedor de roupas esportivas suadas. Água pingava dos chuveiros, e um som semelhante a um suspiro ecoava pelo ar.

Emma tateou até encontrar o interruptor, e uma horrível luz fluorescente encheu o vestiário. Ela foi até o armário de Sutton, os dedos tremendo ao virar a fechadura. Tirou tênis, meias esportivas com detalhes cor-de-rosa, uma caixa de Band-Aid e filtro solar em spray, jogando tudo sobre o banco. Enfiou os dedos no canto do armário e abriu a base, estremecendo ao ouvir o som de metal arranhando que reverberou pelo ambiente vazio.

Pouco abaixo de onde ficava o fundo do armário, havia um espaço estreito e sujo. Aninhado entre bolos de poeira e grampos enferrujados, havia um longo e fino cofre prateado. Com o coração aos pulos, Emma revirou sua carteira e encontrou a pequena chave que tinha descoberto no quarto de Sutton. Lentamente, enfiou-a na fechadura.

Encaixou.

Emma virou a chave e abriu a caixa. Ali dentro havia um amontoado de papéis. Ela pegou o papel de cima e olhou a letra pequena e bonita. Era uma carta, assinada por Charlotte ao pé da página. *Sinto muito por tudo, Sutton*, escrevera Charlotte. Ela tinha sublinhado *tudo* três vezes. *Não só por causa do Garrett, mas também por não estar ao seu lado durante seus problemas com você-sabe-quem.*

Fiquei olhando para o bilhete. O que aquilo significava? Que tipo de problema eu estava tendo, e com quem? Por um instante, uma imagem passou por minha mente e me vi parada com Charlotte do lado de fora do Hollier com a bolsa no ombro, próximas uma da outra e aos sussurros. *Ela sabe, Sutton, sabe, sim*, sussurrou Charlotte. *Ela não é boba.* E acrescentou: *Você precisa decidir a quem é leal.* Eu me esforcei muito para segurar aquela lembrança por mais tempo, mas ela se foi mais rápido do que veio.

Emma dobrou outra vez a mensagem de Charlotte e escavou a caixa mais a fundo. Havia uma lista feita por Gabby e Lili dando razões para terem permissão de participar do Jogo da Mentira, a maior parte relacionada ao "estilo maravilhoso e talento para a encenação" que elas tinham. Encontrou uma prova de alemão com todas as respostas preenchidas e CÓPIA DO PROFESSOR escrito no canto superior direito. Emma soltou o papel como se estivesse pegando fogo, com um medo paranoico de que Frau Fenstermacher aparecesse e a pegasse com a boca na botija.

O barulho de água pingando do chuveiro diminuiu para um leve gotejar. Um exaustor foi acionado e alguém tossiu a distância. Emma controlou o nervosismo e continuou a examinar os papéis. Viu um velho papel de advertência, um questionário com um grosso *F* vermelho, e então se deparou com um bilhete velho escrito com uma letra inclinada e masculina:

Querida Sutton, desculpe. Não queria ficar assim com você... tão zangado. É como se alguma coisa dentro de mim estivesse me obrigando. Mas temo que, a menos que as coisas entre nós mudem, eu perca a cabeça. – T

Um calafrio percorreu a espinha de Emma. Aquilo era de Thayer. Só podia ser.

Ela não sabia por que ele se desculpara, mas a carta parecia uma ameaça e mostrava como ele era instável. Um nó se formou na garganta de Emma quando ela releu o bilhete. Estava cansada de especular e adivinhar. Só havia uma maneira de descobrir o que estava acontecendo.

Ela precisava ver Thayer.

18

VISITA PARA VEGA

A cadeia era conectada à delegacia, embora a entrada fosse por uma porta separada e tivesse um grupo diferente de guardas. Emma hesitou diante do portão de aço, respirando fundo. Enfim, um guarda careca e acima do peso, que usava uniforme azul-marinho e segurava um livro de capa mole, foi até a porta e olhou para ela.

— Posso ajudá-la? — perguntou, balançando um molho de longas chaves prateadas no cinto. — O horário de visitas está quase acabando — continuou ele em um tom áspero.

Emma checou o relógio Cartier que tinha encontrado na caixa de joias de Sutton. Eram 19h42.

— Só vou ficar alguns minutos — disse ela, obrigando-se a dar o sorriso mais doce que conseguiu.

O guarda lançou um olhar desagradável a ela. Emma viu seu livro de relance. A capa mostrava um homem muito musculoso com uma espada presa às costas, beijando uma esbelta mulher loura. Quando Emma era pequena, lia romances de banca parecidos com aquele – em geral, era o único tipo de livro que havia nas estantes de suas mães adotivas. Por um tempo, ela fingira que a morena vestida de pirata na capa de *Naufragada e rejeitada* era Becky.

Por fim, o guarda a deixou entrar. Ele pegou uma prancheta com um formulário de admissão. Emma tentou manter a mão firme ao assinar SUTTON MERCER na coluna de VISITANTE e THAYER VEGA na de DETENTO. Ela sabia que o que estava fazendo era arriscado, mas tinha descoberto tudo o que podia por conta própria. Agora, precisava ouvir o que Thayer tinha a dizer. E ela estaria mais segura para ter essa conversa cara a cara em uma prisão, onde eles estariam separados por um vidro à prova de balas.

O guarda deu uma olhada no nome que Emma escreveu e assentiu.

– Venha comigo. – Ele a guiou através de uma pesada porta de aço e um longo corredor.

Um segundo guarda, este usando um uniforme azul-marinho com STANBRIDGE escrito na placa de identificação sobre o peito forte, esperava Emma em uma sala pequena e quadrada, separada ao meio por um painel de vidro grosso. Emma ficou feliz por ver que não era Quinlan – não queria ter de lidar com ele naquele dia.

– Sente-se aqui – disse Stanbridge, indicando um cubículo que ficava de frente para o vidro e alinhava-se ao cubículo do outro lado.

Emma se sentou em uma cadeira dura de plástico laranja. Os dois painéis de madeira que a cercavam deviam servir para oferecer privacidade, não que Emma precisasse disso em uma sala vazia. Rabiscos se espalhavam pelos painéis em marcadores coloridos e tinta de caneta: CP AMA SN. JUNTOS P/ SEMPRE. Datas distantes como 4/5/82 estavam gravadas na madeira.

Uma porta se abriu do outro lado do vidro e Emma se retraiu, com o coração na boca. Ali, entrando escoltado por um guarda atarracado com cabelo estilo tigela, estava Thayer. Sua pele estava pálida e ele, magro. Quando viu Emma, parou de repente. Os cantos de sua boca se contraíram. Por um instante, ela teve certeza de que ele viraria as costas e voltaria para dentro. Mas o guarda colocou a mão entre suas omoplatas e lhe deu um pequeno empurrão na direção dela.

Thayer andou com relutância e se sentou na cadeira diante de Emma. Quando ele pegou o fone do outro lado do vidro, a manga laranja de seu macacão desceu e revelou uma tatuagem que Emma não tinha visto na delegacia. Havia uma tatuagem de águia na parte interna de seu pulso com as iniciais SPH escritas em letras pequenas sob ela. Seria essa a estranha tatuagem da qual Madeline tinha falado?

Examinei Thayer com cuidado e absorvi cada centímetro dele. Tentei me imaginar amando-o, tendo um relacionamento secreto com ele, arriscando amizades só para ficar com ele. Mesmo morta, mesmo sem memória, eu sentia alguma coisa se agitar dentro de mim, uma atração magnética que me fazia querer ficar o mais perto possível dele. Ao mesmo tempo, ao ver seus olhos sombrios e sua expressão ameaçadora, senti medo. Eu sabia que havia alguma coisa muito importante em minhas lembranças que ainda não tinha visto, um momento horrível que eu havia bloqueado.

Emma pegou o fone e respirou fundo.

– Precisamos conversar – começou ela com a voz mais forte que conseguiu emitir. – Tenho algumas perguntas para você sobre aquela noite – continuou ela, a respeito da noite da morte de Sutton. – Sobre tudo – acrescentou.

Thayer olhou para a frente, encarando-a. Ele tinha olheiras escuras e azuladas; parecia que não dormia havia dias.

– Você recebeu minhas mensagens. Não deveria ter nenhuma pergunta. Mas, em vez disso, agiu como se fosse completamente louca e estragou tudo.

Mensagens? Uma sensação gelada e pegajosa percorreu Emma. Ele só podia estar falando do bilhete que dizia SUTTON ESTÁ MORTA. NÃO CONTE A NINGUÉM. CONTINUE COOPERANDO OU VOCÊ SERÁ A PRÓXIMA. E do que tinha escrito no quadro-negro na festa de coroação de Boas-Vindas depois de quase matar Emma jogando aquele refletor sobre ela.

Emma abriu a boca para falar, mas não conseguiu dizer nada. Thayer se recostou e a encarou de um jeito frio e calculista.

– Ou era só um jogo? Não está sabendo? Não sou o tipo de pessoa com quem se pode brincar. Ainda mais por eu ser o único que sabe quem você realmente é.

O corpo de Emma ficou fraco dos pés à cabeça. Seus dedos formigavam ao redor do fone e ela lutou para mantê-lo contra a orelha. Estava óbvio. Thayer sabia quem Emma era... e quem ela não era. Tinha sido ele. Ele tinha matado Sutton. Ela estava sentada diante do assassino de sua irmã.

— Thayer, o que foi que você fez? — Sua voz era um sussurro.

Eu também estava louca para saber. As palavras de Thayer, sua postura, tudo nele parecia irradiar raiva. Como ele podia ter dito que me amava e depois me machucado?

— Você adoraria saber, não é? — Thayer sorriu, exibindo dentes brancos. — Enfim, ouviu a boa notícia? Conseguimos transferir a audiência para a semana que vem. Vou sair daqui em breve.

— Você vai sair na semana que vem? — repetiu Emma, começando a tremer. Aquilo significava que ela só ficaria segura por mais oito dias.

— Vou. Meu advogado está tentando fazer o caso ser indeferido. Sou menor de idade, e eles me prenderam como adulto por acusações forjadas, mas meu advogado vai provar que é mentira. Essa é a ideia de vingança de Quinlan... aquele cara me odeia. Ele também odeia você, Sutton. — Ele me olhou sem pressa. — E quando eu sair, finalmente vamos poder conversar cara a cara. Como nos velhos tempos.

As palavras que Thayer dizia eram bastante inocentes, mas sua voz gotejava sarcasmo e ódio. Ele se inclinou para a frente, a centímetros do rosto de Emma. Chegou tão perto que ela via o contorno de seu hálito contra o vidro. As pupilas dele se dilataram, tornando-se esferas negras. Emma apertou o telefone com mais força, sentindo o suor entre seus dedos e o plástico bege. Ele bateu o fone no gancho. Um tom monótono zumbiu no ouvido de Emma.

Alguém segurou seu ombro. Ela se sobressaltou e virou-se. Stanbridge a observava com seriedade.

— O horário de visitas acabou, senhorita.

Emma assentiu entorpecida e saiu com ele da sala. Eu fui atrás dela, tendo estalos e lampejos dos impulsos elétricos dentro de mim. Ver Thayer – e aquele guarda segurando o ombro de Emma – destrancou algumas portas em minha mente. Senti o cheiro de poeira e flores do deserto do Sabino Canyon. Senti o ar frio na pele exposta. Senti uma certa mão segurar meu ombro – talvez a mão de Thayer. Talvez pouco antes de ter me matado.

Mais uma vez, eu estava voltando ao passado...

19

PEGUE-ME SE PUDER

Eu me viro e vejo o rosto de Thayer. A mão que está em meu ombro é sua, e ele não parece contente. Ele me segura com força, apertando com os dedos a pele macia de minha clavícula.

— Você está me machucando! — grito, mas com a outra mão ele tapa minha boca antes que eu consiga gritar por socorro. Ele me afasta da borda do penhasco, puxando meu corpo contra seu peito. Arranho seus braços e chuto o chão freneticamente. Meus cotovelos apunhalam suas costelas. Luto como um animal selvagem, mas não consigo me desvencilhar. Ele é forte demais. — O que você está... — minha voz sai abafada sob a mão dele.

Enfim consigo me libertar e me afasto correndo pelo caminho árido. Mas ele avança outra vez em minha direção, com os braços estendidos. Minha mente gira. Faço de tudo para encontrar alguma coisa que possa dizer para acalmá-lo. O que fiz para deixá-lo com tanta raiva? Será que é por causa do que eu disse sobre o Garrett? Ou por ter insistido demais para ele me contar onde esteve nos últimos meses?

— Thayer, por favor — começo. — Não podemos conversar sobre isso?

Há fúria nos olhos dele.

— Fique quieta, Sutton.

Ele parte outra vez para cima de mim. Tento gritar, mas o que sai é um ganido abafado quando sua mão cobre minha boca outra vez. Os tênis dele amassam folhas secas sob nossos pés e seus músculos se flexionam quando ele me puxa contra si. Sinto sua respiração quente contra minha orelha. Sinto o sangue correr por meus pés e uma sensação de pavor se espalha por meu corpo.

De repente, ouço um grito alto e claro a distância. É difícil saber se é humano ou animal. Thayer se vira na direção do grito, distraído por um instante. Suas mãos se afrouxam o suficiente para que eu morda a palma dele. Sinto o gosto de suor salgado quando enfio os dentes em sua pele.

— Meu Deus! — grita Thayer. Ele retrai a mão, tentando recuperar o equilíbrio. Saio correndo, as pernas quentes, tomadas pela adrenalina. A terra crepita sob mim e as folhas estalam quando piso na terra. Corro pela trilha, com os braços me impulsionando e o cabelo desgrenhado. Um galho corta minha bochecha, fino como papel e tão afiado quanto. Sinto a pele úmida. Não sei se são lágrimas... ou sangue.

As coisas estavam tensas entre mim e Thayer antes, mas eu nunca o vira assim.

Uma lufada de ar frio atinge meu corpo enquanto corro. Ouço os passos de Thayer e sei que ele está ganhando terreno. Mas já percorri essa trilha muitas vezes, e a escuridão me dá uma vantagem. Continuo em frente, através das árvores e arbustos espinhosos. Atrás de mim, ouço o baque do corpo de Thayer colidindo contra uma árvore ou pedra. Ouço quando ele me xinga em voz baixa.

Desvio para a direita, contornando uma pedra onde eu e meu pai tínhamos o hábito de parar para tomar água.

— Sutton! — É a voz de um homem, mas deve estar distorcida pelas pedras, porque não parece a de Thayer. Continuo em frente, com os pulmões queimando, lágrimas descendo por meu rosto e a cabeça latejando de medo.

Contorno um enorme galho de árvore que bloqueia o caminho e desço às pressas um declive íngreme que dá em um fio de água que passa por um riacho — a única fonte de água do cânion. Pressiono os calcanhares contra a terra para me equilibrar enquanto escorrego vala adentro. Minhas mãos tentam agarrar alguma coisa — qualquer coisa — e seguram uma raiz retorcida no leito do rio. Chego ao fundo e me levanto, correndo na direção do estacionamento. Estou perto. Só preciso chegar até meu carro.

Corro pela trilha para o estacionamento. Quase caio quando meus pés chegam ao chão de cascalho. Acho que nunca fiquei tão feliz em ver meu amado carro. Deslizando pelo estacionamento, reviro minha bolsa em busca da chave. Meus dedos se fecham sobre o chaveiro pesado e redondo do Volvo, mas estou tremendo tanto que ele cai de minhas mãos, pousando com um tilintar perto do pneu dianteiro.

— Merda — sussurro.

— Sutton! — grita alguém.

Eu me viro e vejo Thayer sair da clareira. Ele corre em minha direção com os punhos fechados e os ombros tensos. Eu grito. O tempo para. Meus membros estão paralisados. Tento pegar minhas chaves no chão, mas não há tempo. Eu me viro para fugir no momento em que seus braços me agarram. Seus dedos apertam minha pele.

— Não, não! — grito. A pele dele queima contra a minha. — Thayer, por favor!

— Pode acreditar em mim — sussurra Thayer em meu ouvido. — Isto dói mais em mim do que em você.

Sinto-o me arrastar para a mata fechada que cerca o estacionamento. Mas antes que consiga ver o que acontece depois — sem dúvida meu último momento — a lembrança explode como uma bomba, deixando-me com o vazio.

20

O SANGUE NÃO MENTE

Trinta minutos depois, Emma saiu de um táxi em frente à casa de Ethan. Tinha começado a chover, um fenômeno bizarro em Tucson, que fazia o ar cheirar a ozônio e asfalto molhado. O cascalho do jardim da frente de sua casa cintilava sob a lua.

Emma atravessou correndo o gramado, evitando os pingos, e bateu na porta branca. Ela aproximou o ouvido da madeira até ouvir passos se aproximando pelo corredor. A porta se abriu, revelando a sala. Os olhos azuis de Ethan se arregalaram ao vê-la. Seu cabelo preto estava desgrenhado como se ele estivesse dormindo.

– Emma? – perguntou ele, dando um passo cuidadoso à frente e tocando seus ombros. – O que aconteceu?

– Eu precisava ver você. – Emma olhou para trás. – Posso entrar?

Ethan se afastou para o lado.

– Claro.

Emma fechou a porta atrás de si e se jogou nos braços de Ethan. O peso de tudo o que tinha acontecido com Thayer a oprimiu até sua cabeça cair entre as mãos. Ela soluçou por uns bons cinco minutos, com o nariz escorrendo e lágrimas queimando seus olhos. Ethan acariciou suas costas o tempo todo.

Eu estava feliz por minha irmã ter alguém para confortá-la. Quem dera eu tivesse alguém assim. Quem acabara de ter uma lembrança horrível era eu, afinal de contas – *eu* tinha sido brutalmente assassinada por alguém que amava. Parecia que minhas entranhas haviam sido arrancadas. O Thayer que eu tinha buscado na estação de ônibus não se parecia nada com o louco que se tornara no final. Como eu podia ter sido idiota a ponto de me envolver com ele?

Depois que os soluços de Emma se transformaram em um choro contido, Ethan a conduziu pela cozinha e contornou a bancada. Um amontoado de menus de restaurantes de entrega em domicílio cobria o granito cor de areia. Duas latas de Coca-Cola estavam sobre uma longa mesa de madeira perto de uma caixa vazia de pizza. O diálogo formal de um programa de crimes verídicos vinha da sala de estar. Ele abriu a porta de seu quarto com o pé e acendeu a luz.

– Aqui, sente-se – disse a Emma, indicando a cama. – Conte o que está acontecendo.

As pernas de Emma estavam entorpecidas quando ela se deixou afundar no edredom azul-escuro. Ela pegou um travesseiro de fronha de retalhos e o abraçou contra o peito.

— Eu vi o Thayer — começou ela, olhando de soslaio para Ethan, nervosa.

Como era de se esperar, o rosto de Ethan ficou sério.

— Na cadeia? Eu disse para não fazer isso!

— Eu sei, mas eu...

— Por que não me escutou?

Lágrimas encheram os olhos de Emma outra vez. Ela não precisava de um sermão naquele momento.

— Eu não sabia mais o que fazer — disse ela, na defensiva. — Precisava de respostas, e foi isso que ele me deu. Ele disse que era o único que sabia quem eu realmente era.

— Ele *disse* isso? — Os olhos de Ethan se arregalaram.

— A-hã — assentiu Emma. — Também citou as mensagens que me mandou. Devia estar falando do bilhete que estava no carro de Laurel e do aviso no quadro-negro na festa de coroação. Foi ele, Ethan. Eu sei que foi.

Ethan colocou a cabeça entre as mãos.

— Sinto muito.

Em seguida, Emma tirou do bolso o bilhete que Thayer escrevera para Sutton e o desdobrou.

— Encontrei isto hoje — disse ela, entregando o papel a Ethan.

Ele fez uma careta ao ler a carta. Quando terminou, dobrou-a com cuidado e a devolveu a ela.

— Uau. Ele praticamente confessou que podia machucá-la se as coisas não mudassem entre eles.

— Eu sei. E aí... ele a machucou *de verdade*.

Eu estremeci com as palavras de Emma, sentindo a lembrança invadir outra vez a minha mente. Mas para onde Thayer tinha me levado? Devia ter alguma coisa a ver com meu carro, certo? Afinal de contas, havia sangue nele – sem dúvida *meu* sangue. Como eu queria ter conseguido ver o restante da lembrança. Eu sentia que o quebra-cabeça estava quase completo, com exceção dessa peça.

– Todas as vezes que o vi, ele me olhou como se soubesse quem eu sou de verdade – sussurrou Emma. – Thayer deve ter matado a Sutton e me atraído até aqui – disse ela em voz baixa. – E pense comigo: como ele estava desaparecido, não tinha de estar em lugar algum em hora alguma. Ele podia se esgueirar sem dificuldade por Tucson, espionando-me, deixando bilhetes para mim, me ameaçando.

– Você está certa – disse Ethan em voz baixa. – Teria sido fácil para ele.

– Ele me colocou onde queria. Se eu disser uma palavra contra ele, Thayer vai contar à polícia quem sou. E aí, eles vão me culpar pela morte de Sutton. As coisas estão acontecendo exatamente como você disse que aconteceriam. – Ela fechou os olhos e começou a soluçar outra vez. – Ele me disse que o advogado está fazendo de tudo para tirá-lo da cadeia na semana que vem. Pode ser uma questão de dias! O que vou fazer?

– *Shhh* – sussurrou Ethan. Ele pegou a mão de Emma e a colocou sobre seu jeans. – Está tudo bem – continuou em voz baixa. – Thayer ainda está preso. Você ainda está segura. Ainda há tempo de provar que foi ele. Estou aqui com você, está bem? Não vou deixá-la passar por isso sozinha. Vou proteger você.

Emma encostou a cabeça no ombro dele.

– Não sei o que eu faria sem você.

– E eu não sei o que faria sem *você*. Se alguma coisa lhe acontecesse... – Ethan se interrompeu, com a voz falhando. – Eu não aguentaria.

Era um enorme alívio ouvir aquelas palavras. Emma suprimiu um soluço e sorriu com gratidão para Ethan. Seus lábios estavam a ponto de tocar os dele quando ela viu o diário de couro ao lado da cama. Estava aberto em uma página perto do fim, e uma letra bonita formava versos curtos, como um poema. De repente, a culpa a inundou outra vez. O trote. Laurel tinha lhe pedido para roubar o trabalho dele. Ela estremeceu, depois se afastou de Ethan.

— Preciso contar outra coisa — disse ela. — Algo de que você não vai gostar.

Ethan ergueu a cabeça.

— Claro. Pode me contar qualquer coisa.

Emma fixou os olhos nas mãos de Ethan, entrelaçadas às suas, odiando o que tinha de fazer em seguida. Mas precisava alertá-lo. Ela respirou fundo.

— As amigas de Sutton estão planejando dar um trote em você. Tem a ver com seu recital de poesia.

Ethan se retraiu.

— *O quê?*

— Eu tentei impedi-las. Mas elas realmente...

Ethan agitou as mãos, interrompendo-a. Ele a encarou com perplexidade, como se Emma tivesse acabado de bater em sua cabeça com uma pá.

— Há quanto tempo você sabe disso?

Emma baixou os olhos.

— Hum, alguns dias — disse ela em voz baixa.

— Alguns *dias*?

— Desculpe! — exclamou Emma. — Eu tentei impedir! Não foi minha ideia.

Aos poucos, a expressão de Ethan foi de mágoa para decepção e desprezo.

— Acho melhor você ir embora — disse ele em um tom monótono.

— Ethan, eu... — Emma tentou pegar sua mão, mas ele já estava se dirigindo à porta. — Ethan! — chamou ela, indo para o corredor. Eles estavam quase na sala quando ela segurou seu braço e o virou. — Por favor! Você me disse que podíamos ser honestos em relação a tudo! E eu pensei...

— Pensou errado — interrompeu Ethan, desvencilhando o braço. — Você poderia ter acabado com isso na mesma hora. Elas acham que você é a todo-poderosa Sutton Mercer. Uma palavra sua e o trote seria cancelado. Por que não fez nada? É porque não quer que elas saibam sobre mim? Você tem... — A voz dele falhou, e ele pigarreou com força — ... *vergonha* de mim?

— Claro que não! — gritou Emma, mas talvez Ethan tivesse razão. Por que não tinha se esforçado mais para cortar aquilo pela raiz? Como deixara as coisas fugirem tanto do controle?

A mão de Ethan girou a maçaneta.

— Vá embora, está bem? Nem tente falar comigo até se lembrar de quem é: Emma Paxton, a gêmea boa.

— Ethan! — gritou Emma, mas ele já a tinha empurrado para fora e batido a porta em sua cara. A chuva ficara mais forte, e as gotas se misturaram às lágrimas que desciam por suas bochechas. Parecia que ela havia perdido a única coisa boa que tinha no mundo. Ela encostou as mãos no vidro da janela lateral, olhou para dentro da casa e observou Ethan voltar furiosamente pelo corredor, derrubando uma pilha de livros que estava sobre a mesa da sala de estar quando passou.

Foi uma cena horrível de assistir. Mais uma vez, amaldiçoei o Jogo da Mentira. Se minhas amigas e eu não tivéssemos começado aquele clube idiota, Emma não estaria sofrendo. Seu único aliado não a odiaria.

Emma tocou a campainha algumas vezes, mas Ethan não atendeu. Ela lhe enviou uma mensagem de texto, implorando que conversasse com ela, mas ele não respondeu. Depois de algum tempo, viu que seria inútil continuar ali – Ethan tinha deixado claro o que sentia. Ela atravessou devagar o gramado da frente. Ficou encharcada de imediato, pensando em como voltaria para a casa dos Mercer. Prestes a pegar o telefone de Sutton para chamar outra vez o serviço de táxi, o telefone se acendeu em suas mãos. Emma franziu a testa. O número era da delegacia de Tucson. Um pensamento terrível lhe ocorreu: e se a polícia estivesse ligando por causa de Thayer? E se ele tivesse sido solto?

– Hum, alô? – gritou Emma, mais alto do que o barulho do temporal, tentando suprimir o nervosismo de sua voz.

A voz do detetive Quinlan ressoou do outro lado da linha.

– Boa noite, srta. Mercer. Recebemos o resultado do sangue de seu carro.

Emma se contraiu.

– Q-Qual foi? – Ela se preparou, com a certeza de que ele diria que o sangue era de Sutton.

– O sangue é uma correspondência perfeita com o de Thayer Vega – disse a voz grave de Quinlan.

Emma parou de repente no meio da rua, achando que tinha entendido errado.

– *Thayer?*

— Isso mesmo – disse Quinlan. – Faz alguma ideia de como foi parar lá? O sr. Vega certamente não vai falar.

— Eu... – Emma calou-se, pois não tinha nada a dizer. Ela parou ao lado de uma árvore fina, tentando recuperar o fôlego. Fora pega de surpresa.

— Sutton? – pressionou Quinlan. – Precisa me dizer alguma coisa?

Emma se encolheu sob a árvore, mesmo que não fornecesse muito abrigo da chuva. Ela tinha muito a dizer para ele. Será que tinha coragem? Será que desta vez conseguiria dar um jeito de convencê-lo de que era a irmã gêmea de Sutton, mas que não tivera a intenção de roubar sua vida? Será que ele acreditaria se ouvisse que Thayer estava lhe enviando mensagens ameaçadoras – *e* que Thayer matara Sutton? Ela duvidava. Claro, ela tinha o bilhete de Thayer que encontrara no armário de Sutton, no qual ele dizia que perderia a cabeça, mas, embora essa fosse uma prova boa o bastante para ela, era improvável que a polícia a considerasse uma evidência definitiva.

— D-Desculpe. Não sei como foi parar lá – respondeu Emma, enfim. Ela fechou os olhos, pensando. – Havia alguma impressão digital no carro?

Quinlan suspirou.

— Apenas as suas e as de seu pai. Ele era coproprietário do veículo, correto?

— A-hã – disse Emma, distraída. Ela se lembrava de ouvir o sr. Mercer dizer que tinha restaurado o carro com Sutton.

Emma ouviu uma tosse do outro lado da linha.

— Bem, como não existe mais motivo para ficarmos com seu carro, pode vir pegá-lo – avisou Quinlan bruscamente.

— Obrigada — disse Emma, mas ele já tinha desligado. Ela segurou o telefone com o braço estendido, observando-o como se fosse uma forma de vida alienígena. O vento jogou uma folha fria e molhada contra seu tornozelo. Um motor ressoou a distância. O mundo continuava girando como sempre, mas Emma sentia-se outra pessoa. O sangue de *Thayer*. Mas... *como*?

Eu estava tão perplexa quanto ela. Pensei outra vez na lembrança que tinha acabado de recuperar. Não fazia sentido — Thayer era o louco atrás de *mim*, não o contrário. Só havia uma resposta: de alguma forma, eu devia ter conseguido entrar no carro e atropelar Thayer antes que ele me matasse. Isso me deixou feliz — Thayer podia ter tirado minha vida, mas pelo menos eu levara comigo uma parte dele.

21

MAMÃE SABE TUDO

Naquela noite, Emma se revirou na cama e olhou para os brilhantes números verde-neon do alarme de Sutton. Eram 2h12. Ela tinha chorado desde que o táxi a deixara em casa, e sua garganta estava tão ressecada que ela mal conseguia engolir. Durante toda sua vida, nunca havia se sentido tão confusa e sozinha. Nem quando se mudou de Henderson e se despediu de Alex. Nem quando teve de ficar no orfanato durante um mês inteiro enquanto o serviço social não conseguia encontrar uma família adotiva para ela. E nem mesmo quando Becky a deixou com a vizinha e nunca voltou para buscá-la.

Todas aquelas situações tinham sido difíceis e tristes, mas depois de sair de Henderson ainda podia ligar para Alex. Quando estava no orfanato, podia brincar com a garota com quem dividia o beliche. E quando Becky foi embora, ela podia chorar com a mãe de sua amiga e dizer que sentia a falta dela.

Mas agora estava convivendo com um segredo tão grande que tinha certeza de que o peso a esmagaria. E com Ethan zangado – tão zangado que talvez nunca mais falasse com ela –, Emma não tinha *ninguém* a quem apelar. Não podia contar a mais ninguém quem realmente era. Não podia fazer uma lista de *Coisas que odeio a respeito de ser Sutton*, de *Coisas de que sinto falta em ser Emma* ou fazer um diário, por medo de que alguém pudesse encontrá-lo e descobrir sua verdadeira identidade.

E a notícia sobre o sangue de Thayer a apavorava. Aquilo significava que Sutton o atropelara? E se fosse por isso que ele estava mancando? A voz de Madeline ecoou pela mente de Emma: *Ele nunca mais vai poder jogar futebol. Era o que ele mais amava, o que fazia melhor, e agora seu futuro está arruinado.* Talvez existisse um motivo. E se Thayer tivesse ficado tão furioso com Sutton por tê-lo ferido que se vingou... matando-a?

Emma deixou-se cair no travesseiro de penas de Sutton, que se moldou com perfeição ao formato de sua cabeça. Tudo parecia impossível. Por que ela estava fazendo aquilo? Qual era o objetivo? Talvez devesse ir embora e deixar tudo para trás. Se quisesse fugir, aquele era o momento. Com Thayer atrás das grades, ele não poderia rastrear seus movimentos. Finalmente ela seria livre. Tinha dezoito anos. Podia fazer a prova de conclusão do ensino médio, declarar residência em algum lugar e se inscrever em uma universidade pública...

Mas, mesmo pensando nisso, Emma sabia que não iria embora. Estava vivendo a vida de alguém que quisera desesperadamente conhecer e tentava fazer justiça por sua irmã. Nunca conseguiria se perdoar se simplesmente desistisse, porque desistir significava que a pessoa que tinha assassinado Sutton, que tinha privado Emma da chance de conhecer sua irmã gêmea, ficaria livre.

Era inimaginável que meu assassino se safasse. Eu não podia aceitar isso e esperava que Emma tivesse forças para continuar — mesmo sabendo que ficar se tornava cada vez mais perigoso para ela.

Emma tirou as cobertas de cima das pernas e atravessou o quarto. Destrancou a porta e caminhou pelo corredor escuro na ponta dos pés, descendo as escadas e desviando por pouco da pilha de revistas que Laurel tinha deixado no último degrau. Uma babosa pontiaguda lançava longas sombras sobre os ladrilhos. O barulho de água pingando vinha de fora da janela da sala de estar, e Emma observou a chuva cair em lentas gotas pela calha. No corredor, o luar conferia um brilho sinistro às fotografias de família. Emma viu seu reflexo em um espelho bisotado com moldura dourada que ficava no fim do corredor. Seu longo cabelo escuro estava solto, e a brancura de seu rosto oval de destacava contra a escuridão. Ela virou em direção à cozinha e sentiu os ladrilhos frios sob os pés descalços. Estava prestes a abrir o armário quando uma figura sombria se moveu no canto. Ela pulou para trás, batendo o quadril contra um botão cromado do fogão.

— Sutton?

Os olhos de Emma focalizaram a sra. Mercer, com o corpo curvado enquanto segurava Drake pela coleira. O cachorro soltou um latido.

— O que está *fazendo* acordada a esta hora? — A sra. Mercer se endireitou e soltou Drake. Ele foi até Emma e cheirou sua mão antes de se enroscar ao pé da geladeira.

Emma prendeu o cabelo escuro desgrenhado em um rabo de cavalo.

– Não estava conseguindo dormir, então desci para tomar um copo d'água.

A sra. Mercer colocou a mão na testa de Emma.

– Hum... Está se sentindo bem? Laurel disse que você chegou em casa ensopada da chuva.

Emma forçou uma risada fraca.

– Bom, eu estava sem guarda-chuva. Pelo que sei, moro no Arizona. – Ela observou o cabelo embaraçado e o robe da sra. Mercer. – O que *você* está fazendo acordada?

A sra. Mercer balançou uma das mãos.

– Ah, o Drake estava ganindo, me levantei para deixá-lo sair. – Ela foi até a pia, encheu um copo e jogou dois cubos de gelo dentro dele. Os cubos estalaram ao entrar em contato com a água. Ela se sentou à bancada e o empurrou para Emma, que tomou um gole.

– Então... – A sra. Mercer apoiou o queixo na mão. – Por que não está conseguindo dormir? Quer conversar sobre alguma coisa?

Emma encostou a cabeça à bancada e suspirou. Havia *muitas* coisas sobre as quais ela queria conversar. Não podia falar do assassinado de Sutton, mas talvez pudesse ouvir alguns conselhos sobre Ethan.

– Eu magoei um garoto de quem gosto e não sei como consertar as coisas – deixou escapar.

A expressão da sra. Mercer foi compreensiva.

– Tentou se desculpar?

Houve um leve rumor quando a máquina de gelo depositou mais cubos no freezer.

— Eu tentei... mas ele não quis ouvir — disse Emma.

— Bom, talvez você precise tentar de novo. Descobrir o que fez de errado e depois como corrigir o erro.

— Como faço isso? — perguntou Emma.

A sra. Mercer se debruçou na cadeira e passou os dedos por um pano de prato com estampa de abacaxi.

— Às vezes, atitudes falam mais do que palavras. Mostre a ele que está arrependida, e com sorte tudo vai se resolver. Seja a melhor Sutton possível. Ele precisa entender que as pessoas cometem erros de vez em quando. E se não conseguir perdoá-la, não vale a pena ficar com ele.

Emma pensou naquilo por um instante. A mãe de Sutton estava certa: ela só tinha cometido um erro, nada mais. E talvez não pudesse ser a melhor Sutton possível, mas sem dúvida podia ser a melhor Emma. Ethan dissera que Emma tinha se esquecido de quem era: a gêmea boa. Aconteciam tantas coisas que era difícil manter sua identidade — e saber o que queria. As necessidades de Emma pareciam muito secundárias em comparação ao que tinha acontecido com Sutton. Querer qualquer coisa além de continuar viva e solucionar o assassinato de sua irmã parecia supérfluo.

Ela se endireitou na cadeira, sentindo-se determinada. Só precisava se ater ao plano. Provaria que Thayer tinha assassinado sua irmã. Desse jeito, poderia voltar a ser Emma Paxton. Mas nesse meio-tempo se comportaria de uma maneira da qual pudesse se orgulhar, mesmo que suas atitudes não tivessem muito a ver com Sutton.

Emma se levantou e abraçou a sra. Mercer.

— Obrigada, mãe. Isso era exatamente o que eu precisava ouvir.

A sra. Mercer a abraçou por um instante, depois se recostou e olhou surpresa para a garota que pensava ser sua filha.

— Esta é a primeira vez que você me agradece por lhe dar um conselho.

— Bom, talvez eu devesse ter agradecido há muito tempo.

Quando minha mãe encurralou Drake e o guiou escada acima, senti uma pontada de culpa. A julgar pelo que ela acabara de dizer e o que eu já tinha percebido sobre meu relacionamento com meus pais, duvidava de que eu e minha mãe tivéssemos tido uma conversa sincera no meio da noite quando eu era viva. Eu não valorizava nem um pouco a opinião de meus pais, o que talvez fosse um erro – mais um de uma longa lista de arrependimentos que eu não podia corrigir.

Voltei minha atenção para Emma, que estava sentada com o queixo apoiado na mão e um sorriso distante. Embora eu soubesse que era errado, uma amarga pontada de ressentimento me percorreu. Emma estava tendo dificuldades em se lembrar de quem era, mas pelo menos ainda tinha um corpo, uma identidade. Na verdade, *duas* identidades – a dela e a minha. E agora precisava viver por nós duas.

22

QUEM PROCURA ACHA

Nos dois dias seguintes, Emma tentou ser fiel a sua decisão, manter a cabeça erguida e realizar atos aleatórios de gentileza típicos de Emma, mesmo que não fossem completamente Suttonianos. Ela retuitou os últimos posts das Gêmeas do Twitter sobre a dificuldade de encontrar roupas dignas da beleza delas com um LOL. Elogiou o *backhand* de Charlotte durante o treino de tênis. E até disse a Nisha Banerjee que sua presilha de cabelo era fofa. Nisha ficou perplexa – e meio desconfiada –, mas agradeceu.

Mas Emma não teve nenhum sucesso com Ethan ou Laurel. Na quarta-feira, deixou Laurel comer o iogurte de romã que estava no refrigerador da fila do refeitório, sabendo que era o preferido dela, mas Laurel se limitou a grunhir e pegá-lo com avidez. Quando Emma viu Ethan no corredor, ele ajeitou a mochila no ombro e atravessou depressa o corredor para evitá-la.

Na quinta-feira, depois do treino de tênis, ela esquadrinhou os carros no estacionamento e percebeu que certo Volkswagen não estava em sua vaga habitual. Soltou um longo gemido.

– Laurel deixou você outra vez? – Madeline apareceu atrás de Emma, carregando uma pilha de livros. Seus olhos azuis brilhavam e brincos de pena roçavam seus ombros.

– Deixou – disse Emma, incapaz de esconder a irritação. – Ela está sendo uma verdadeira vadia esta semana.

Madeline soltou a primeira risada real que Emma ouvia dela em semanas.

– Está mesmo. – Ela tocou o cotovelo de Emma. – Não se preocupe. Ela vai superar. Eu superei.

Dois calouros passaram atrás dela, segurando patins e se cutucando. Um encarou Emma e abriu um imenso sorriso. Ele assentiu na direção dela e acenou sem pressa. Emma retribuiu o sorriso em mais um ato de gentileza típico de Emma.

Madeline pegou a chave do carro na bolsa de couro.

– Quer uma carona para casa?

Emma olhou para o chaveiro de Madeline.

– Na verdade, estou indo para a delegacia. Finalmente vou pegar meu carro.

Madeline se sobressaltou um pouco ao ouvir a palavra delegacia, depois franziu a testa.

– Ele não estava no pátio?

O estômago de Emma se contraiu. As amigas de Sutton achavam que seu carro tinha sido rebocado por ter acumulado multas demais e que ela ainda não tinha ido retirá-lo. Não sabiam que Sutton havia pegado o carro no dia de sua morte.

Ou que o havia usado para buscar Thayer. *Ou* que talvez tivesse atropelado Thayer com ele.

— Hum, o pátio estava cheio, então eles o colocaram no terreno que fica atrás da delegacia — improvisou Emma, torcendo para que Madeline acreditasse. Ela detestava mentir, mas não diria que o carro de Sutton na verdade estava retido como evidência por causa do sangue de seu irmão. Por sorte, Madeline se limitou a dar de ombros e destrancou seu SUV com dois bipes altos.

— Entre. Vou lhe poupar a caminhada de dois quarteirões.

Emma entrou e colocou a bolsa no colo.

— E aí, animada para ir à casa da Charlotte amanhã? — perguntou Madeline ao virar a chave na ignição. — Já faz tempo que não jantamos na casa dos Chamberlain. Estou com saudades da comida da Cornelia. Não seria maravilhoso ter um chef pessoal?

Emma soltou um *hum* concordando, lembrando-se de que as garotas tinham mesmo marcado um jantar na casa de Charlotte. O fato de os Chamberlain terem uma chef pessoal não era uma surpresa para ela — a casa deles era enorme.

— Claro, eu não deveria dizer isso. — Madeline fez uma careta. — Se meu pai me ouvisse falar que gostaria de ter um chef pessoal, diria que sou mimada e gananciosa. — Ela revirou os olhos e tentou rir com leveza, mas seu rosto se contraiu.

Emma mordeu o lábio inferior, percebendo o sofrimento de Madeline.

— Sabe, se quiser falar mais sobre seu pai, estou aqui.

— Obrigada — disse Madeline delicadamente. Ela enfiou a mão na bolsa rosa-choque metálica da Not Rational, retirou os óculos escuros do estojo e os colocou.

— Está tudo bem? As coisas estão melhorando? — insistiu Emma.

Madeline esperou até sair do estacionamento para voltar a falar.

— Está a mesma coisa, acho. Odeio ir para casa. Meu pai anda pela casa arrastando os pés e ele e minha mãe não estão se falando no momento. Acho que nem estão dormindo no mesmo quarto. — Seus lábios brilhantes se contraíram em uma linha reta.

— Você sabe que é sempre bem-vinda em minha casa — disse Emma.

Madeline olhou para ela com gratidão.

— Obrigada — suspirou ela. Depois, tocou o braço de Emma. — Você nunca me ofereceu isso.

Senti uma pontada de irritação. Eu teria oferecido se soubesse que Madeline precisava.

Um minuto depois, elas chegaram à delegacia e Madeline deixou Emma no meio-fio.

— Sutton? — chamou ela, inclinando-se para fora da janela. — Estou muito feliz por termos feito as pazes. Acho que não digo isso com frequência, mas você é minha melhor amiga.

— Também estou muito feliz — disse Emma, com o coração enternecido.

Quando ela entrou, a mesma recepcionista que estivera ali na última vez levantou os olhos de seu tabloide e avaliou Emma.

— Você de novo? — perguntou ela, entediada.

Que profissional.

— Estou aqui para pegar meu carro, que estava retido como prova — disse Emma com um tom incisivo.

A recepcionista se virou e tirou o fone do gancho.

— Um momento.

Emma virou as costas e olhou o quadro de cortiça. O pôster de DESAPARECIDO de Thayer tinha sido removido e substituído por um anúncio de HECTOR, O MECÂNICO HONESTO QUE VOCÊ INDICA AOS AMIGOS.

Um instante depois, a recepcionista apontou para o lado de fora, onde um guarda atarracado estava diante de uma cerca de arame.

— O oficial Moriarty vai ajudar você — disse ela, torcendo a língua para formar uma bola de chiclete. Um cheiro açucarado de uva flutuou pelo ar da sala de espera.

Emma saiu, encontrou o oficial Moriarty e assinou a papelada do carro de Sutton. O policial destrancou a cerca e a conduziu por uma empoeirada fileira de veículos. BMWs e Range Rovers misturavam-se orgulhosamente às latas-velhas arruinadas que davam a impressão de que não andariam nem mais dez quilômetros.

— Aqui estamos — disse o oficial Moriarty, indicando um carro antigo verde, com as partes cromadas muito bem-polidas. Emma observou o veículo, impressionada. Tinha linhas elegantes e um toque retrô, o tipo de carro que ela mesma teria escolhido se pudesse pagar. Era o máximo.

Claro que era o máximo. Soltei um gritinho ao rever meu carro. Mas a sensação foi confusa. Eu não podia sentir o couro macio contra as pernas ao me sentar no banco do motorista. Não podia trocar a marcha e sentir o carro responder. Não podia sentir o vento no cabelo ao dirigir pela Rota 10 com as janelas abertas.

Emma pegou a chave com o policial. Ela inspecionou o interior do carro, procurando o sangue que a polícia tinha encontrado, mas não viu nada além de um leve amassado no ponto onde Sutton devia ter atingido a perna de Thayer. Talvez eles o tivessem limpado. Em seguida, abriu a porta do motorista e se largou no banco de couro. Uma sensação estranha tomou conta dela. Algo naquele carro invocava Sutton de uma maneira muito distinta, como se sua irmã gêmea estivesse presente. Ela fechou os olhos e quase conseguiu imaginar a irmã ao volante, jogando o cabelo e rindo de alguma coisa que Charlotte ou Madeline tivessem dito. Emma brincou com o pingente prateado de anjo da guarda que pendia do espelho retrovisor, jurando que conseguia sentir um traço do perfume de Sutton no ar. Ela sabia que sua irmã gêmea teria ficado irritada se soubesse que o carro estava sendo examinado pela polícia.

Vou cuidar bem dele para você, pensou Emma quando bateu com os dedos no volante forrado de couro.

Eu sorri. Ai dela se não cuidasse.

Alguém bateu os dedos no vidro. Emma se sobressaltou, olhou para cima e viu o oficial Moriarty. Ela abriu a janela devagar.

— Posso ajudar em mais alguma coisa, srta. Mercer? — perguntou com um tom áspero.

— Não, senhor, estou bem — disse Emma, forçando um tom inocente e confiável. — Muito obrigada por sua ajuda.

— É melhor ir andando — ordenou ele, com o dedão enfiado no cinto.

Emma assentiu e fechou a janela, depois enfiou a chave na ignição. Não precisou ajustar os espelhos ou o banco — estavam perfeitos para ela, assim como tinham sido para Sutton. Quando estava saindo do estacionamento, algo no banco do carona chamou sua atenção. Havia alguma coisa alojada na prega de couro entre a parte de trás do banco e o chão do carro. Parecia um minúsculo pedaço de papel.

Ela dirigiu pela estrada até que a delegacia estivesse fora de vista, parou no acostamento e colocou o carro em ponto morto. Sua atenção se voltou para o papel preso no banco. Ela o puxou, com as sobrancelhas franzidas. Finalmente, ele se soltou. Era um pequeno pedaço de papel com as palavras DR. SHELDON ROSE rabiscadas. Ela reconheceu de imediato a letra angulosa por causa da carta que encontrara no fundo do armário de material esportivo de Sutton. Era de Thayer.

Seu coração disparou. Ela olhou para trás bem na hora em que um carro de polícia saiu do estacionamento com a sirene ligada. Por alguns segundos agoniantes, Emma teve certeza de que os policiais estavam atrás dela – talvez tivessem plantado aquela evidência importante no carro como teste, e ela estivesse encrencada por não tê-la devolvido. Mas a viatura passou voando por ela, o policial ao volante olhava direto para a frente. Ela soltou um longo suspiro. A polícia não estava atrás dela. Eles nem sabiam o que ela tinha encontrado.

Eu só esperava que aquilo levasse a uma resposta.

23

O TESTE DO PSICOPATA

Emma dirigiu exatamente 2,5 quilômetros antes de parar o carro outra vez, desta vez no estacionamento do jardim botânico de Tucson. Havia flores coloridas do outro lado dos portões. Beija-flores voavam até os alimentadores. Mas os jardins estavam fechados naquela tarde, e o estacionamento, quase vazio. Era o lugar perfeito para sentar e pensar. Ela não conseguiria esperar até chegar em casa e descobrir quem era o dr. Sheldon Rose. Precisava investigar aquilo *naquele instante*.

Pegando o iPhone de Sutton no banco do passageiro, Emma digitou DR. SHELDON ROSE no mecanismo de busca. Em segundos, os resultados apareceram, listando dezenas de médicos de todo o país. Gastroenterologistas. Cardiologistas. Um homem que fazia "Limpeza de Chacras". Havia testemunhos de pacientes, endereços e números de telefone. Trabalhos publicados por vários médicos chamados Sheldon Rose apareceram com títulos como *O cérebro em ação* e *Fígado saudável, vida saudável*. E também havia médicos com Ph.D. – um Sheldon Rose que ensinava literatura vitoriana na Universidade da Virgínia, um Sheldon Rose que trabalhava com terapia contra o fumo em New Hampshire e outro que dirigia o Departamento de Ciência de Computadores do MIT.

Emma clicou no link de um clínico geral; talvez Thayer tivesse contraído algum tipo de gripe ou infecção enquanto estava escondido. O site mostrava seis médicos que trabalhavam em uma clínica num prédio de tijolos brancos chamada Wyoming Health. O dr. Sheldon Rose, de Casper, Wyoming, a olhava com uma expressão presunçosa no rosto com marcas de varíola. Não parecia ser a resposta certa.

Um carro buzinou na rua. Um monte de adolescentes passou em bicicletas BMX. Uma sombra na lateral do posto de gasolina do outro lado da rua chamou a atenção de Emma, mas, quando ela olhou com mais cuidado, não viu ninguém ali. *Acalme-se*, pensou ela. *Ninguém está seguindo você. Ninguém sabe que você está aqui.*

Ela rolou para a página seguinte dos resultados. Não sabia bem o que procurava – ou quanto tempo demoraria para encontrar –, mas tinha de haver *alguma coisa*, e ela saberia quando visse. Clicou em link após link, um beco sem saída atrás do outro. Depois de dez minutos, ela estava a ponto de desistir quando, de repente, encontrou o site de um dr. Sheldon Rose em Seattle, Washington. Quando o abriu, perdeu o fôlego. Na home page havia o emblema de uma águia com as asas abertas e a cabeça erguida para a esquerda. Ela tinha pequenas iniciais sob as garras: SPH. Parecia a mesma águia da tatuagem de Thayer.

Seu pulso se acelerou quando clicou nos links. Uma foto do dr. Sheldon Rose a encarava com olhos pretos praticamente escondidos por óculos de armação grossa vermelha. Sua cabeça raspada e maxilar largo o faziam parecer mais um leão de chácara de um bar de motociclistas do que um médico. Uma sensação de enjoo tomou Emma enquanto ela lia a biografia. DR. SHELDON ROSE É UM PSIQUIATRA ESPECIALIZADO EM COMPORTAMENTO PSICOPATA E OUTROS TRANSTORNOS MENTAIS EXTREMOS. Ele tratava seus pacientes no Hospital Psiquiátrico de Seattle – SPH. Um hospital *psiquiátrico*. As palavras na pequena tela se embaçaram diante dos olhos de Emma. Será que Thayer tinha sido internado em um hospital psiquiátrico? Era por isso que tinha uma tatuagem de águia no braço? E o que isso revelava sobre seu estado na noite do desaparecimento de Sutton?

Pensei outra vez em como Thayer estava furioso quando me perseguiu pela trilha. Era como se algo dentro dele tivesse mesmo se descontrolado. Ou talvez ele tivesse parado de tomar os remédios.

Emma pegou o celular de Sutton com os dedos trêmulos e discou o número principal do hospital. Ela ouviu um toque antes de uma mulher atender e anunciar:

– Hospital Psiquiátrico de Seattle.

– Estou ligando para saber se vocês trataram um paciente aí – disse Emma. – O nome dele é...

– Desculpe, senhora. Isso é confidencial. Não podemos dar nomes de pacientes. – Um *clique* irritado veio do outro lado da linha.

Dã. Claro que eles não dariam esse tipo de informação. Emma passou a mão pelo cabelo, tentando imaginar como descobriria aquela informação. Um caminhão de lixo passou roncando. O vento ficou mais forte, trazendo com ele uma mistura do cheiro de lixo apodrecido com flores do jardim botânico. Emma olhou de novo para o posto de gasolina do outro lado da rua, procurando a sombra fantasmagórica. Quando se convenceu de que não havia ninguém ali, pigarreou e discou o mesmo número.

— Hospital Psiquiátrico de Seattle. — Desta vez era a voz de um homem.

— Estou ligando para falar com o dr. Sheldon Rose — disse Emma, adotando um tom profissional.

— Quem deseja falar com ele? — A voz parecia entediada, como se o homem quisesse estar em qualquer outro lugar do mundo que não na recepção.

— Dra. Carole Sweeney — entoou Emma, inventando o nome de uma médica. Era sua pediatra favorita, e ela tivera pelo menos uma dúzia de pediatras. Durante os dez meses que passou com uma família adotiva no norte de Nevada, a dra. Sweeney tratara Emma e as outras seis crianças do lar temporário. Sua mãe adotiva não tinha como pagar uma babá, então, toda vez que um dos seis ficava doente, ela arrastava todos para o consultório. A sala de espera da dra. Sweeney era cheia de blocos de montar nas cores do arco-íris, bichos de pelúcia puídos e livros para colorir espalhados sobre uma mesa de plástico vermelha no centro. A dra. Sweeney nunca brigava quando Emma e seus irmãos adotivos corriam uns atrás dos outros em volta da mesa, fazendo uma barulheira.

— Aguarde um momento, por favor — pediu a voz masculina.

O coração de Emma martelava. Uma música de piano tilintou pelo telefone enquanto ela esperava.

– Consultório do dr. Rose – disse uma mulher.

– O doutor está disponível? – Emma tentou parecer apressada e importante.

– Não, não está, quer deixar um recado?

– Quem está falando? – perguntou Emma.

Houve uma inspiração aguda do outro lado da linha.

– É Penny, enfermeira do dr. Rose – respondeu a mulher.

– Aqui é a dra. Carole Sweeney, do Tucson Medical – disparou Emma, ainda com a voz apressada, como se estivesse em meio a uma situação de vida ou morte. – Acabo de receber um paciente chamado Thayer Vega. Ele está em estado grave.

– Estado grave? Como assim?

Emma sentiu uma pontada de culpa. Odiava mentir assim.

Mas eu estava impressionada. Aquela era a mesma garota que questionava a moralidade do Jogo da Mentira e dos trotes que dávamos? E ali estava ela, fazendo-se passar por uma médica – o que *sem dúvida* era ilegal – para obter informações confidenciais. Ora, ora, fazer o papel de Sutton Mercer a tinha modificado.

– Ele está, hum, inconsciente – continuou Emma. – Só preciso saber quando vocês lhe deram alta.

A enfermeira soltou um suspiro exasperado.

– Um momento. – Seus dedos clicaram nas teclas do computador. – Ah, sim. Thayer Vega iniciou e interrompeu o tratamento algumas vezes e saiu definitivamente no dia 21 de setembro deste ano, contra as ordens do médico. Agora, qual é mesmo o seu nome? De que hospital está falando?

Emma desligou na hora. De repente, começou a tremer tanto que o telefone caiu de suas mãos e foi parar a seus pés no chão do carro. Incredulidade e medo se misturavam em sua mente. Era verdade. Thayer estivera em um hospital psiquiátrico... tinha iniciado e interrompido o tratamento e depois saído *contra as ordens do médico*. Sem estar curado. À solta. Ele podia ser – *devia* ser – um psicopata.

E eu podia ter mexido com o cara errado.

24

QUEM VOCÊ PENSA QUE É?

– Esta noite vai ser incrível – disse Charlotte na manhã de sexta-feira ao percorrer com Emma a ala de ciências do Hollier. O ar tinha cheiro de substâncias químicas queimadas e gás dos bicos de Bunsen. – Cornelia está planejando um jantar maravilhoso para nós. Vamos nos encontrar em minha casa, comer e nos arrumar, depois a gente prepara a festa secreta. Pode ser?

– Claro – disse Emma, cautelosa, olhando para seu joelho que aparecia pelo jeans cuidadosamente rasgado de Sutton. Ela nunca entenderia a razão para comprar um jeans de trezentos dólares que era *feito* para parecer velho. Por que não ir a um brechó de caridade e comprar uma calça puída de verdade?

Hum, porque coisas de segunda mão não são descoladas... Não me importava se Emma era talentosa para transformar roupas baratas em looks estilosos. As grifes sempre reinaram em meu mundo.

— Vejo você mais tarde! — entoou Charlotte alegremente quando elas viraram para a ala de línguas estrangeiras, a caminho da aula de espanhol, enquanto Emma entrava na sala de alemão. Ainda havia conjugações verbais escritas em giz branco desbotado no quadro-negro, e alguém desenhara um boneco de palitinhos mal-humorado com uma bolha de sonho que dizia EU PREFERIRIA ESTAR EM QUALQUER OUTRO LUGAR, MENOS AQUI. O leve cheiro de cola flutuava no ar. Emma viu Ethan inclinado sobre uma carteira no canto da sala. Ele levantou os olhos e logo os desviou. O estômago dela revirou.

Frau Fenstermacher ainda não estava na sala e Emma foi até a cadeira onde Ethan estava. Ela ficou ali parada por quase dez segundos, mas ele fez questão de não retribuir seu olhar.

— Precisamos conversar — disse ela, enfim, com a voz determinada.

— Eu não acho — retrucou Ethan, ainda com o rosto virado para a janela.

— *Eu* acho. — Emma segurou o braço de Ethan até ele se levantar, e o puxou para fora da sala. Alguns adolescentes pararam e olharam, provavelmente se perguntando por que Sutton Mercer estava puxando Ethan Landry pela mão. Mas Emma não se importava com quem visse. Precisava resolver aquilo com Ethan *já*.

Um pequeno grupo de alunos entrou pelo corredor, acotovelando-se nos últimos instantes antes do sinal. Emma olhou para a esquerda e viu a silhueta sem forma de Frau

Fenstermacher se aproximando. Ela puxou Ethan para o corredor ao lado, torcendo para não terem sido vistos. Eles passaram por duas portas de vidro que davam para um longo trecho de grama que margeava a pista de corrida.

Ethan enfiou as mãos nos bolsos de sua bermuda cargo cor de lama.

— É melhor voltarmos para dentro.

— Preciso falar umas coisas — interrompeu Emma, indo na direção da pista. — E você precisa ouvir.

Ela abriu o portão e eles atravessaram o trecho de gramado que se estendia diante da linha de partida branca. Obstáculos prateados haviam sido arrumados em colunas retas. Uma garrafa de água estava virada ao lado de uma prancheta esquecida. Eles subiram as arquibancadas devagar, com os sapatos retinindo nas placas de metal. Emma entrou por uma fileira no meio da arquibancada. O vento batia em seu rosto. Ela prendeu o cabelo longo em um rabo de cavalo e virou-se para Ethan.

— Não quero dar um trote em você — disse ela. — Nunca quis e não vou deixá-las fazer isso. Só é difícil, com tudo que está acontecendo, saber qual é a melhor maneira de cancelar tudo sem me entregar.

Ethan fingiu estar fascinado pela costura dos bolsos. Dois alunos da aula de design de moda passaram correndo de bicicleta, também matando aula, pelo visto.

— Ethan — pediu Emma, com a voz carregada de frustração. — Fale comigo! Desculpe! Não sei mais o que dizer. Por favor, não fique mais zangado comigo.

Por fim, Ethan suspirou e olhou para as palmas de suas mãos abertas.

— Tudo bem. Eu também peço desculpas. Acho que quando você disse que as amigas de Sutton me dariam um trote... eu pirei.

— Mas por que não acreditou quando falei que *eu* não faria isso?

Ethan balançou a cabeça. Quando finalmente falou, suas palavras saíram lentas e tensas.

— É que você se parece *demais* com ela. Está usando as roupas dela. Está andando com as amigas dela. Colocou até o relicário.

— E daí?

Um músculo do pescoço de Ethan se contraiu. Quando ele desviou os olhos, Emma percebeu que havia algo mais, algo que ele não estava contando. Ele a encarou e Emma viu uma centelha de tristeza passar por seus olhos claros.

— Eu nunca lhe contei isso — explicou ele, enfim. — Mas durante o primeiro ano, logo depois que Sutton e as amigas começaram o Jogo da Mentira, elas me deram um trote. Foi horrível e arruinou minhas chances de conseguir uma bolsa de ciências em um programa que eu queria mais do que tudo. Minha família não tinha dinheiro para me mandar por conta própria. Minha vaga já estava praticamente garantida, mas depois do trote... eu a perdi. — Ele fazia um som estridente ao bater o tênis contra as arquibancadas. — Achei que tivesse superado, mas parece que não.

Eu pairava ali perto, sentindo-me péssima. Aquele era mais um exemplo de como meus trotes tinham prejudicado as pessoas. Tentei me lembrar do trote em Ethan, mas não consegui ver nada. A única memória que tinha de Ethan era de quando ele interrompeu o trote do estrangulamento que minhas amigas estavam me dando no deserto. Por uma fração de segundo, senti pura gratidão por ele ter me salvado... mas depois fiquei irritada por ter visto o quanto eu estava assustada.

— O que elas fizeram? — perguntou Emma.

Ethan deu de ombros.

— Não importa. Basta dizer que acabaram com minhas chances.

Emma pegou a mão de Ethan e apertou com força.

— Ouça, eu não sou a Sutton, ok? Talvez sejamos parecidas em algumas coisas, mas eu nunca magoaria você. Acredite.

Ethan assentiu lentamente, entrelaçando os dedos aos dela e os apertando também.

— Eu sei. Juro. E desculpe por ter me distanciado tanto. Eu deveria ter acreditado em você.

Houve uma longa pausa. Os dois observaram um bando de melros pousar no meio da pista e depois levantar voo outra vez.

— Sabe o que devíamos fazer? — disse Emma devagar, incapaz de evitar o sorriso que se espalhava por seu rosto. — Bolar um plano para enganá-las.

— As amigas de Sutton? — Ethan olhou para ela, incrédulo. — Tem certeza?

— Absoluta. Eu gosto delas, mas acho que precisam provar do próprio veneno. Estou cansada de dar trotes nas pessoas e, talvez, se conseguirmos ser mais espertos do que elas, o Jogo da Mentira perca o brilho. — Ela se virou no banco da arquibancada e ficou de frente para Ethan. — Por enquanto, as amigas de Sutton estão planejando roubar seus poemas antes da competição de poesia e colocá-los na internet com o nome de outra pessoa. Elas querem que pareça que você o plagiou.

Ethan soltou um assobio.

— Uau, golpe baixo. — Seus olhos claros ficaram sombrios quando ele olhou para a pista. — Por que elas fariam isso comigo?

Uma nuvem passou sobre o sol e Emma observou a própria sombra desaparecer.

— Laurel está furiosa comigo por causar problemas ao Thayer. Essa é sua ideia de vingança. Ela sabe que eu... — ela engoliu em seco, constrangida — ... *gosto* de você e está pisando no meu calo.

Um sorrisinho brincou nos lábios de Ethan.

— Entendo. Talvez possamos nos encontrar no lugar de sempre e trocar ideias.

— Bom, acho que vamos ter que achar outro lugar já que agora Laurel descobriu que nos encontramos lá — comentou Emma. Ela se sentia confortável e segura por dentro. Ainda bem que Ethan tinha voltado a falar com ela. — Agora que isso foi resolvido, preciso contar mais uma coisa — disse ela, esquadrinhando a pista para se certificar de que ainda estavam sozinhos.

As sobrancelhas de Ethan se ergueram.

— Mais sobre o caso?

Quando Emma lhe contou que o sangue no carro correspondia ao de Thayer, e não ao de Sutton, Ethan a encarou com perplexidade.

— Isso não é tudo — continuou Emma. — Fui pegar o carro de Sutton no terreno da delegacia e encontrei uma coisa estranha. — Ela explicou sobre o pedaço de papel com o nome do dr. Sheldon Rose, e como o tinha rastreado até um hospital psiquiátrico em Seattle. — A enfermeira do dr. Rose disse que Thayer saiu em 21 de setembro. *Contra as ordens do médico.*

Ethan a encarou com o rosto lívido.

— Thayer estava em uma clínica para doentes mentais? — perguntou ele, balançando a cabeça. Ele pressionou as palmas das mãos contra as de Emma. — É ele. Só pode ser. Ele perdeu a cabeça e matou Sutton. O que o impediria de fazer a mesma coisa com *você*? — Ele apertou as mãos dela. — Como vou proteger você?

Emma respirou fundo, sentindo-se um pouquinho mais segura, agora que tinha Ethan outra vez a seu lado.

— Você não tem como me proteger — disse ela, observando o rosto de Ethan murchar quando ele ouviu suas palavras. Ela apertou as mãos dele e continuou: — Precisamos encontrar provas de que foi ele. Só vou me sentir segura outra vez quando Thayer estiver atrás das grades... para sempre.

Uma das portas da escola bateu com um ruído alto, e ambos olharam para a frente. O sinal tocou, indicando que o período terminara. Emma tinha matado a aula inteira. Em sua antiga vida, ela nunca se atrasava para a aula. Mas, para fazer as pazes com Ethan, valia a pena.

— É melhor voltarmos lá para dentro — sugeriu ela suavemente.

— Precisamos mesmo? — perguntou Ethan. — Prefiro passar a tarde inteira com você.

— Eu também — murmurou Emma. Em seguida, ela se virou para Ethan e teve uma ideia. — As amigas de Sutton estão planejando uma festa secreta, e tenho de estar lá mais cedo para ajudar a arrumar. Quer ir? Sei que festas não são a sua praia, mas acho que está na hora de fazermos alguma coisa para tirar da cabeça o fato de que estou sendo perseguida por um psicopata.

— Isso não tem graça — disse Ethan, passando a mão pelo cabelo. — Mas... — Ele olhou para seus tênis. — Tem certeza? Suas amigas vão estar lá. Sair comigo não é algo que Sutton faria. E vai arruinar nosso plano do trote.

Emma pensou por um instante.

— Bom, então deixamos o trote para lá. A melhor maneira de cancelar o trote da poesia é aparecermos juntos na festa. E, mesmo que isso não seja algo que Sutton faria, é o que *eu* quero fazer — disse Emma bravamente. Agora que ela tinha decidido abrir o jogo, não queria ficar nem um minuto longe dele.

25

TOQUEM O ALARME

Naquela noite, Emma dirigiu o Volvo pela entrada circular da casa de Charlotte e desligou o carro. Os Chamberlain moravam em uma casa de pedra de seis quartos com duas sacadas que se projetavam do segundo andar. Sua grandiosidade ainda deixava Emma sem fôlego, embora já tivesse entrado ali várias vezes. Nunca tinha conhecido gente tão rica.

Laurel abriu a porta do carro e saiu, sem se dar o trabalho de agradecer a Emma pela carona. Elas tinham ido juntas porque não queriam levar carros demais para a festa e chamar a atenção da polícia. Emma tinha pensado em deixar Laurel em casa para se vingar por todas as vezes que ela a havia abandonado no tênis, mas chegou à conclusão de que aquilo não ajudaria a reaproximá-las.

Antes que uma das duas tocasse a campainha, a porta se abriu e Madeline sorriu para elas, usando um vestido franzido vermelho vivo que ia até o meio das coxas.

— Olá, queridonas! — exclamou ela em um tom exagerado. — Bem-vindas ao jantar! Vocês duas estão deslumbrantes!

— Obrigada — disse Emma, acanhada, olhando para o vestido verde-esmeralda de um ombro só que encontrara no closet de Sutton. Tinha sido uma agonia escolher uma roupa, e ela havia experimentado pelo menos seis vestidos antes de decidir usar aquele. Queria algo especialmente bonito para combinar com seu penteado novo e sua maquiagem aplicada com esmero. Era a primeira vez que ela e Ethan seriam vistos juntos em público, e fofoqueiros intrometidos sem dúvida tirariam toneladas de fotos para o Facebook e o Twitter. Era irônico: em suas antigas escolas, Emma desejava em segredo fazer parte dos grupos populares cujas vidas pessoais eram exibidas nas páginas das redes sociais. Mas agora que *era* uma dessas garotas, só queria que a deixassem em paz.

A grama do vizinho é sempre mais verde, é o que dizem.

Laurel e Emma seguiram Madeline por um longo corredor que levava à imensa cozinha dos Chamberlain. Parecia uma daquelas cozinhas que mostravam na *House Beautiful*, uma revista da qual Glenda, mãe de Alex, sempre arrancava páginas e depois as guardava em uma pasta que batizara de casa dos sonhos. O ar cheirava a carne assada, pão fresco e, claro, o perfume Chance da Chanel, de Charlotte. Por um instante, Emma olhou para a ilha da cozinha, onde o agressor desconhecido tinha aparecido por trás dela e puxado o relicário contra sua garganta.

Só que o agressor *não era* mais desconhecido. Era Thayer. Emma olhou para Madeline, sentindo uma pontada de constrangimento. O que Mads faria quando soubesse que seu adorado irmão era um assassino? É claro que ficaria arrasada: não apenas descobriria que sua melhor amiga estava morta, como perderia Thayer.

– Refrigerante, meninas? – Charlotte saiu de trás da porta da geladeira. Estava usando um vestido preto justo com triângulos de couro que se cruzavam sobre sua cintura levemente volumosa. Era um vestido que Emma não achava que ficava bem nela, mas não se atreveu a dizer nada.

– Pena que não pode ser champanhe! – gorjeou uma voz. A sra. Chamberlain apareceu, vinda da sala de jantar, e colocou a mão no ombro de Charlotte. – Se vocês não fossem a essa festa e passassem a noite aqui, eu abriria uma garrafa de Veuve Clicquot. Mas não posso deixá-las beber e dirigir!

– Tudo bem, mãe – disse Charlotte, parecendo um pouco envergonhada. Se existisse um *Real Housewives* de Tucson, a mãe de Charlotte sem dúvida estaria no elenco. Ela parecia dez anos mais nova do que era, o que, segundo Charlotte, era o resultado de injeções mensais de Botox e horas no aparelho elíptico, e usava roupas muito mais estilosas que as da maioria das alunas do Hollier. No momento, estava com um vestido preto justo que exibia seu colo cirurgicamente aprimorado. Emma também achava que ela queria ser a melhor amiga de Charlotte, e não sua mãe. Era o oposto de mães adotivas que só se dirigiam às crianças de que cuidavam para gritar ou pedir que mentissem aos assistentes sociais, de forma que elas recebessem os cheques mensais.

— Bom, estou animadíssima por vocês terem vindo — continuou a sra. Chamberlain, levando as garotas para a sala de jantar. A mesa estava posta para cinco pessoas, e havia cartões demarcando os lugares como se elas estivessem em um casamento. Emma estava ao lado de Charlotte e diante de Madeline.

Quando a sra. Chamberlain foi para a cozinha pegar taças para todas, Emma se inclinou para a frente.

— Onde estão as Gêmeas do Twitter? — De repente, ela tinha se dado conta de que ninguém enviava mensagens de texto à mesa.

Laurel olhou de relance para Madeline e Charlotte, depois deu de ombros.

— Você não soube? Elas estão no cabeleireiro. Juro, o fato de elas terem sido convidadas para a primeira festa supersecreta como integrantes do Jogo da Mentira está subindo completamente à cabeça delas.

Charlotte analisou os cartões, depois olhou para a mãe, que tinha acabado de voltar à sala de jantar.

— Não precisamos de outro copo para o papai?

Uma expressão tensa cruzou o rosto da sra. Chamberlain.

— Ele não vem — disse ela rapidamente. — Ficou preso no trabalho.

— De novo? — perguntou Charlotte com um toque de irritação na voz.

— Pode, por favor, pegar a garrafa de Sancerre para mim, Charlotte? — pediu a sra. Chamberlain. Houve uma longa pausa. Emma se lembrou de que tinha visto o sr. Chamberlain no Sabino Canyon no dia em que chegara a Tucson, quando ele supostamente estava fora da cidade. Talvez estivesse escondendo alguma coisa. E talvez Charlotte e sua mãe suspeitassem do que era.

Charlotte tirou uma garrafa de tom rosado de uma adega embutida no armário ao lado da pia, prendeu um abridor de garrafas sobre a rolha e serviu uma taça para a mãe. Depois pegou a própria taça de Perrier pela haste e a ergueu no ar. A sra. Chamberlain, Madeline, Emma e Laurel a imitaram.

— A um jantar fabuloso — disse a sra. Chamberlain.

As cinco brindaram e beberam. Cornelia, a chef pessoal, que tinha cabelos grisalhos armados e um rosto redondo como uma torta, chegou com um assado, batatas vermelhas, uma grande salada picada e pão de alho quente.

— Contem sobre essa festa que vocês planejaram — pediu a sra. Chamberlain depois de comer um pequeno pedaço de carne. — Onde vai ser mesmo?

— Hum, em um clube de campo do outro lado da cidade — mentiu Charlotte com tranquilidade. Elas não contariam à sra. Chamberlain que estavam indo para uma casa abandonada.

— Vai ser incrível — disse Madeline. — O Hollier inteiro vai estar lá.

— Também convidamos alunos de algumas escolas preparatórias — acrescentou Charlotte.

— O que ela quer dizer é que convidamos *garotos* das escolas preparatórias. — Laurel ajeitou uma presilha de penas no cabelo.

Charlotte lhe deu um soquinho de brincadeira.

— Fique grata por deixarmos *você* ir.

Emma olhava de uma para a outra, perplexa por elas estarem falando sobre aquilo na frente da sra. Chamberlain. Em geral, os pais não se incomodavam com festas? Mas a mãe de Charlotte sorria e assentia como se achasse tudo aquilo ótimo.

Eu me lembrava de ter muita inveja da mãe de Charlotte e desejava que a minha fosse mais parecida com ela. Mas observando de longe, vendo como minha mãe era carinhosa com Emma, eu ficava em dúvida. Será que a mãe de Char lhe dava conselhos no meio da noite ou apenas dicas de beleza e sugestões sobre cirurgia plástica? Mais uma vez, eu me dei conta de que não tinha valorizado minha mãe.

O iPhone de Sutton vibrou no colo de Emma. Ela o tirou da bolsa e olhou a tela embaixo da mesa. PODE VIR ME PEGAR?, dizia a mensagem de texto de Ethan. MEU CARRO NÃO QUER LIGAR.

Emma ficou ansiosa. Aquilo estava mesmo acontecendo. Eles iam a uma festa... juntos. CLARO, respondeu ela. CHEGO EM UMA HORA. Ela apertou enviar.

– Para quem você está escrevendo, Sutton? – perguntou Laurel, olhando para Emma do outro lado da mesa.

Emma fechou os punhos no colo.

– Isso é assunto meu – disse ela tranquilamente. As garotas saberiam quando ela e Ethan chegassem à festa; ela não precisava ser o centro da conversa da mesa naquele momento.

Conforme o jantar progredia, a sra. Chamberlain as divertia com algumas de suas lembranças preferidas da época do ensino médio, a maioria a respeito de como tinha sido rainha do Baile de Boas-Vindas por dois anos seguidos. Depois que as garotas levaram os pratos até a pia e pegaram outros para a sobremesa, Emma pediu licença para ir ao lavabo no corredor. Assim que sua mão roçou a maçaneta, ela reparou em uma luz esverdeada no fim do corredor, perto da sala. O alarme dos Chamberlain.

Ela olhou em volta. As garotas estavam na sala de jantar, tagarelando sobre o último encontro de Laurel com Caleb. A sra. Chamberlain foi até a varanda dos fundos fumar um cigarro. Ninguém estava olhando.

Ela atravessou o corredor na ponta dos pés e observou o sistema de segurança. Era um alarme simples com uma tela de LCD sensível ao toque, como a de um iPad, e botões numerados para inserir o código. Quem quer que tivesse desligado o alarme só podia ter usado os dedos. Se Thayer não tivesse limpado a tela depois de entrar, talvez suas digitais ainda estivessem ali.

– Sutton? – chamou a voz de Madeline. Emma olhou para a frente e a viu parada no corredor, observando-a. – O que está fazendo?

– Só estava olhando esta foto – mentiu Emma, apontando para uma fotografia em preto e branco de Paul McCartney quando jovem pendurada ao lado do alarme.

Ela voltou às pressas para a sala de jantar no instante em que a sra. Chamberlain entrou com mousses de chocolate em cálices individuais.

– A especialidade da Cornelia! – exclamou ela. – Vai ser *muuuuito* bom!

As garotas disseram alguns elogios e começaram a comer. Quando a sra. Chamberlain voltou para a cozinha, Laurel se debruçou sobre a mesa, com um pouco de chocolate nos lábios.

– Sabe o que mais vai ser bom? Nosso trote no Ethan Landry. – Ela olhou de relance para Emma, erguendo as sobrancelhas. – Espero que você tenha pedido a ele para nos ajudar hoje.

— Sério. — Charlotte bateu palmas. — O trote vai ser *incrível*!

Madeline gargalhou de prazer. Só Emma ficou com os olhos fixos no prato, uma sensação de enjoo no estômago.

Laurel fez um biquinho para ela do outro lado da mesa.

— O que foi, Sutton? Não acha que é um trote perfeito?

Emma engoliu um gole de Perrier, sentindo cócegas no nariz por causa da acidez borbulhante. Pelo visto, ela tinha duas opções: dobrar-se aos caprichos de Laurel e cooperar ou se defender e deixar a Antiga Emma orgulhosa. Ela respirou fundo.

— Na verdade, acho a ideia horrível — disse ela. — Já pegamos Ethan uma vez, lembram? Já decidi. Não vou fazer parte desse trote. Vocês vão ter de se virar sozinhas.

Madeline ficou decepcionada. Charlotte enrugou o nariz. As bochechas de Laurel ficaram vermelhas.

— Você *o quê*? — disparou ela.

Emma sabia que estava manchando um pouco a reputação de Sutton, mas não se importava. Ela se levantou, deixando a colher ao lado da mousse intocada.

— Charlotte, por favor, agradeça a sua mãe pelo jantar delicioso. Tenho um compromisso agora. Vejo vocês na festa. — Ela lançou um olhar a Laurel. — Você pode pegar carona com uma delas, não é?

Laurel também encarou Emma, boquiaberta. Não disse uma palavra quando Emma atravessou a sala com desenvoltura e saiu pela porta da frente de cabeça erguida. As amigas de Sutton a observaram o tempo todo. Ninguém disse nada.

E é assim que se faz uma saída dramática, pensei.

26

ABANDONADA, MAS NÃO ESQUECIDA

Emma parou o carro na entrada da garagem de Ethan, ainda orgulhosa por finalmente ter confrontado as garotas sobre o trote. Tinha no rosto um sorriso largo quando saiu do carro, mas sua expressão logo se alterou quando Ethan esgueirou-se pela porta da frente e a fechou, com a postura sorrateira e culpada de quem estava saindo escondido.

– Está tudo bem? – perguntou Emma quando Ethan cruzou correndo o gramado.

– Claro. – Ethan passou uma das mãos pelo cabelo curto. – Minha mãe só estava reclamando comigo por causa das tarefas da casa. Nada de mais.

– Já passei por isso – disse Emma. – Devo entrar e dizer oi? Eu gostaria de conhecê-la.

Houve uma pausa minúscula.

— Vamos deixar para outra hora — disse Ethan, por fim. Depois, inclinou-se para a frente e beijou a bochecha dela. — Você está linda. Adorei o vestido.

Você reparou, pensou Emma, sentindo um frio na barriga. Ela alisou a saia do vestido verde-esmeralda.

— Você também está bonito. — Ethan usava uma calça Levi's escura e uma camisa de botões justa verde-oliva que destacava seu abdômen em forma e seus ombros largos.

Emma indicou o carro de Sutton e Ethan soltou um assobio baixo de admiração, depois se sentou no banco do carona.

— Eu só tinha visto este carro de longe. A Sutton pirava se qualquer um, com exceção das amigas dela, chegasse perto dele no estacionamento. Nunca achei que entraria aqui.

— Bom, há uma nova Sutton na cidade. — Emma riu.

Isso não significa que a nova Sutton pode destruir meu carro, pensei, irritada. Ai de Emma se não cuidasse dele.

— Então, a festa vai ser em uma mansão abandonada no sopé da montanha, em um lugar chamado Legends Road — contou Emma. — Sabe onde é?

— Vou mostrar o caminho. — Ethan abriu um sorriso. — Uma casa abandonada. Que loucura. Parece muito mais interessante que as festas normais do Hollier.

Emma deu um sorriso malicioso.

— A quantas festas do Hollier você já foi, garoto solitário?

— Você me pegou. — Ethan baixou a cabeça. — Não muitas.

Houve uma longa pausa. Algo pulsava no ar entre eles. Talvez fosse porque aquela seria a primeira noite em que apareceriam juntos como casal. Quando Emma mudou a marcha e acelerou pela rua de Ethan, percebeu que seu estômago fervilhava de nervosismo. Ela olhou para ele de soslaio e notou que ele não parava de umedecer os lábios. Talvez também estivesse nervoso.

— E o que aconteceu com seu carro? — perguntou Emma.

Ethan se limitou a dar de ombros.

— Provavelmente só está com a bateria arriada. Eu resolvo isso amanhã.

Eles entraram na estrada principal e passaram pelo Sabino Canyon. Emma sentiu uma pontada de medo — era o lugar onde ela havia marcado o primeiro encontro com Sutton *e também* onde os policiais haviam encontrado o carro de sua irmã.

E talvez, pensei, *onde eu tinha atropelado Thayer... e onde ele tinha me matado.*

Emma subiu o sopé das montanhas Catalina, que cintilavam vermelhas ao sol poente. A estrada serpenteava, e Emma segurava o volante com firmeza para fazer as curvas. Quanto mais se aproximavam do norte, maiores e mais imponentes as casas se tornavam. O céu escurecia quando passaram por um luxuoso centro comercial com uma loja de vinhos, um estúdio de pilates e um monte de corretoras de imóveis, outra placa indicando o início de uma trilha e dúzias de mansões no estilo do sudoeste entre as rochas.

— Ei, é aquela a rua? — interrompeu Emma, apontando uma placa pintada de verde e amarelo na qual se lia LEGENDS ROAD.

— Parece que sim — disse Ethan, estreitando os olhos na penumbra.

Emma entrou na estrada e quase atropelou um papa-léguas que atravessou correndo a pista. Arbustos do deserto ladeavam o asfalto, e Emma contornou com o carro uma pedra que devia ter caído de um dos penhascos ao redor.

— Precisamos encontrar um lugar discreto para estacionar — explicou ela, enquanto procurava um bom ponto no acostamento. — Mads disse que não podemos parar na frente da casa porque a polícia perceberia que estamos dando uma festa ali. — Mas ela também não queria parar em qualquer lugar. O carro de Sutton tinha sido rebocado, em parte por causa de multas de trânsito não pagas. Só faltava o detetive Quinlan encontrar mais uma razão para arrastá-la até a delegacia.

A estrada ziguezagava entre um terreno ermo que se estendia de ambos os lados.

— Não existe mais nenhuma casa aqui? — perguntou Emma.

— Estranho. — Ethan olhou pela janela para um galho de árvore retorcido que se estendia como dedos em direção ao para-brisa. — Talvez o proprietário deste lugar também fosse dono das terras adjacentes. É uma maneira de garantir a vista.

Emma dirigiu por mais um quilômetro até uma alta mansão de pedra branca aparecer. Arcos ovais se elevavam no céu noturno, e venezianas imaculadamente pretas emolduravam grandes janelas. Uma sacada imensa se projetava da lateral da casa e pendia sobre um despenhadeiro com no mínimo trinta metros até um fundo rochoso. Uma placa de VENDE-SE estava caída no gramado da frente, há muito abandonado. A longa entrada circular estava vazia, assim como a estrada ao redor.

— É maravilhosa — suspirou Emma, estacionando. — Mas onde estão os carros das outras garotas? Elas já deveriam estar aqui para arrumar. — Ela checou seu relógio. Estava atrasada, já eram quase 21h45 e a festa estava marcada para dali a quinze minutos.

— Talvez haja outro caminho por trás. Ou elas estacionaram ainda mais longe para evitar suspeitas. — Ethan soltou o cinto de segurança e ambos saíram do carro.

Uma fatia prateada de lua flutuava alta no céu. Uma lufada de vento assobiou entre as pedras e soprou o cabelo de Emma sobre os ombros. Ela seguiu Ethan pelos degraus tortuosos de pedra engastados em uma pequena elevação que levava à casa.

Eles subiram os últimos metros do caminho e chegaram a uma varanda feita de granito sólido. Ethan bateu os nós dos dedos na porta da frente. Ele olhou para Emma enquanto esperavam e aproximou o ouvido da porta.

— Estranho. Não estou ouvindo ninguém lá dentro — disse ele, estreitando os olhos. — Nem música, nem nada.

Emma bateu outra vez.

— Olá? — chamou ela. Como ninguém respondeu, ela girou a maçaneta dourada e empurrou. A porta se abriu, revelando uma escadaria dupla que subia em arco para o segundo andar aberto. Um candelabro de cristal apagado pendia sobre a sala. Estrelas brilhantes eram visíveis através de enormes claraboias. Um carrilhão na extremidade direita da entrada era a única mobília visível, e, fora ele, a casa estava completamente vazia.

— Olá? — Emma chamou outra vez. As garotas já deveriam ter chegado. Sua voz ecoou pela casa vazia. Sob o fraco luar, ela via teias de aranha cintilando nos cantos. Virou-se para Ethan. — Será que elas ainda não chegaram?

— Será? — Ethan deu um passo para trás e olhou para cima, para a escada.

Tum.

Emma e Ethan se viraram. A porta da frente tinha se fechado.

Emma correu para a porta e tentou girar a maçaneta, que não se moveu.

— Quem está aí? — gritou ela. Sentiu um arrepio pelo corpo. Não havia janelas para a varanda da frente, de forma que ela não tinha como saber quem os tinha trancado ali dentro.

Ethan puxou Emma para mais perto ainda. *Tssss-tssss*. Um som semelhante ao de unhas arranhando uma vidraça ecoou pelo ar.

— O que é isso? — perguntou Emma, assustada.

— Tem alguém lá fora — disse Ethan. Ele puxou a maçaneta de novo, mas mesmo assim ela não se moveu. — Quem está aí? — vociferou ele. — Deixe-nos sair!

— Ah, meu Deus — sussurrou Emma, encostada ao peito de Ethan, agarrando as mangas de sua camisa. — E se for o Thayer? E se ele saiu mais cedo da cadeia e nos seguiu?

Uma sensação sinistra tomou meu corpo quando uma ideia horrível me ocorreu. Talvez *fosse* Thayer. E se ele tivesse descoberto que Emma havia ligado para o hospital e quisesse calá-la de uma vez por todas?

— Não vou deixar que ele machuque você — garantiu Ethan e abraçou Emma com força. — Prometo.

Outro gemido veio do lado de fora. Depois, um som de arranhão, como se alguém estivesse tentando entrar.

— Precisamos nos esconder, Ethan! — gritou Emma, olhando em volta para os cômodos vazios e paredes nuas. Ela pegou a mão dele e começou a subir as escadas, mas seu salto ficou preso no primeiro degrau. Ela tropeçou por cima de Ethan, e ele a pegou pela cintura. Outro baque. Mais arranhões horríveis. Uma sombra passou pela parede dos fundos. E em seguida um berro.

Emma respondeu com um grito, mas quando outro berro foi ouvido, ela se endireitou. Não era a voz de um homem, mas o gemido agudo de uma garota. Risadas vinham lá de fora. E de repente Emma sentiu o cheiro característico de Chance, da Chanel.

E tudo se encaixou. *Claro.*

Emma pegou a mão de Ethan.

– É um trote. *Nós* somos as vítimas. As amigas de Sutton estão brincando conosco.

Ethan não sabia o que fazer com as mãos.

Tem certeza?

Absoluta.

Os ombros dele relaxaram de alívio. Ele se aproximou de Emma e passou as mãos por seu vestido até chegar à pele macia das costas. Ele a puxou mais para perto.

– Bom, este é o melhor trote da história. Eu não me incomodaria de passar a noite inteira trancado aqui sozinho com você.

Os nervos de Emma ficaram à flor da pele por uma razão completamente diferente. Seu corpo estava tão próximo ao de Ethan que ela tentou imaginar se ele conseguia sentir seu coração batendo através da seda fina do vestido. Ela olhou para o rosto de Ethan no momento em que ele virou o rosto para beijá-la. Sentiu-se viva quando os lábios dele encontraram os seus, passando os braços pelo pescoço de Ethan e retribuindo o beijo, desejando que aquele momento nunca acabasse.

A porta se abriu com um rangido e uma lufada do frio ar noturno soprou contra as costas de Emma. Madeline irrompeu para dentro da casa, ladeada por Charlotte, Laurel e as

Gêmeas do Twitter, que estavam vestidas de preto dos pés à cabeça e tiravam várias fotos com os iPhones.

— Pegamos você! — gritou Madeline.

Charlotte bateu palmas e as Gêmeas do Twitter soltaram gritinhos animados.

— Você ficou apavorada! — gritou Gabby.

— Não fiquei, não — disse Emma rapidamente.

— Ficou, sim — disse Laurel com um sorriso malicioso. — Seu namorado novo não a protegeu? — Ela olhou para Ethan.

— Pelo menos isso explica por que você não queria dar o trote nele — disse Madeline, balançando a cabeça. — Vai nos apresentar, Sutton?

Emma olhou para as amigas de Sutton. Elas não pareciam muito irritadas ou indignadas por terem flagrado os dois se beijando — apenas excluídas. Ela pegou a mão de Ethan.

— Este é o Ethan Landry. Meu... *namorado*. — Sua voz se elevou no final, com um leve tom de interrogação. Ela se virou para Ethan para se certificar de que aquele título estava correto. Ele assentiu enquanto abria um sorriso.

— Vocês dois estão, tipo, apaixonados? — perguntou Lili. Seu delineador de guaxinim estava ainda mais forte que de costume, fazendo o branco de seus olhos se destacar. Gabby fez sons de beijo com os lábios carnudos, e Laurel e Charlotte soltaram risadinhas.

Emma riu sem querer.

— Há quanto tempo estão planejando isso? — perguntou ela.

— Desde que Laurel explicou há alguns dias por que você não estava animada para o trote do Ethan. — Charlotte enrolou uma mecha vermelha em torno do dedo. — Passamos a semana inteira provocando você. Assim que você saiu do jantar, entramos em ação. Lili e Gabby ficaram na estrada para garantir que ninguém aparecesse mais cedo. Queríamos que você chegasse aqui quando a casa estivesse vazia... e apavorante.

– E desconectamos os cabos do carro do Ethan para você ser obrigada a dar carona a ele – contou Lili, orgulhosa.

– Vocês fizeram o quê? – perguntou Ethan, chocado.

Gabby fez um gesto de desdém.

– Não se preocupe. Você só precisa reconectar os cabos. Assisti um vídeo sobre isso no YouTube.

Ethan balançou a cabeça, mas riu.

– E aí, a festa verdadeira ainda é aqui? – perguntou Emma.

– Sim! – gorjeou Laurel. Ela apontou para duas bolsas de plástico escondidas no canto da sala de jantar que Emma não tinha percebido antes. E naquele momento, como se tivesse sido combinado, a porta se abriu e várias pessoas entraram. O time inteiro de beisebol. Nisha e suas amigas da equipe de tênis. Um monte de adolescentes que sempre cumprimentava Emma nos corredores e um bando de gente que ela não reconhecia. E por fim Garrett passou pela porta, carregando um imenso barril de cerveja. Quando viu Ethan e Emma, que ainda estavam de mãos dadas, sua expressão ficou séria.

– Oi, Garrett – arriscou Emma, sabendo que a tentativa de ser amistosa era inútil.

Os braços musculosos de Garrett se contraíram quando ele ajeitou o barril.

– Quer dizer que agora você está com o Ethan? – rosnou ele.

– Estou – respondeu Emma com orgulho, ignorando o olhar de ódio de Garrett. Ela não deixaria que nada a incomodasse naquela noite. As coisas começavam a parecer perfeitas.

De repente, uma música techno começou a tocar de um som portátil que alguém tinha levado. Copos plásticos eram passados de mão em mão, e bebidas eram servidas.

– Uuuuh! – gritou Charlotte, agitando as mãos sobre a cabeça para dançar. Emma puxou Ethan para dentro do círculo e começou a dançar também.

A festa tinha começado.

27
A FUGA DA GAIOLA

A mansão ficou lotada em tempo recorde. Corpos quentes se misturavam e flertavam, com copos vermelhos de plástico na mão. Emma serpenteou entre a multidão de braço dado com Ethan, sentindo-se feliz como não se sentia há séculos.

– Vou pegar uma cerveja – disse Ethan, olhando para seu telefone antes de enfiá-lo no bolso. – Quer uma?

Emma sorriu para ele.

– Tenho de voltar dirigindo, lembra? A não ser que você queira passar a noite aqui no meio no nada... – Ela apontou para os penhascos rochosos que cercavam o exterior da mansão.

Ethan sorriu e se inclinou para a frente. Seus lábios roçaram a bochecha dela quando ele sussurrou:

– O que você está sugerindo?

Suas bochechas ficaram vermelhas quando ela pensou no que tinha insinuado – dormir com Ethan.

– Alguns de nós têm hora para chegar em casa – sussurrou ela.

– Que pena – sussurrou Ethan em resposta. Seus lábios tocaram os dela. Várias pessoas assobiaram. Emma percebeu o flash da câmera de um telefone. O fato de Sutton Mercer estar namorando Ethan Landry era algo importante. Mas ninguém estava rindo deles. Pelo contrário, todos olhavam para Ethan como se de repente tivessem se dado conta do quanto ele era bonito.

Um bando de garotos tomava doses em um canto, e uma multidão de adolescentes dançava uma música antiga do Michael Jackson na pista de dança improvisada, quando Emma sentiu a bolsa de Sutton vibrar. Ela largou a mão de Ethan e lhe pediu para pegar um Sprite. Em seguida, se afastou dos convidados e tirou o iPhone da bolsa: UMA CHAMADA PERDIDA.

Havia um número que ela não reconhecia no registro de chamadas, juntamente com um alerta de correio de voz. O olhar de Emma cruzou com o de Ethan do outro lado da sala, e ela indicou com um gesto que voltaria em breve. Em seguida, abriu caminho entre a multidão suada na direção dos fundos da casa, onde esperava que estivesse mais silencioso.

Ela contornou um corredor, entrando na cozinha, onde garrafas de bebida cobriam a bancada junto com pacotes abertos de Cheetos e copos de plástico abandonados. Uma garota de cabelos curtos pretos despejou tequila e mix de margaritas em um liquidificador e apertou um botão, fazendo o conteúdo girar. O zumbido agudo do liquidificador e o cheiro doce de limão encheram a cozinha e acompanharam Emma por um corredor escuro. Ela passou os dedos pela parede para se situar e entrou em um quarto dos fundos. O luar se despejava por uma janela aberta e iluminava o piso de madeira escura e as janelas compridas. Havia apenas dois objetos no quarto: um longo espelho rachado apoiado no canto e uma bonequinha de olhos vidrados sentada no parapeito da janela. Emma deu as costas para a boneca, invadida por uma sensação sinistra.

Pressionando o ícone do correio de voz, levou o telefone de Sutton à orelha. Uma voz retumbou pelo fone. "Alô? Esta é uma mensagem para Sutton Mercer. Aqui é o detetive Quinlan. Preciso falar com você. Por favor, ligue para este número... é meu celular. Vou ficar com ele a noite toda. É urgente, ligue assim que ouvir."

Uma emergência? Os dedos de Emma começaram a formigar. Ela segurava o telefone, pronta para discar o número, quando ouviu um estrondo forte do lado de fora do quarto. Ela se sobressaltou e virou-se. O baixo de uma música reverberava pela casa. Risadas ecoavam pelas paredes. Embora estivesse sozinha, o barulho ainda era muito alto para que fosse possível manter uma conversa de verdade. Ela saiu do quarto, olhando de relance para a sinistra boneca de olhos vidrados, e foi até a porta dos fundos.

A parte de trás da casa tinha um pátio que dava para as montanhas. Havia uma pequena trilha na extremidade do terreno; Emma andou até ela, querendo se afastar o suficiente da festa barulhenta. Galhos e folhas secas estalavam sob seus pés. Ela rolou a tela do telefone de Sutton e selecionou a chamada perdida mais recente.

Quinlan atendeu no primeiro toque.

– Oi, é a Sutton – disse Emma com a voz trêmula.

– Olá, srta. Mercer. – A voz de Quinlan estava tensa. – Achei que você devia saber que Thayer pagou a fiança. Não tivemos escolha além de soltá-lo.

– O *quê*? – arfou Emma. – Quando?

– Há algumas horas.

Seu coração batia com tanta força que ela teve certeza de que ele explodiria no peito. Thayer estava solto havia algumas *horas*?

– O sr. Vega mudou de ideia? – Será que Madeline sabia? Por que não tinha dito nada?

– Não foi o sr. Vega – disse Quinlan.

– Quem foi? – perguntou Emma, passando por uma placa de madeira que indicava o começo da trilha.

Houve uma longa pausa. Emma ouviu a respiração do outro lado da linha.

– Olha – disse Quinlan, por fim. – Naquele dia, na delegacia, percebi como você ficou apavorada com Thayer. Se houver alguma coisa que queira me contar sobre ele, qualquer razão que tenha para temê-lo, é melhor falar agora. Em geral, eu não acredito em uma palavra que você diz, mas sei que está escondendo alguma coisa ou está verdadeiramente assustada por algum motivo. O que é, Sutton?

Emma passou a língua sobre os dentes. Como queria poder contar a verdade a Quinlan. Quem dera ele pudesse acreditar nela.

– Depois de meses escondido, ele reapareceu em seu quarto, Sutton – continuou Quinlan. – Se ele quiser lhe fazer algum mal, podemos protegê-la.

Emma fechou os olhos. Proteção era o que ela mais queria no mundo. Mas Quinlan *não acreditaria* se ela lhe contasse a verdade. Ele acharia que era invenção sua. Ou pior, acreditaria que ela era de fato irmã gêmea de Sutton, mas pensaria que era a assassina.

– Vou ficar bem – murmurou ela.

Quinlan suspirou do outro lado da linha.

– Ok – disse ele, após uma pausa. – Bom, você sabe onde me encontrar se mudar de ideia. – A linha ficou muda.

Em algum lugar a distância, um coiote uivou. Os dedos de Emma tremiam quando ela enfiou o telefone na bolsa de Sutton. Será que tinha acabado de cometer um grande erro? Deveria ter dito a verdade a Quinlan, agora que Thayer estava solto?

Crack.

Emma se virou de imediato, repentinamente alerta. Ela tinha percorrido uma extensão tão grande da trilha durante a conversa com Quinlan que ficara cercada pela escuridão. Não conseguia mais enxergar a casa. Ela se virou para todas as direções, tentando descobrir para que lado precisava andar a fim de voltar à festa. O vento soprava entre os arbustos do deserto.

– Olá? – chamou Emma. Silêncio. Ela deu um passo em uma direção, depois na outra. – Olá? – Não ouvia mais barulho algum. Era como se ela estivesse no meio do nada.

Alguém tocou a parte de trás de seu ombro. Emma se petrificou e seu corpo ficou gelado. De repente, percebeu o erro que tinha cometido em perambular ali sozinha no escuro. Era Thayer. Só podia ser. Ele tinha voltado para feri-la, assim como fizera com sua irmã. Ela não tinha prestado a devida atenção a suas mensagens. Não tinha cooperado.

— *Sutton?* — sussurrou uma voz.

O som de meu nome começou a ecoar em minha cabeça. De repente, senti a mesma sensação ofuscante e brusca, e o familiar formigamento. Outra lembrança estava chegando, talvez a peça final do que tinha acontecido comigo naquela noite terrível. Eu me entreguei à visão, deixando-me levar por ela.

28

TODOS COMETEM ERROS

– Sutton!

Os dedos de Thayer apertam meu braço enquanto ele me puxa para o mato fechado. Chuto e grito quando ele aperta a mão sobre minha boca outra vez e me arrasta para longe do estacionamento. A mata fica mais fechada e fere minha pele com dolorosos arranhões. Lágrimas ardem em meus olhos e embaçam minha visão, mas não posso enxugá-las – ele prende meus braços contra as laterais do corpo e me levanta do chão.

– Thayer, pare! – Minha voz é abafada por sua mão. Seus pés levantam folhas e terra.

Thayer me coloca cuidadosamente no chão e apoia meu corpo contra a casca áspera do tronco grosso de uma árvore.

– Nossa, Sutton, pare de gritar por apenas um segundo.

Tiro sua mão de cima de minha boca e respiro ofegante. Estou a ponto de soltar outro grito quando vejo os ombros de Thayer relaxarem. Ele deixa cair os braços e apoia as mãos nos joelhos, sem fôlego.

— Você é mais rápida do que eu imaginava — diz ele. Seus olhos esquadrinham a mata por cima do ombro. — Estou tentando proteger você. Acho que escapamos a tempo.

— Espere aí, o quê? — pergunto, perplexa. Minha mente leva um instante para se reajustar quando Thayer atravessa o mato para a estrada principal. Eu o sigo. — Alguém estava nos seguindo? Quem?

Thayer balança a cabeça.

— Pode acreditar, é melhor você não saber — responde ele, ofegante.

— Thayer, conte o que você...

Pneus cantam atrás de nós e eu me viro bem a tempo de ver um carro saindo em alta velocidade do estacionamento do Sabino Canyon. Faróis amarelados e perfeitamente redondos avançam para cima de nós e, chocada, me dou conta de que é meu Volvo — meu pai e eu restauramos os faróis antigos, que são diferentes dos de xênon dos dias de hoje.

Minhas entranhas se reviram de medo e surpresa. Saio correndo pelo caminho, quase me espetando em um figo-da-índia. Eu me viro para Thayer, que está a meu lado.

— Tem alguém no meu carro.

— C-Como? — pergunta ele devagar, ainda ofegando.

Mas não há tempo de explicar que deixei cair minhas chaves perto da porta. O carro corre direto para nós, cantando pneus. Não consigo ver o rosto do motorista, mas, seja quem for, tem braços retos e determinados grudados ao volante. Thayer congela no meio da rua, bem no caminho do carro.

— Thayer! — grito. — Saia da frente!

Mas é tarde demais. O carro o atinge com um baque terrível. O tempo desacelera quando o corpo de Thayer voa pelo ar, caindo contra o para-brisa com um estalo alto.

— Thayer! — grito outra vez.

Com o guincho de borracha no asfalto, o carro dá ré. Thayer rola do capô e o carro sai em alta velocidade. Os faróis são desligados e o veículo desaparece, deixando-nos em um silêncio sinistro.

Mal consigo sentir as pernas quando vou aos tropeços até onde o corpo de Thayer está caído inerte no chão. Sua perna está dobrada de um jeito estranho. Há sangue em sua cabeça. Ele olha para mim debilmente, soltando um gemido baixo.

— Ah, meu Deus — sussurro. — Temos que levar você para o hospital. — De repente, meu raciocínio fica muito claro. Enfio a mão no bolso para pegar o telefone. — Vou ligar para a emergência.

— Não — geme Thayer, segurando minha mão com a força que lhe resta. — Não quero que meus pais saibam que estou aqui. Eles não podem saber que voltei à cidade. — A respiração dele está irregular. — Preciso ir para outro hospital. Fora da cidade.

— É impossível. Não posso levar você para lugar nenhum. Algum louco pegou meu carro — protesto.

— Laurel. — Thayer enfia uma das mãos no bolso de sua bermuda e pega o próprio celular. — Ela vai me levar. Vou ligar para ela.

Uma pontada de ciúmes me perfura por dentro. Não quero que Laurel faça isso por ele. Não quero que minha irmã saiba o segredo, saiba que ele está de volta. Mas este não é o momento de demarcar o território. Eu me agacho, sentindo-me impotente.

— Tudo bem. Ligue para ela.

Thayer disca e eu ouço tocar.

— Laurel? — diz ele quando ela atende. — Sou... eu.

Ouço um arfar repentino do outro lado da linha; Laurel está incrédula. Ela tem todo direito de estar. Até onde eu sei, Thayer não entra em contato com ninguém desde junho. A não ser comigo.

— *Estou ferido* — *continua Thayer.* — *Preciso que você venha me buscar.* — *Thayer estica a mão.* — *Não posso explicar, ok? Só preciso que você vá comigo. Estou no Sabino Canyon.*

Ele explica a ela o restante dos detalhes, e vejo por sua expressão aliviada que Laurel disse que vai ajudar. Quando ele desliga, pouso a mão na barba malfeita que cobre o maxilar de Thayer. Sinto sua pele muito fria, e seus olhos estão arregalados como os de um animal. O ferimento na cabeça sangra. Sempre que ele se move, estremece, sua perna está dobrada de um jeito horrível.

— *Eu sinto muito* — *digo em voz baixa, tentando não chorar outra vez.* — *Não entendo o que aconteceu. Não sei quem poderia estar nos seguindo. Eu não deveria ter sugerido que viéssemos aqui.*

— *Sutton...* — *As sobrancelhas de Thayer franzem.* — *Não foi sua culpa.*

Mas esse sentimento é inevitável. Eu me apavorei e fugi de Thayer. Deixei cair minhas chaves do carro. Aproximo meu rosto do dele e apoio a cabeça em seu peito. Todos os meus medos em relação a ele parecem completamente infundados. Eu me deixei levar pelos boatos sobre ele em vez de acreditar que me amava.

Logo depois, faróis aparecem na estrada, quase como se Laurel estivesse esperando na esquina. Eu me levanto e Thayer olha para mim com surpresa.

— *Aonde você vai?*

— *Preciso me esconder* — *digo a ele.* — *Ninguém deve saber que temos nos comunicado. Laurel vai manter em segredo o fato de você ter voltado à cidade, mas não se souber que estou envolvida.*

Thayer parece chocado, talvez até um pouco assustado.

— *Mas...*

— *Pode acreditar em mim* — *interrompo.* — *É melhor assim.* — *Pressiono os lábios contra os dele. Mal consigo reunir forças para me afastar, mas, quando o faço, digo:*

— *Vou entrar em contato assim que puder... procure meu bilhete.*

Escalo a lateral de uma colina baixa coberta de areia do deserto e me escondo atrás de um amontoado de arbustos fechados. Os faróis ficam mais fortes e oscilam pela trilha, iluminando pedras e lama escorregadia. O carro de Laurel derrapa até parar, e sua porta se abre às pressas. Ela sai correndo do carro e se aproxima de Thayer, o cabelo louro esvoaçando.

— *Thayer!* — *grita ela, agachando-se e colocando a mão em seu braço.* — *O que aconteceu? Você está bem?*

— *Vou ficar.* — *O rosto de Thayer se contrai em uma careta.* — *Acho que quebrei a perna. Preciso que você me leve a um hospital... fora da cidade.*

— *Mas temos ótimos médicos aqui! Você pode...*

— *Não discuta, Laurel. Por favor.*

Laurel assente, fixando os olhos no estranho ângulo da perna de Thayer. Parece apavorada.

— *Vou fazer o que for preciso* — *diz ela. Vejo que está tentando parecer forte.*

Minha irmã ajuda Thayer a se sentar com a perna esticada no banco de trás do carro. Ele geme quando arrasta o corpo pelo estofado. Tento vê-lo de relance, mas só consigo enxergar suas chuteiras brancas penduradas na extremidade do banco. Algo dentro de mim se rompe. Tenho uma premonição terrível: esta será a última vez que vou vê-lo. Aquele selinho foi nosso beijo de despedida.

Logo depois que Laurel fecha a porta do carro, ela esquadrinha o mato que cerca a clareira. Suas mãos tremem de leve ao lado do corpo. Observo, impotente, quando seus olhos se estreitam e se fixam. Ela está analisando cada arbusto e galho espinhento, um por um.

Começo a me abaixar, mas é tarde demais. O olhar de Laurel cruza com o meu. Ela pisca e respira fundo antes de voltar para o lado do motorista e bater a porta.

Uma lufada forte de vento sibila entre os galhos sobre minha cabeça. Minhas pernas estão trêmulas e enfio os dedos na terra úmida para me equilibrar.

Laurel dá ré e manobra o carro sobre lama e pedras. Ela liga os faróis para iluminar o caminho traiçoeiro à frente. Depois, parte noite adentro. Observo as lanternas vermelhas desaparecerem a distância, tentando não pensar em Thayer. Mas não consigo evitar. Imagino que ele deve estremecer toda vez que o carro passa por uma elevação na estrada e me pergunto quando o verei de novo — se o vir de novo. Sei que alguém usou meu carro para atropelar o garoto por quem estou apaixonada...

Mas... quem?

29
VENENOSA

Emma se virou, pronta para ver Thayer, pronta para se defender de alguém duas vezes maior que ela no meio do deserto e sem testemunhas. Mas o que viu foram os penetrantes olhos azuis de Laurel encarando-a.

— O que você está fazendo aqui fora? — disparou Laurel, tirando a mão do ombro de Emma.

Emma respirou fundo, com o corpo ainda tenso.

— Só estava caminhando um pouco — disse ela, relaxando os punhos e deixando-os descansar ao lado do corpo.

Laurel levou o dedo aos lábios.

— Espere, deixe-me *adivinhar* — disse ela, as palavras carregadas de irritação. — Aposto que veio aqui fora ligar para o Thayer, agora que ele saiu da cadeia.

Emma estremeceu.

— Você sabia que ele tinha saído?

— O que foi, achou que era a única? — O rosto de Laurel se contraiu. — Eu gostaria que você o deixasse em paz. Ele não precisa mais de *você*, Sutton. Você já fez o bastante.

Emma a encarou.

— Do que está falando?

Será que Laurel estava dizendo que Sutton tinha atropelado Thayer? Como ela saberia?

Laurel cruzou os braços e revirou os olhos.

— Estou farta disso. Eu *sei*. Sei o que você está escondendo.

Emma a observou, perplexa. O ar da noite pairava pesado e silencioso entre elas. O pânico dominava seus membros. *Escondendo?* Será que ela estava falando da verdadeira identidade de Emma? Ela tinha descoberto? Thayer lhe contara?

— Vai ficar aí e fingir que não faz ideia do que estou falando, não é? — perguntou Laurel, arregalando os olhos.

Leves arranhões ressoaram na vegetação rasteira quando algum animal correu entre os cactos. Um calafrio percorreu a parte de trás das pernas de Emma, e ela tentou manter o olhar fixo. A última coisa que queria era demonstrar o quanto estava assustada.

— Fui eu que o salvei, afinal de contas — cuspiu Laurel. Ela prendeu o cabelo cor de mel em um rabo de cavalo e encarou Emma como se esperasse que ela se defendesse.

Houve um zumbido baixo. Emma não sabia se era a música da festa ou um enxame de insetos a distância no deserto. Do que Laurel o tinha salvado? De Sutton?

— Eu *não* faço ideia do que você está falando, Laurel — disse ela enfim, a voz mais condescendente possível.

Laurel inclinou a cabeça para o lado e enfiou os saltos dos sapatos na terra.

— Eu vi você escondida nos arbustos depois que Thayer foi atropelado por aquele carro no Sabino Canyon. Ele negou, mas sei que você estava com ele. — Ela deslocou o peso de um pé para o outro e cruzou os braços. — Por que se escondeu? Por que o empurrou para mim? Para que eu o levasse ao hospital para ser tratado? Era demais para você? — Ela baixou a cabeça, balançando-a. — Ou você simplesmente é assim? — Laurel encarou Emma por um bom tempo até baixar a voz e dizer: — Você criou uma confusão grande demais para consertar sozinha.

— Não! — gritei para minha irmã. — Eu me escondi porque estava com medo que você não ajudasse Thayer se soubesse que eu estava envolvida! Eu estava tentando fazer o que era melhor para ele!

Mas é claro que ela não escutou. Pensei outra vez na lembrança que acabara de ter. Eu me senti idiota por ter tido tanta certeza de que Thayer me assassinara a sangue-frio, quando, na verdade, ele só estava tentando me proteger. A agonia de vê-lo ali caído, retorcido e machucado, era nova e dolorosa. Quem poderia tê-lo atropelado com meu carro e ido embora daquele jeito? Talvez a pessoa que estava nos seguindo. O que significava que Thayer pode saber quem é meu assassino sem sequer imaginar que estou morta.

Enquanto isso, Emma ouvia chocada as palavras de Laurel, tentando entender o significado delas. Parte daquilo fazia sentido – Thayer tinha sido atropelado, por isso estava mancando. Mas ela não tinha ideia de que Laurel se envolvera naquela noite. E, pelo que Laurel estava dizendo, parecia que Sutton *não* tinha sido a pessoa que atropelara Thayer.

— O que mais você sabe? — perguntou ela devagar. — O que mais viu? — Se Laurel vira Sutton escondida, talvez tivesse visto mais alguém. O verdadeiro assassino.

Um uivo de coiote ressoou sobre as pedras. Laurel olhou na direção de onde ele vinha e suspirou.

— Quer saber se eu vi vocês dois se beijando? Não vi. E também não sei quem o atropelou. Ele não quis me contar nada do que aconteceu. *Você* sabe quem o atropelou? Está obrigando-o a guardar algum segredo?

— Eu não sei de nada — disse Emma. Era verdade.

O vestido de seda de Laurel ondulava ao vento. Ela passou a palma das mãos sobre os braços descobertos.

— Tudo que você fez no último mês foi me atormentar por causa da noite de 31 de agosto, tentando me fazer confessar que estava com Thayer. Achando que eu não sabia que você também estava lá. Foi por *isso* que me perguntou mil vezes o que eu estava fazendo naquela noite, não foi? Porque queria saber se eu tinha visto você? Bom, eu vi. Eu a vi escondida nos arbustos, abandonando Thayer quando ele mais precisou de você. — Ela retorceu o rosto, enojada. — Como pode ter feito isso? E como pode ter gritado quando ele entrou em seu quarto? Está tentando *arruinar* a vida dele?

— Desculpe... — Emma deixou escapar.

— Desculpas não são o bastante — rosnou Laurel. — Você tem de ficar longe dele. Ele me disse isso. Toda vez que você está por perto, algo terrível acontece.

— Espere, ele *disse* isso para você? — perguntou Emma, retrocedendo. — Quando falou com ele?

Laurel deixou as mãos caírem sobre os quadris.

— A caminho do hospital. Sou eu que me importo com ele, Sutton. Fui eu que o levei para o hospital, onde ele passou a noite inteira em cirurgia. E fui eu que paguei a fiança, no caso de você ainda não ter descoberto, enquanto você estava se divertindo por aí com seu novo namorado.

— Você pagou a fiança dele? *Como?*

Laurel cruzou os braços.

— Para seu governo, eu estava economizando. E juntando com o título que a vovó me deu há alguns anos e todo o dinheiro que as pessoas doaram para a campanha para soltar o Thayer, foi o suficiente. Mas por que você quer saber? Está na cara que ele não tem importância para você. Deixe-o em paz, ok? — Com isso, ela se virou e marchou para a festa.

Emma passou as mãos pelo rosto, repassando várias vezes em sua mente tudo que Laurel dissera. Tudo estava de pernas para o ar outra vez. Então... Thayer não tinha matado Sutton? Ele a deixara com vida, depois Laurel o levara para o hospital. Mas havia muitas perguntas sem resposta. O carro de Sutton havia atropelado Thayer, mas quem estava dirigindo? Havia mais alguém com eles naquela noite, alguém que não queria que eles ficassem juntos? Ou alguém tinha roubado o carro de Sutton?

Como eu queria saber de quem Thayer estava me protegendo! De quem estávamos fugindo. Quem estava atrás do volante quando o carro o atingiu em cheio.

Mas eu não sabia nada. Tudo que vi depois daquele momento em que Laurel e Thayer partiram às pressas foi escuridão. E com aquela escuridão veio uma percepção terrível: Emma e eu estávamos de volta à estaca zero.

30

QUEIJO, LEITE E EX-PRESIDIÁRIOS

Na manhã de sábado, Emma entrou no estacionamento do Trader Joe's e parou o Volvo em uma vaga excelente diante da loja. Depois de desligar o carro, desdobrou a lista de compras que a sra. Mercer lhe entregara mais cedo. Nela, havia coisas como manteiga de gergelim, molho de kimchi e leite de amêndoas sem açúcar.

— Você sabe como a vovó é detalhista — alertara a mãe de Sutton enquanto repassava a lista, explicando cada item. — Compre as coisas *exatamente* como descrevi, ou terei de lidar com uma sogra muito mal-humorada. — A família inteira se preparava para a chegada da vovó Mercer no começo da semana seguinte para a festa de aniversário do filho. Pelo visto, a avó era meio difícil.

Emma observou os clientes saírem do supermercado, sorrindo e segurando sacolas de papel pardo, e suspirou. Todos pareciam felizes e despreocupados. Ela tinha quase certeza de que era a única cliente do Trader Joe's que passara a noite anterior eliminando um suspeito de assassinato de sua lista.

Quando saiu do carro, o ar quente de Tucson grudou-se a sua nuca. Ela prendeu o cabelo castanho em um rabo de cavalo e checou seu reflexo na janela do carro. Estava prestes a se dirigir para as portas da frente quando reparou em uma figura familiar saindo de uma BMW azul-marinho do outro lado do estacionamento. Sentiu náuseas e corou.

Thayer.

Ele não a vira. Emma podia se virar e correr na outra direção, mas agora que sabia que ele era inocente lhe devia um pedido de desculpas. Suas pernas estavam bambas quando ela atravessou o estacionamento na direção do carro. Ela se obrigou a seguir em frente até parar a poucos metros dele.

— Thayer? — Sua voz saiu trêmula. Algo nele ainda a deixava muito nervosa.

Thayer se virou e apertou os olhos. Sua camiseta branca estava amarrotada, e a bermuda cargo verde-militar caía, parecendo grande demais para ele. Seu maxilar se contraiu e ele passou a mão pelo cabelo.

— Ah. Oi.

— Você saiu da prisão — disse Emma, sentindo-se idiota no mesmo instante.

— Isso é um problema? — Thayer se apoiou no capô da BMW e examinou Emma com cuidado, quase como se soubesse que ela não era a garota por quem se apaixonara. Mas Emma estava sendo paranoica. Agora ela sabia que Thayer não fazia ideia da troca entre as gêmeas. Ele não tinha matado Sutton.

— Sinto muito pelo jeito como as coisas aconteceram — disse ela suavemente. — Por causa de... sabe. Aquela noite. O hospital. — Emma sustentou o olhar de Thayer, desejando que ele acreditasse nela, que soubesse que Sutton não tivera a intenção de prejudicá-lo.

Eu também queria que Thayer soubesse disso.

O rosto de Thayer se suavizou um pouco. Ele mexeu na tira da mochila preta que estava jogada sobre seu ombro.

— Olhe, Sutton, na verdade, eu nem deveria ficar perto de você.

— Eu sei — disse Emma depressa, sentindo-se nervosa de repente. Ela ergueu a mão para proteger os olhos do sol e alternou o peso de uma perna para a outra. — Laurel me contou. Eu prejudico sua vida sempre que estou com você.

Uma expressão confusa cruzou o rosto de Thayer.

— Hum, não. Eu não posso ficar perto de você porque seu pai disse. Recebi uma ligação dele hoje de manhã. — Sua expressão ficou sombria ao mencionar o sr. Mercer. — Ele falou que se me pegasse com você ou com Laurel daria um jeito de me colocar outra vez na cadeia.

Emma franziu a testa.

— Por que ele o odeia tanto?

Thayer ergueu o queixo e lançou a Emma um olhar carregado que a deixou com a impressão de que fizera uma pergunta para a qual Sutton saberia a resposta.

— Quer dizer... — continuou Emma, deixando espaço para uma pesada pausa entre eles, torcendo para que Thayer lhe contasse o que não estava dizendo. Mas ele apenas lançou um olhar cheio de significado, os olhos apertados.

— Preciso ir — murmurou ele, por fim, e virou-se para a loja. Mas depois de alguns passos, ele se virou e olhou para trás, passando a mão bronzeada pela nuca. — Para ser sincero, eu estava querendo lhe perguntar uma coisa.

Emma engoliu em seco. A algumas fileiras de distância, o alarme de um carro disparou. Um senhor enfiou um carrinho de compras vazio no cercado reservado a eles. Ela olhou para Thayer e esperou a pergunta, torcendo para saber a resposta.

Thayer olhou seus tênis gastos.

– Por que não respondeu as minhas mensagens?

Emma se esforçou para pensar. Quando ele tinha se referido a suas mensagens, ela presumira que ele estava falando do bilhete que alguém tinha prendido no carro de Laurel, alertando Emma de que Sutton estava morta e que ela precisava cooperar. Mas agora percebia que ele devia estar falando de outra coisa.

– Mandei vários e-mails – continuou Thayer. – Mas você não respondeu. Foi por causa do acidente? Porque quebrei a perna e não podia mais ser o sr. Atleta?

– Não é nada disso – disse Emma delicadamente.

– Claro que não – sussurrei também.

A mente de Emma estava em disparada, juntando as peças do que Thayer dizia. Sutton e Thayer trocavam mensagens secretas por e-mail. Claro que Sutton não escrevera para ele depois da última noite em que se viram – ela estava morta. E, claro, quando Emma tomou o lugar de Sutton, não tinha como saber qual era o endereço secreto de e-mail.

– Desculpe por não ter entrado em contato com você – disse Emma. – Eu teria, se...

– Não precisa explicar – interrompeu Thayer. Ele deu de ombros e levantou os olhos para encará-la longamente. – Eu senti saudades de você, Sutton. E fiquei furioso quando você me excluiu de sua vida. Você era a única pessoa que me entendia. Mas agora está agindo como se não soubesse quem eu sou. Fui ao seu quarto naquela noite porque queria contar a verdade sobre meu paradeiro. Eu lhe mandei um e-mail dizendo que estava vindo, mas acho que não recebeu. Mas depois você ficou com medo de mim. Como se eu fosse feri-la.

— Eu sei. E peço desculpas — disse Emma, baixando os olhos. — Fiquei confusa e surpresa. E fui idiota. Foi um erro.

— Só queria que você ouvisse — disse Thayer. Ele parecia tão infeliz que Emma estendeu a mão e tocou seu braço. Ele não se retraiu, então ela se aproximou um pouco mais e o abraçou, apertando com força. A princípio, Thayer permaneceu rígido e fechado, mas logo relaxou nos braços dela, enfiando a cabeça em seu pescoço e passando as mãos por seus braços. O movimento era muito apaixonado e real. Estava bem claro para Emma o quanto ele gostava de Sutton.

E a dor que senti deixava bem claro o quanto eu gostava dele. E como tinha sido idiota por deixá-lo ir. Quem dera eu tivesse ido com Laurel para o hospital. Se pelo menos tivéssemos todos ido juntos, talvez eu não estivesse morta agora.

Thayer traçou uma linha do ombro de Emma até seu pulso antes de afastar a mão e parecer tímido.

— Eu não deveria estar zangado, na verdade — disse ele. — Você teve suas razões para não ler minhas mensagens, para não responder. Sei que sou agressivo. Sei que sou impetuoso demais, além de instável. E não estava contando a história toda; você queria saber o que tinha acontecido comigo e eu não contava. Mas não foi porque não confiava em você. Foi porque... bom, eu estava envergonhado. — Um sorriso triste cruzou seu rosto. — Fui para uma clínica de reabilitação, Sutton. Por abuso de álcool. Era algo que eu precisava fazer sozinho. Eu passava o tempo todo com raiva. Bebia para entorpecer tudo, mas isso só piorava as coisas.

— Reabilitação? — perguntou Emma, perplexa. — Você está... bem?

Thayer assentiu.

— Tive um médico excelente, e ter passado por isso foi uma experiência muito significativa e útil. — Ele rolou a manga para cima e mostrou a tatuagem de uma águia voando em seu braço.

Emma o encarou, pensando na conversa que tivera com a enfermeira do dr. Sheldon.

— Você fez o programa até o final?

— Bom, passei um tempo preso no hospital por causa de minha perna, e saí um pouco antes do que o médico queria, mas eu estava pronto para voltar a Tucson. Para ver você — disse Thayer, sério. — Eu também contei a meus pais onde estava. Meu pai ficou horrorizado, é claro, mas está se recuperando, sobretudo porque agora estou sóbrio. Ele até me deixou voltar para casa, mas vamos ver no que vai dar.

— Que... ótimo — disse Emma devagar, enquanto absorvia tudo aquilo. Ela pensou no site do SPH. Tinha simplesmente *presumido* que Thayer estava na ala psiquiátrica do hospital, mas é claro que um centro de reabilitação podia fazer parte de uma clínica de saúde mental.

— E também tem isto. — Thayer mostrou a pulseira de corda em seu pulso, com um sorriso malicioso. — Lembra-se de que brigamos porque uma garota fez esta pulseira? Mas, Sutton, ela tem 52 anos, é casada e tem três filhos.

Soltei um profundo suspiro lembrando-me da briga que Thayer e eu tivéramos no Sabino Canyon, a que tinha iniciado aquela estranha série de acontecimentos. Eu *havia* sentido ciúme, certa de que Thayer estava em algum lugar descolado e interessante sem mim. Quem dera ele tivesse sido honesto. Quem dera eu não tivesse tirado conclusões precipitadas.

Thayer respirou fundo e apoiou a mão grande no capô de seu carro.

– Sabe, Sutton, você está... muito diferente. O que mudou?

Emma umedeceu o lábio inferior e sentiu o gosto do gloss de melancia de Sutton. Sem dúvida, Thayer conhecia bem sua irmã gêmea. Parte dela queria lhe contar a verdade, agora que sabia que ele era inocente. Thayer gostava tanto de sua irmã que podia ajudar Ethan e ela. Mas ela não o conhecia o bastante para confiar seu segredo – pelo menos ainda não.

– Nada mudou – disse ela com suavidade. – Sou a mesma pessoa que era antes. Só... cresci um pouco.

Thayer assentiu, embora parecesse não entender o que ela estava dizendo.

– Acho que também cresci – murmurou ele. – Reabilitação e cadeia fazem isso.

Os dois se encararam. Emma não sabia mais o que dizer. Dando de ombros, ela acenou e se virou para a loja. Quando olhou para trás, Thayer ainda a observava, talvez torcendo para que ela voltasse. Mas ela não voltou. Ela não era de Thayer, agora estava com Ethan.

E Thayer ficou triste por ela não ter voltado. Parecia arrasado.

Eu também estava arrasada. Thayer não entendia por que eu não o amava mais. E a não ser que Emma solucionasse meu assassinato, ele nunca teria uma resposta.

31

CONHEÇA OS MERCER

Naquela tarde, Emma se sentou na varanda dos Mercer e folheou o brilhante exemplar da *Elle* de Laurel. Um leve aroma cítrico vinha do limoeiro do vizinho e um caminhão de sorvete tilintava na rua adjacente. A mãe de uma das integrantes da equipe de tênis passou correndo com seu golden retriever e acenou para Emma no momento em que o Honda velho de Ethan estacionou no meio-fio. O motor engasgou e estalou ao ser desligado.

O coração de Emma se acelerou levemente quando ele saiu do carro. Ethan parecia nervoso quando levantou a mão para acenar. Naquele momento, o sr. Mercer saiu da garagem segurando um pano branco coberto de manchas pretas de graxa. Olhou para a frente, surpreso, mas depois deu de ombros e lançou a Emma um sorriso fraco.

Ethan subiu os degraus da frente, também reparando no pai de Sutton.

– Tudo bem eu estar aqui?

– Tudo mais do que bem – respondeu Emma. – Eu contei a eles sobre nós durante o café da manhã. – Daquele momento em diante, eles não precisariam mais se esconder. Podiam ser amigos e, mais que isso, em público.

De repente, o celular do sr. Mercer tocou alto. O pai de Sutton, que fingia polir sua moto com concentração, mas claramente estava vigiando a interação entre Emma e Ethan, olhou o identificador de chamadas. Seu rosto ficou sério e ele soltou um palavrão em voz alta. Entrou na garagem para atender a ligação.

– Que estranho – disse Emma, com os olhos fixos na garagem.

– Talvez seja uma ligação de trabalho. – Ethan deu um sorriso forçado, mas Emma percebeu que ele estava desconfortável. – Vai ver um paciente do hospital enlouqueceu.

A porta de um carro bateu e um motor foi ligado. O Audi do sr. Mercer saiu de ré pela entrada da garagem. Emma se despediu dele com um aceno, mas o sr. Mercer nem sequer a viu. Seu rosto estava tenso quando ele chegou à rua e pisou no acelerador. Ele deu uma guinada, apertando a buzina quando dois garotos passaram correndo de skate. Emma franziu a testa. Talvez a ligação *tivesse* sido uma emergência profissional.

– Lembre-me de não irritar aquele cara – disse Ethan, passando a mão pelo cabelo escuro.

Ele se sentou ao lado dela, e Emma contou tudo que tinha descoberto na noite anterior – a festa estava barulhenta e cheia demais, e, na volta para casa, Laurel estava no carro com eles. As sobrancelhas de Ethan se erguiam cada vez mais conforme ela explicava que Thayer não podia ter matado Sutton.

— Deixe-me ver se eu entendi — concluiu Ethan depois que Emma parou de falar. — Na noite em que Sutton morreu, *outra* pessoa atropelou Thayer com o carro dela?

Emma assentiu.

— Tenho certeza de que não foi Sutton que o atropelou. Alguém deve ter pegado o carro dela e largado no deserto. Talvez a mesma pessoa tenha voltado e matado Sutton.

— Mas quem foi?

— Não sei. Quero perguntar ao Thayer, mas ele pode desconfiar de mim por não saber.

Uma rajada de vento balançou o mensageiro dos ventos e Ethan se sobressaltou com o tilintar repentino, fazendo Emma sorrir.

— Está com medo de um ventinho? — provocou ela.

— Muito engraçado — disse Ethan, olhando o gramado. — Eu *tenho* medo de que a pessoa que matou Sutton ainda esteja por aí — sussurrou ele.

— Eu sei — disse Emma, tremendo apesar do calor. — Eu também.

O rosto de Ethan se contraiu.

— Se não foi Thayer, quem pode ter sido? Todos os sinais levavam a ele. Fazia todo sentido ser ele. E *ainda* acho que ele é perigoso.

Emma deu de ombros.

— Embora ele seja problemático, não foi ele. É esperar demais que o assassino tenha deixado a cidade? Não tenho nenhum contato dele, ou dela, desde o baile.

— Talvez. — Ethan cruzou o tornozelo sobre o joelho e olhou de soslaio para Emma. — Mas algo me diz que isso é bom demais para ser verdade. Seja quem for, ainda pode estar por aí. Estou disposto a descobrir a verdade se você também estiver.

— Sem dúvida — sussurrou Emma. Ela encostou a bochecha no ombro de Ethan. Ele beijou o topo de sua testa e ela ergueu o queixo para encontrar seus lábios. Ethan retribuiu o beijo, passou os braços em torno de sua cintura e puxou-a para perto. Ele ergueu a mão para acariciar os cabelos macios que emolduravam o rosto dela, beijando-a com suavidade, encaixando seus lábios perfeitamente aos dela, fazendo Emma querer congelar o tempo. Ela nunca tivera um namorado de verdade e agora tinha algo — *alguém* — mais maravilhoso do que poderia ter imaginado.

Um carro parou na entrada da garagem, e Emma e Ethan se afastaram. A porta da BMW azul se abriu e Thayer desceu. Emma sentiu Ethan se retrair a seu lado.

— Ah! — disse Emma. — Hum, oi, Thayer. — O que *ele* estava fazendo ali? Não lhe dissera de manhã que o sr. Mercer o alertara para que mantivesse distância?

— Não parem por minha causa — disse Thayer em um tom sarcástico, de braços cruzados.

Ele atravessou sem pressa o jardim. Mesmo mancando, tinha aquele tipo específico de confiança natural.

— Então. E aí?

— Nós só estávamos de bobeira — disse Emma como uma idiota, tentando encontrar as palavras.

— Nós? — Os olhos claros de Thayer relancearam para o lado de Emma. Quando ela virou a cabeça, viu Ethan saindo às pressas da varanda. Seus tênis levantaram cascalho quando ele voltou para seu carro.

— Ethan? — chamou Emma. — Aonde está indo?

Ethan continuou se afastando sem responder. Era como se estivesse com pressa para ir embora. Suas mãos se atrapalharam para pegar as chaves e ele entrou no carro. Em seguida, pisou no acelerador e desapareceu em um piscar de olhos.

Emma olhou a nuvem de fumaça do cano de descarga que sumia aos poucos. O que tinha *acontecido*, afinal de contas? A seu lado, Thayer fez um *tsc* com a língua.

— Por que você e suas amigas não deixam aquele pobre coitado em paz?

— Do que está falando? — disparou Emma.

Thayer ergueu as mãos em sinal de rendição.

— Não precisa me atacar! — Ele apoiou uma chuteira na varanda e se inclinou para a frente, flexionando a panturrilha. — Sério, Sutton. Primeiro foi aquele trote que o fez perder a bolsa de ciências, e agora você está fingindo ter um relacionamento com ele?

Emma o encarou, tentando entender, e aos poucos a ficha caiu. Thayer presumia que, se Sutton estava beijando Ethan, só podia ser parte de algum trote que ela e as amigas estavam fazendo para o Jogo da Mentira. Emma abriu a boca, querendo deixar claro que ela e Ethan *eram* um casal de verdade, mas se lembrou do quanto ele parecera magoado no estacionamento e não quis piorar as coisas.

— O que você está fazendo aqui? — perguntou Emma, decidida a mudar de assunto. — Achei que estava com medo do meu pai.

Thayer deu de ombros.

— Laurel disse que a barra estava limpa. Vim ficar um pouco com ela, não conversamos há séculos.

Ele foi em direção a Emma para entrar na casa e parou brevemente ao lado dela, como se quisesse dizer mais alguma coisa. Estava tão próximo que Emma sentia o cheiro de seu sabonete de pinho e de roupas limpas. Suas pernas descobertas eram longas e musculosas. As chuteiras brancas estavam arranhadas e sujas de terra, como se ele tivesse acabado de sair do campo. Ele fazia com que se lembrasse de todos os atletas lindos e inatingíveis com quem Emma estudara e que nunca tinham dado a mínima para ela.

Ela logo voltou à realidade. Tudo bem, Thayer era bonito. Mas *Ethan* era seu namorado.

De repente, uma sensação de formigamento dançou pela nuca de Emma. Ela se virou, certa de que estava sendo observada. Uma brisa agitou as folhas de um alto salgueiro-chorão. Passarinhos alçaram voo em grupo, grasnando para chamar uns aos outros. Emma olhou em volta, reparando por fim em um rosto na janela. Era Laurel, que estava na sala de estar com os olhos fixos nela e em Thayer. Emma acenou, mas Laurel continuou a encará-la. Seus olhos claros gelaram os ossos de Emma. Ela parecia furiosa o bastante, capaz de matar.

EPÍLOGO

Enquanto eu observava Laurel encarar Emma, um flash da última lembrança tomou minha visão. Vi a mim mesma escondida entre os arbustos depois de Thayer ter sido atropelado. Eu estava muito perturbada, dominada pela culpa e pela preocupação com ele. E foi quando vi dois olhos cravados nos meus. Laurel olhava para mim com uma fúria ardente. Seu olhar deixava bem claro que ela me culpava pelo que tinha acontecido a Thayer. E tive a estranha sensação de que faria mais do que me encarar com raiva. Seu olhar demonstrava que ela queria atravessar o mato e me ensinar uma lição por todas as vezes que eu tinha estragado tudo.

Parecia que ela queria me ferir – e parecia querer fazer o mesmo com Emma naquele momento.

Em instantes, o rosto de Laurel desapareceu da janela. Thayer entrou na casa para vê-la. Minha irmã gêmea continuou na varanda, confusa com tudo o que tinha acontecido, assustada demais para admitir o que acabara de ver.

Mas eu não consigo deixar de refletir sobre isso. Sim, eu tinha descartado Laurel como suspeita. Ela passou a noite de minha morte na festa do pijama de Nisha. Mas algo não fazia sentido. Se Laurel resgatou Thayer no Sabino Canyon, não passou a noite inteira na casa de Nisha. Nisha estava enganada... ou mentindo... ou Laurel tinha saído sorrateiramente sem que ela notasse.

E, se Laurel tinha saído de fininho da casa de Nisha, por que também não poderia ter se desvencilhado de Thayer sem que ele percebesse? Podia tê-lo deixado no hospital, depois voltado para me pegar enquanto ele estava em cirurgia. Ela tinha ficado furiosa. Eu havia arruinado a vida do garoto que ela amava. Tive um encontro secreto com ele, um encontro que ela queria ter. Eu conseguia tudo o que ela queria... sempre.

Detestava pensar que alguém que era sangue do meu sangue poderia ter feito uma coisa dessas. Mas este era o problema: Laurel não era sangue do meu sangue. Claro, tínhamos crescido sob o mesmo teto, seguido as mesmas regras impostas por nossos pais, mas sempre houvera um grande abismo entre nós. Eu era adotada; ela, não. Nunca deixávamos esse fato ser esquecido. A única pessoa que era sangue do meu sangue era Emma. E ela precisava de respostas, logo. Porque pelo visto, meu assassino podia estar mais perto do que nós imaginávamos – talvez até sob o mesmo teto.

AGRADECIMENTOS

Obrigada, como sempre, à fantástica equipe da Alloy: Lanie Davis, Sara Shandler, Josh Bank e Les Morgenstein, assim como Kari Sutherland e Farrin Jacobs da Harper – este foi um livro difícil de escrever por conta das circunstâncias, e todos nos esforçamos juntos para realizá-lo. Também agradeço a Kristin Marang por sua genialidade na web e suas promoções – não sei o que faria sem você! Um imenso agradecimento a todos os envolvidos na série de TV *The Lying Game*, incluindo Gina Girolamo, Andrew Wang, Charles Pratt Jr. e todos os outros maravilhosos roteiristas, produtores e equipe – sem falar na linda Alexandra Chando, que faz as melhores Sutton e Emma que eu poderia imaginar.

Sobretudo, muito obrigada a Katie Sise – sem você, este livro não existiria. Obrigada, obrigada, obrigada, obrigada.

Este livro foi impresso na Gráfica JPA Ltda.
Rio de Janeiro – RJ.